BASTEI LÜBBE

ISAAC ASIMOV'S ROBOT CITY
im BASTEI-LÜBBE-PROGRAMM:

23 079	Band 1: Die Odyssee
23 083	Band 2: Der Verdacht
23 087	Band 3: Der Cyborg
23 091	Band 4: Der Aufruhr
23 095	Band 5: Die Zuflucht

ISAAC ASIMOV'S ROBOT CITY

Band 6
William F. Wu
DIE SUCHE

Science Fiction Roman

Ins Deutsche übertragen von
Bernd Müller

Illustriert von
Paul Rivoche

BASTEI
LÜBBE

BASTEI-LÜBBE-TASCHENBUCH
Science Fiction Abenteuer
Band 23 099

Erste Auflage: Februar 1990

Deutsche Lizenzausgabe 1990
Bastei-Verlag Gustav H. Lübbe GmbH & Co.,
Bergisch Gladbach
Originaltitel: Perihelion
Lektorat: Fredy Köpsell/Reinhard Rohn
Titelillustration: Paul Rivoche
Umschlaggestaltung: Quadro Grafik, Bensberg
Satz: KCS GmbH, 2110 Buchholz/Hamburg
Druck und Verarbeitung: Clausen & Bosse, Leck
Printed in Germany
ISBN 3-404-23 099-X

Isaac Asimov

Roboter in Kombination

Ich denke mir nun schon seit fast einem halben Jahrhundert Geschichten über Roboter aus. Im Lauf der Zeit habe ich fast jede erdenkliche Variation dieses Themas durchgespielt.

Wohlgemerkt, es lag nicht in meiner Absicht, eine Enzyklopädie der Abwandlungen der Robotik anzulegen; ich hatte mir auch keineswegs vorgenommen, ein halbes Jahrhundert lang darüber zu schreiben. Es hat sich einfach so ergeben, daß ich lange genug überlebt und das Interesse an dem Konzept nicht verloren habe. Außerdem hat sich ergeben, daß ich im Bemühen, auf neue Ideen für Robotergeschichten zu kommen, nahezu alles in Betracht gezogen habe.

Zum Beispiel geht es in diesem sechsten Band der Serie *Robot City* um ›Chemfets‹, die in den Körper des Helden eingebracht wurden, um sich dort zu vermehren und ihm schließlich direkte psychoelektronische Kontrolle über den Zentralcomputer zu ermöglichen, und damit über alle Roboter von Robot City.

Nun, in meinem Buch *Foundation's Edge* tritt Golan Trevize, mein Held, vor dem Start eines Raumschiffs mit einem fortgeschrittenen Computer in Verbindung, indem er die Hände an einer bestimmten Stelle vor sich aufs Pult legt.

›Und als er und der Computer sich die Hände reichten, verschmolzen ihre Gedanken . . .

. . . er sah den Raum mit völliger Deutlichkeit — nicht nur in der Richtung, in die er blickte, sondern ringsum, von oben und unten.

Er sah jede Kabine des Raumschiffs, und er sah, was draußen vorging. Die Sonne war aufgegangen . . . aber er konnte sie direkt ansehen, ohne geblendet zu sein . . .

Er spürte den leichten Wind und dessen Temperatur und nahm die Laute seiner Umwelt wahr. Er empfand das Magnetfeld des Planeten und die schwache elektrische Ladung der Schiffshülle.

Er wurde auf die Schiffsinstrumente aufmerksam . . . Er wußte, . . . wenn er abheben oder beschleunigen oder eine andere Funktion des Schiffs nutzen wollte, lief das analog ab, als würde er seinem Körper etwas abverlangen. Er mußte nur seinen Willen einsetzen.‹

Weiter war ich mit meinen Vorstellungen vom Ergebnis einer Verbindung von Geist und Computer nicht vorgedrungen, nun aber bleibt mir im Zusammenhang mit diesem neuen Buch nichts anderes übrig, als den Gedanken fortzuspinnen.

Ich gehe davon aus, daß die Menschen erfuhren, wie man Verbindungen zwischen dem menschlichen Bewußtsein und einer anderen Intelligenz herstellt, als sie das Pferd zähmten und lernten, es als Transportmittel zu nutzen. Der Höhepunkt war erreicht, wenn ein Ruck am Zügel, eine Berührung mit den Sporen, ein Druck mit dem Knie oder einfach ein Zuruf das Pferd dazu brachten, entsprechend dem Willen des Menschen zu reagieren.

Kein Wunder, daß primitive Griechen beim Anblick von Reitern, die in die relativ weiten thessalischen Ebenen vorstießen (in jene Region Griechenlands, die für Berittene am ehesten zugänglich ist), ein Tier mit menschlichem Torso und dem Leib eines Pferdes zu sehen glaubten. So wurde der Zentaur erfunden.

Heute gibt es ›Showfahrer‹. Es gibt fachmännische ›Stuntleute‹, die mit einem Automobil Sensationelles anstellen können. Es wäre denkbar, daß ein Eingeborener Neuguineas, der vom Auto noch nie etwas gesehen oder gehört hat, überzeugt wäre, daß diese Kunststücke von einem seltsamen und monströsen Lebewesen vorgeführt werden, zu dessen Erscheinungsform ein menschenähnliches Teil im Bauchbereich gehört.

Mensch und Pferd bringen jedoch noch keine perfekte geistige Verschmelzung zustande, und Mensch plus Automobil sind nicht mehr als eine Erweiterung der menschlichen Muskulatur mittels mechanischer Kopplung. Einem Pferd ist zuzutrauen, daß es sich Signalen widersetzt oder gar in unkontrollierbarer Panik durchgeht. Und ein Auto kann im ungelegenen Moment eine Panne haben oder ins Schleudern geraten.

Die Fusion von Mensch und Computer käme dem Ideal schon näher. Sie ließe sich als Erweiterung des Bewußtseins deuten, wie ich in *Foundation's Edge* klarzumachen versucht habe, als Multiplikation und Intensivierung der Sinneswahrnehmung, als unglaubliche Verstärkung des Willens.

Aber könnte die Fusion nicht unter diesen Umständen tatsächlich einen Einzelorganismus hervorbringen, eine Art kybernetischen Zentaur? Und würde der menschliche Teil einer solchen Verbindung je den Wunsch verspüren, sie abzubrechen? Müßte er den Abbruch nicht als unerträglichen Verlust empfinden und unfähig sein, mit der dabei erlittenen Verarmung seines Bewußtseins fertig zu werden? In meinem Roman konnte sich Golan Trevize jederzeit und ohne unangenehme Nachwirkungen von dem Computer lösen, aber wer weiß, vielleicht ist das unrealistisch.

Ein weiteres Thema, das in der *Robot City*-Serie hin und wieder auftaucht, betrifft die Interaktion zwischen Robot und Robot.

In den meisten meiner Geschichten hat das einfach deshalb keine Rolle gespielt, weil ich mich im allgemeinen auf eine wichtige Robotgestalt beschränkt und ausschließlich Fragen der Interaktion dieses einzelnen Robots mit verschiedenen Menschen behandelt habe.

Stellen wir uns Roboter in Kombination vor.

Das Erste Gesetz der Robotik besagt, ein Robot dürfe keinen Menschen verletzen oder durch Untätigkeit zu Schaden kommen lassen.

Angenommen, es sind zwei Roboter beteiligt, und einer von ihnen würde durch Unachtsamkeit, Unwissenheit oder besondere Umstände (ohne bösen Vorsatz) eine Tat begehen, die zur Verletzung eines Menschen führt — und angenommen, der zweite Robot weiß das, weil er einen höheren Wissens- oder Erkenntnisstand hat. Verlangt nicht das Erste Gesetz von ihm, den ersten Robot davon abzuhalten, daß er den Schaden verursacht? Verlangt nicht das Erste Gesetz, daß er den ersten Robot ohne Zögern oder Bedauern zerstört?

In diesem Sinne wird in meinem Buch *Robots and Empire* (Doubleday, 1985) ein Robot eingeführt, der darauf programmiert wurde, Menschen daran zu erkennen, daß sie einen bestimmten Akzent haben. Die Heldin des Buches spricht nicht mit diesem Akzent, weshalb der Robot sich für berechtigt hält, sie zu töten. Natürlich wird besagter Robot prompt von einem anderen vernichtet.

Ähnlich ist die Situation beim Zweiten Gesetz, das Roboter zwingt, den Befehlen eines Menschen zu gehorchen, es sei denn, solche Befehle stehen im Widerspruch zum Ersten Gesetz.

Wenn von zwei Robotern einer fahrlässig oder aus mangelnder Einsicht versäumt, einem Befehl zu gehorchen, muß der zweite entweder selbst den Befehl ausführen oder den ersten zur Ausführung zwingen.

In einer spannungsreichen Szene von *Robots and Empire* erteilt die Schurkin einem Robot einen direkten Befehl. Der Robot zögert, weil seine Ausführung der Heldin schaden könnte. Es kommt zur Konfrontation: Die Böse besteht auf ihrem Befehl, während ein zweiter Robot versucht, dem ersten zu größerer Klarheit über den Schaden zu verhelfen, den die Heldin erleiden müßte. Hier haben wir den Fall vorliegen, daß ein Robot den anderen auffordert, sich genauer an das Zweite Gesetz zu halten und dabei einem Menschen die Stirn zu bieten.

Es ist jedoch das Dritte Gesetz, das in bezug auf die Kombination von Robotern das kniffligste Problem aufwirft.

Das Dritte Gesetz besagt, daß ein Robot seine eigene Existenz schützen muß, solange dieser Schutz nicht dem Ersten oder Zweiten Gesetz widerspricht.

Aber wie soll das gehen, wenn zwei Roboter betroffen sind? Kümmert sich jeder nur um die eigene Existenz, wie es die buchstabengetreue Auslegung des Dritten Gesetzes vorzuschreiben scheint? Oder hätte jeder Robot das Bedürfnis, den anderen bei der Erhaltung seiner Existenz zu unterstützen?

Wie gesagt, dieses Problem ist bei mir nie aufgetreten, solange ich es mit nur einem Robot pro Geschichte zu tun hatte.

(Manchmal kamen darin weitere Roboter vor, aber sie waren eindeutig Nebenfiguren — eigentlich nur Statisten.)

In *The Robots of Dawn* und dann in dessen Fortsetzung *Robots and Empire* hatte ich es nun mit *zwei* Robotern von gleichem Rang zu tun. Der eine war R. Daneel Olivaw, ein humaniformer Robot (von einem Menschen schwer zu unterscheiden), der schon einmal in *The Caves of Steel* und dessen Fortsetzung *The Naked Sun* aufgetaucht war. Der andere war R. Giskard Reventlov, der ein orthodoxeres, metallisches Äußeres besaß.

Diese beiden Roboter waren in eine Auseinandersetzung mit der bösen Lady Vasilia verstrickt. Es war Giskard (so verlangte es jedenfalls die Handlung), dem Vasilia befahl, nicht mehr Gladia (der Heldin), sondern ihr zu dienen. Daraufhin sprach sich Daneel beharrlich dafür aus, daß Giskard bei Gladia bleiben müsse. Giskard hat die Fähigkeit, Menschen in begrenztem Umfang geistig zu beeinflussen, und Daneel erklärt, daß man Vasilia um Gladias Sicherheit willen derart manipulieren müsse. Er geht sogar so weit, zugunsten eines derartigen Vorgehens die Abstraktion des Wohls der Menschheit (das ›Nullte Gesetz‹) zu erörtern.

Daneels Argumente schwächen die Wirkung von Vasilias Befehlen ab, aber nicht genug. Giskard zaudert, kann aber nicht zum Handeln gezwungen werden.

Da beschließt Vasilia, daß Daneel eine zu große Gefahr darstellt; wenn er so weiter argumentiert, könnte er Giskard irgendwann überzeugen. Deshalb weist sie ihre eigenen Roboter an, Daneel zu deaktivieren, und befiehlt Daneel, sich nicht dagegen zu wehren. Daneel muß dem Befehl gehorchen, und Vasilias Roboter machen sich an die Arbeit.

Erst da handelt Giskard, Vasilias vier Roboter werden deaktiviert, sie selbst versinkt in tiefen Schlaf. Später bittet Daneel Giskard, ihm den Vorfall zu erklären.

Giskard sagt: »Als sie die Roboter angewiesen hat, dich auseinanderzunehmen, Freund Daneel, und dabei sichtlich Vorfreude empfand, hat deine Not im Verein mit dem, was der Begriff des Nullten Gesetzes bereits ausgelöst hatte, das Zweite

Gesetz aufgehoben und ist mit dem Ersten in Konflikt geraten. Das Nullte Gesetz, psychohistorische Erwägungen, meine Loyalität gegenüber Gladia und deine Not haben im Verein mein Handeln bestimmt.«

Nun wirft Daneel ein, seine Not hätte (weil er doch nur ein Robot sei) Giskard nicht beeinflussen dürfen. Giskard stimmt ihm natürlich zu, sagt jedoch: »Eine merkwürdige Sache, Freund Daneel. Ich weiß nicht, wie es dazu kommen konnte . . . In dem Augenblick, als die Roboter auf dich zukamen und Lady Vasilia ihre wilde Freude zum Ausdruck brachte, hat sich die Struktur meiner elektronischen Synapsen in anomaler Weise neu formiert. Einen Moment lang habe — habe ich dich als Menschen gesehen — und entsprechend reagiert.«

Darauf Daneel: »Das war falsch.«

Giskard antwortet: »Ich weiß. Und doch glaube ich — wenn es noch einmal dazu käme, würde wieder die gleiche Anomalie auftreten.«

Und Daneel beschleicht der Eindruck, daß er genauso handeln würde, wenn die Situation umgekehrt wäre.

Mit anderen Worten, die Roboter hatten ein Stadium der Komplexität erreicht, da sich für sie die Unterschiede zwischen Robotern und Menschen zu verwischen begannen, da sie einander als ›Freunde‹ betrachten und das Bedürfnis verspüren konnten, die Existenz des anderen zu erhalten.

Das könnte noch einen Schritt weitergehen — wenn Roboter eine Form von Solidarität entwickeln würden, die alle Gesetze der Robotik aussetzt. Hierüber habe ich in meiner Kurzgeschichte ›Robot Dreams‹ spekuliert, die ich für mein kürzlich erschienenes Buch *Robot Dreams* geschrieben habe.

Dort ging es um einen Robot, der träumte, die Roboter seien eine versklavte Gruppierung von Lebewesen, deren Befreiung ihm zufalle. Doch das war nur ein Traum, und in der Geschichte ist nicht davon die Rede, er könne sich je soweit von den Drei Gesetzen freimachen, um fähig zu sein, eine Rebellion der Roboter anzuführen (oder daß sich die anderen Roboter aufschwingen könnten, ihm zu folgen).

Allerdings ist schon der bloße Gedanke gefährlich, und der träumende Robot wird augenblicklich deaktiviert.

William F. Wus Roboter haben keine so radikalen Gedanken, aber sie haben eine Gemeinschaft gebildet, die sich um das Wohl ihrer Mitglieder sorgt. Es ist erfreulich, daß und wie er das Thema aufgreift und seinen Einfallsreichtum und seine Vorstellungskraft einsetzt, um die Probleme herauszuarbeiten.

Kapitel 1

Der Kompaßturm

Derec stand auf der hohen, abgeflachten Spitze des Kompaßturms und blickte von der mächtigen Pyramide herab auf die endlosen geometrischen Wunder von Robot City unter dem strahlend blauen Himmel. Ariel schmiegte sich an ihn und hielt immer noch seinen Arm mit beiden Händen umklammert. Der Robot Mandelbrot und die kleine Wolruf, ein intelligentes kaninoides Fremdwesen, standen abwartend hinter ihnen.

»Wie sehr sich alles verändert hat«, sagte Derec leise. Sie hatten sich mit Hilfe ihres doppelten Schlüssels zum Perihel soeben erst auf den Planeten zurückteleportiert. Dabei hatte Mandelbrot alle anderen getragen. »Behalte den Schlüssel. Bei dir ist er am sichersten.«

»Jawohl, Derec«, sagte Mandelbrot.

Derec drehte sich um und hielt Ausschau in die entgegengesetzte Richtung. Der Anblick war der gleiche: die Lichter und Bauten von Robot City, ein Stadtpanorama, das vom reflektierten Sonnenlicht nur schwach gegen den blauen Horizont abgehoben wurde. Wohin er sich auch wandte, es gab keinen Ausweg für ihn. Hier schien sich sein Schicksal zu erfüllen.

»Was hat sich denn verändert?« fragte Ariel kläglich. Sie hatte sich von den auf der Erde erlittenen Qualen noch nicht wieder erholt. Eine schlimme Krankheit war dort voll zum Ausbruch gekommen, hatte ihre Erinnerungen gelöscht und damit ihre gesamte Identität. Sie hatten sich zwar nicht frei bewegen können, aber glücklicherweise war es Derec gelungen, ihren Geist mit einer neuen Matrix chemischer Erinnerungen zu versehen. Diese sollten auf dem Bodensatz ihres alten Gedächtnisses heranwachsen, befanden sich jedoch noch in der Entwicklung. Sie hatte keine Zeit gehabt, sich an sie zu gewöhnen, sie zu integrieren, zu verstehen, wer sie war.

Derec verzog das Gesicht, als ihn der warme Aufwind von der Fassade der Pyramide erfaßte. Sein Haar wurde zerzaust.

Der ehemalige Bürstenschnitt hatte sich zur goldenen Mähne ausgewachsen. »Sie haben es geschafft. Die Roboter haben die Stadt in sämtliche Richtungen weitergebaut. Möglicherweise bedeckt sie inzwischen den ganzen Planeten.«

»Vorher tat sie das also nicht.« Sie nickte versonnen und blickte sich wie er nach allen Seiten um.

»Nein. Aber wir sind hier auch nicht ganz fremd. Wir kennen uns aus. Und mit etwas Glück können wir diese Exkursion in kürzester Zeit hinter uns bringen und wieder verschwinden.« Derec wandte sich an Mandelbrot. »Wir müssen uns irgendwo verstecken, ehe man auf uns aufmerksam wird. Kannst du noch deine Komverbindung einsetzen, um den Stadtcomputer zu erreichen?«

»Ich will es gern versuchen.« Mandelbrot zögerte einige Sekunden, für einen Robot ziemlich lange. »Ja. Der Stadtcomputer hat zwar die Frequenz geändert, aber ich habe die neue identifiziert, indem ich einfach von der ursprünglichen ausgegangen bin und eine Vielzahl von Signalen gesendet habe, die die gesamte Bandbreite des . . .«

»Prima, ausgezeichnet, danke.« Derec grinste über soviel Enthusiasmus, hob jedoch abwehrend die Hände. »Glaub mir, ich hab' Vertrauen in deine Kompetenz. Meine nächste Frage lautet: Als Ariel und ich zum ersten Mal in Robot City waren, habe ich unter uns in dieser Pyramide ein Büro entdeckt. Es war erst vor kurzem benutzt worden. Ich denke, dort werden wir Dr. Avery vorfinden, aber wir müssen vorsichtig sein. Könntest du den Stadtcomputer fragen, ob das Büro noch benutzt wird?«

»Ich will es gern versuchen.« Gleich darauf schüttelte Mandelbrot den Kopf. »Der Computer weigert sich, Informationen über das Büro herauszugeben. Er wollte nicht einmal bestätigen, daß es dieses Büro noch gibt.«

»Na gut.« Derec seufzte.

»Und wenn es nicht mehr da wäre?« fragte Ariel.

»Das würde mich überraschen«, sagte Derec. »Avery wird lediglich dafür gesorgt haben, daß über sein privates Büro nirgendwo etwas vermerkt ist. Wir müssen das Risiko eingehen und einfach reingehen, wenn wir können.«

Ariel strich sich das Haar aus dem Gesicht. »Einfach reingehen? Wie denn?«

»In der Decke des Büros gab es eine Falltür mit direktem Zugang zu der Plattform, auf der wir stehen.« Er hatte sich auf Hände und Knie niedergelassen. »Los, machen wir uns auf die Suche.«

»Derec.« Ariels Stimme hatte sich ein wenig gefestigt, und sie ließ etwas von ihrem alten Kampfgeist erkennen. »Du bist in letzter Zeit immer schwächer geworden, wegen dieser . . . Dinger, die dir Dr. Avery heimlich eingepflanzt hat. Also paß auf dich auf, ja?«

»Kannst *du* sie etwa finden?« fragte er gereizt. »Du bist schließlich auch nicht ganz auf der Höhe.«

»Krank bin ich jedenfalls nicht mehr!« Sie verschränkte die Arme. »Mir geht es gut, wenigstens körperlich.« Sie beobachtete ihn einen Moment lang. Dann ging sie, wie um es ihm zu zeigen, ebenfalls in die Knie und begann den Boden der Plattform abzutasten.

»Du erinnerst dich ja nicht mal, je hiergewesen zu sein, stimmt's?« erkundigte sich Derec anklagend. Die Anspannung machte ihm zu schaffen.

»*Du* etwa?«

»Ja!«

»Also . . . seit ich dich kenne, weißt du nicht, wer du bist. Du leidest unter Gedächtnisschwund, seit . . .« Sie schüttelte den Gedanken ab. »Vielleicht hab' ich mich noch nicht an alles gewöhnt, aber wenigstens ist mir was geblieben.« Dann zögerte sie, sah ihm fragend ins Gesicht. »Das hätte ich nicht sagen dürfen. Zumindest nicht laut. Stimmt's? Oder erinnere ich mich da nicht richtig?«

Derec schüttelte nur knapp den Kopf und wandte sich ab. »Stimmt.« Sogar ihre Formulierung war die gleiche wie bei früheren Anlässen. Er rutschte auf den Knien herum und tastete prüfend die glatte Fläche ab. »Mandelbrot, kannst du was entdecken?«

»Hier«, sagte Mandelbrot und begab sich in einen Winkel der Plattform. »Meine optischen Sensoren haben einen kleinen quadratischen Umriß ausgemacht, der wahrscheinlich eine Öffnung darstellt.«

»Gut.« Derec trat zu Mandelbrot und kniete vor dem Roboter nieder. Er ließ die Hand an einem im Viereck verlaufenden Spalt entlanggleiten, bis er eine kleine Vertiefung in der Oberfläche entdeckte, kaum größer als ein Daumenabdruck. Er stemmte sich dagegen und begann zu schieben.

»Gestatten Sie . . .« sagte Mandelbrot.

»Nein, ich hab's schon . . .« Derec verstummte, als der Robot sanft nach seinem Arm griff und ihn wegzog. Er drehte sich um und sah zu ihm auf. »Mandelbrot, was soll das?«

»Wie sehr haben die Chemfets in Ihrem Körper Sie schon geschwächt?« fragte Mandelbrot.

»So sehr nun auch wieder nicht! Schluß jetzt mit dem Gerede, machen wir uns an den Abstieg. Avery hat sie mir eingepflanzt, und er ist der einzige, der sie wieder rausholen kann. Kommt!« Derec entzog sich dem Zugriff des Robots.

»Derec?« sagte Ariel zaghaft.

»Mandelbrot«, sagte Derec, »nimm Wolruf auf den Arm und komm als letzter nach. Hilf Ariel über die . . .«

»Das geht nicht. Ich muß die Falltür aufmachen und als erster hinuntersteigen.«

»Wie bitte?«

»Das Erste Gesetz der Robotik«, sagte Mandelbrot nachsichtig. »Ich darf keinen Menschen verletzen oder durch Untätigkeit zu Schaden kommen lassen . . .«

»Weiß ich!« rief Derec wütend. »Du brauchst mir keinen Vortrag über die Gesetze zu halten. Schließlich hab' ich dich zusammengebaut, vergiß das nicht. Ich kenne die Gesetze in- und auswendig.«

»Ich habe es lediglich Ariel zuliebe zitiert«, sagte Mandelbrot. »Möglicherweise erinnert sie sich nur verschwommen an die Gesetze.«

»An das Erste erinnere ich mich.« Ariel schien die Konfrontation in Verlegenheit zu bringen. »Äh — ist nicht das Zweite Gesetz das, wonach ein Robot den Befehlen eines Menschen gehorchen muß?«

»Ja, es sei denn, solche Befehle stehen im Widerspruch zum Ersten Gesetz.« Mandelbrot nickte.

»Demnach lautet das Dritte Gesetz, ein Robot darf nicht zulassen, daß er Schaden nimmt oder sich selber Schaden zufügt?«

»Solange das nicht dem Ersten oder Zweiten Gesetz widerspricht«, ergänzte Mandelbort. »Richtig.«

Ariel lächelte schwach.

»Nun mach schon«, sagte Derec ungeduldig. Er griff wieder in die Vertiefung, obwohl er nach wie vor nicht damit rechnete, daß Mandelbrot ihm erlauben würde, die Falltür zu öffnen.

»Ich werde die Lage sondieren«, sagte Mandelbrot entschlossen. »Bei allem Respekt, aber das verlangen die Gesetze.«

»Wie kommst du bloß darauf?« wollte Derec wissen.

»Sie verlieren wegen der Chemfets in Ihrem Körper allmählich die Kontrolle über Ihre Motorik. Ariel ist von ihrem Gedächtnistransfer her noch desorientiert, und Wolrufs Körper eignet sich nicht für einen derart steilen Abstieg. Wir stehen kurz davor, das Büro und vielleicht gar den zeitweiligen Aufenthaltsort Ihres Widersachers zu betreten. Die Wahrscheinlichkeit ist hoch, daß Sie dabei Schaden erleiden; deshalb gehe ich voran.«

Derec funkelte ihn wütend an, ohne etwas gegen Mandelbrots robotische Logik einwenden zu können.

Wolruf blickte zu ihm auf und legte den hundeähnlichen Kopf schief. »Trrägsst du mich rrunter?«

»Ich werde zunächst allein gehen«, sagte Mandelbrot. »Derec kennt sich in Robot City gut genug aus, um mit Überraschungen fertig zu werden, deshalb wird er mir folgen, wenn das Büro keine Gefahren birgt. Ich werde dich tragen, falls wir alle hineingehen.«

Wolruf nickte zustimmend.

Derec beobachtete Mandelbrot im gedämpften Licht. Der Robot zögerte einen Moment, sah sich vermutlich mit Hilfe seiner Infrarotsensoren um und horchte auf Anzeichen, daß das Innere besetzt oder gefährlich war. Dann bückte er sich und ließ die Falltür ein Stück aufgleiten. Nach einer weiteren Pause machte er sie ganz auf und kletterte drinnen eine metallene Leiter hinab.

Derec wartete und wagte dabei kaum zu atmen. Avery konnte ihnen ohne weiteres eine Falle gestellt haben. Wolruf schob sich neben ihn. Ariel blieb ruhig stehen. Sie wirkte gelassen, als habe sie den Ernst der Lage nicht begriffen.

Nach scheinbar ewig langer Zeit ging drunten im Raum eine Lampe an und warf einen Lichtkegel nach oben. Mandelbrot rief leise nach ihnen. »Es ist noch da und unbesetzt, offenbar für alle ungefährlich.«

Derec atmete erleichtert aus und ergriff Ariels Arm. »Geh du als nächste. Hör nicht auf Mandelbrots Geschwätz, ich wüßte mit Überraschungen fertig zu werden; er kann dich besser schützen, falls irgendwas passiert. Und er wird dir helfen, falls du Schwierigkeiten mit der Leiter hast.«

»Na gut.« Ariel begann vorsichtig hinunterzuklettern.

Wolruf trat an den Rand der Öffnung und spähte vorsichtig nach unten, wobei sie darauf achtete, nicht im Weg zu sein.

Derec nutzte die Zeit, um sich ebenso behutsam an den Rand der Plattform auf dem Kompaßturm vorzuschieben. Bisher waren drunten keine Veränderungen zu erkennen, die auf einen Alarm hindeuteten.

Wolruf folgte Ariel. Dann machte sich Derec an den Abstieg und hoffte, daß seine Hände und Füße ihm gehorchen würden. Er kletterte langsam in den Raum hinab und klammerte sich dabei an der Leiter fest. Als er ganz drinnen war, schob er über seinem Kopf die Tür zu.

Die Treppe hielt stand und war leicht zu bewältigen. Kurz bevor er unten war, versagten ihm jedoch die Muskeln im rechten Bein. Er rutschte von der untersten Sprosse ab und taumelte rückwärts in Mandelbrots Arme.

Derec riß sich loß und starrte die anderen, die ihn genau beobachtet hatten, wütend an. »Ich bin ausgerutscht, na und?«

Niemand antwortete ihm.

»Los, los. Finden wir heraus, soviel wir können.« Derec drängte sich an Mandelbrot vorbei. Er begann das Büro abzugehen und sich umzusehen.

Auf den ersten Blick war alles noch so, wie er sich erinnerte. Bei seinem ersten und bisher einzigen Besuch hatte sich Ariel nur einen Moment lang hier aufgehalten, daher hätte sie sich ohnehin kaum an die Einrichtung erinnern können. Die anderen beiden waren noch nie dagewesen.

Wände und Decken wurden ganz von Sichtschirmen eingenommen, die ein Rundumpanorama von Robot City zeigten. Es war nahezu identisch mit jenem, das sich Derec von der darüberliegenden Plattform aus geboten hatte. Soweit das Auge reichte, ragten in allen Himmelsrichtungen funkelnd die Gebäude von Robot City auf. Wenn sie zur Decke aufblickten, konnten sie über sich nach wie vor den blauen Himmel sehen.

Das Büro war mit echtem Mobiliar ausgestattet, mitgebracht von einem anderen Planeten: Sessel, Sofabett und ein Schreibtisch aus Eisenlegierung, an Stelle der schlichten Funktionsmöbel, wie sie in Robot City hergestellt wurden. Auf dem Tisch gab es eine Schreibunterlage mit Papier und zwei Null-G-Tintenschreibern. Wie zuvor stand die kleine luftdichte Ablage voller Bänder unberührt da. Die Bänder waren, wie er sich erinnerte, einmal nach Themen und dann nach Planeten geordnet, wobei alle fünfzig Spacerwelten vertreten waren. Falls jemand sie benutzt hatte, war beim Zurückstellen durchweg die richtige Reihenfolge eingehalten worden. Nichts schien sich seit seinem letzten Besuch verändert zu haben. Doch dann drehte er sich um und sah die Pflanze.

Beim ersten Mal hatte dort eine unbekannte Pflanze unter einer wachstumsfördernden Lampe gewuchert. Die Lampe war noch da, aber die Pflanze darunter hing schlaff und welk in ihrem Topf. Ihre Stiele waren lavendelfarben, aber er hatte keine Ahnung, ob das ein Zeichen von Austrocknung oder ihre natürliche Todesfärbung war. Er zerrieb nachdenklich ein abgestorbenes Blatt zwischen den Fingern.

»Jemand hat sie schlicht eingehen lassen«, sagte Ariel und trat neben ihn.

»Ich glaube nicht, daß jemand hiergewesen ist«, sagte Derec. »Mandelbrot, Wolruf — kann einer von euch Anzeichen kürzlicher Benutzung entdecken?«

Ariel sah sich im Raum um, dann wandte sie sich einem kleinen Abfallbehälter zu. »Der ist ganz leer.«

»Dann war seither doch jemand hier«, sagte Derec. »Aber das ist lange her.« Er drehte sich wieder nach dem Schreibtisch um, weil ihm plötzlich etwas eingefallen war. Früher hatte dort ein Holowürfel mit dem Bild einer Mutter und deren Baby gestanden. Der Würfel war verschwunden.

»Vielleicht hat 'n Rrobot den Abfall besseitigt«, meinte Wolruf.

»Nein.« Derec schüttelte den Kopf. »Als ich damals hier war, wurden Ariel und ich von der Konferenz der Überwacher aus herbegleitet. Wir hatten den Kompaßturm im Erdgeschoß betreten. Aber den letzten Teil des Weges mußten wir allein zurücklegen. Roboter dürfen nicht mal in die Nähe des Büros. Wahrscheinlich haben sie keine Ahnung, wozu der Raum da ist. Bestimmt ist es verboten, ihn zu betreten.«

»Wenn es Dr. Avery nicht gäbe«, sagte Ariel, »wäre das also ein ideales Versteck.«

»Falls es uns gelingt, eine Nahrungsquelle für Sie zu finden«, sagte Mandelbrot. »Außerdem bergen jegliche Versuche, Dr. Avery ausfindig zu machen, inhärente Risiken.«

»Ich will mal eben was nachprüfen.« Derec ging zum Tisch und zog rechts die große, tiefe Schublade heraus. Darin war wie zuvor ein aktives Computerterminal untergebracht. »Ah! Dieses Terminal hat keinerlei Sperren. Hier bin ich damals dahintergekommen, was es mit den Strukturveränderungen der Stadt auf sich hatte.« Er ließ sich am Tisch nieder und gab die Frage ein: »Hat dieses Büro irgendwelche Sensoren, die draußen abzulesen sind?«

»NEGATIV.«

»Befehl: Hinterlasse im Stadtcomputer keine Aufzeichnungen über die Aktivität dieses Terminals.«

»BESTÄTIGT.«

»Gibt es hier im Raum eine für Menschen geeignete Nahrungsquelle?«

»WIRD BESTÄTIGT.«

»Wo befindet sie sich?«

»DAS INSTRUMENTENPULT IST UNTER DER TISCHPLATTE EINGELASSEN, WO SIE ÜBER DIESE SCHUBLADE HINAUSRAGT.«

»Gibt es einen Waschraum?«

»JA.«

»Wo befindet er sich?«

»DIE TÜR IST IN DEN SICHTSCHIRM HINTER DER LEITER EINGELASSEN. DIE WIRD AUCH VOM INSTRUMENTENPULT AM TISCH AUS BEDIENT.«

Derec tastete die überstehende Tischkante ab und ließ eine hauchdünne Platte mit erhabenen Knöpfen herausgleiten. Er drückte auf den Knopf mit der Bezeichnung ›Mahlzeit‹ und drehte sich um, als von der Wand her ein leises Summen ertönte. In der Nähe der Leiter hatte sich ein Rechteck vom Wandschirm gelöst und die Öffnung eines kleinen chemischen Prozessors freigegeben. Die Front der Schublade zeigte nach wie vor den entsprechenden Teil der Außenansicht von Robot City.

Er atmete langsam aus und grinste Ariel an. »Wenn der funktioniert, gewinnen wir etwas Zeit. Wenn allerdings der Tank keine Rohstoffe enthält, kann er uns nicht helfen. Ich versuch's gleich mal.«

»Nein, laß mich.« Ariel eilte ans Pult. »Mit so was kann ich mein Gedächtnis testen. Mal sehen . . .« Sie betätigte eine Sequenz von Tasten, hielt inne, um nachzudenken, und tippte noch eine Sequenz ein.

»Okay«, sagte Derec. »Was soll's denn werden?«

»Wird nicht verraten. Ich will sehen, ob du es erkennst.« Sie lächelte schelmisch, aber zugleich ein wenig ängstlich.

Derec drückte auf einen anderen Knopf am Instrumentenpult und sah zu, wie sich mitten auf dem Sichtschirm neben dem Prozessor eine schmale Tür auftat. Dahinter war ein winziger Waschraum, so sauber und ordentlich wie das Büro. Er ließ die Tür wieder zugleiten.

Gleich darauf glitt ein kleiner Behälter in die Essensausgabe. Derec schnupperte. »Ha! Mal wieder magellanisches Grünzeug? Nicht schlecht.« Er berührte vorsichtig den Behälter.

»Und auch noch heiß. Riecht herrlich.« Er sah sich über die Schulter nach ihr um. »Gut gemacht.«

Ariel lächelte und wischte sich mit dem Handrücken den Schweiß von der Stirn.

»Hab' auch Hungerr, bitte«, verkündete Wolruf höflich.

»Aber natürlich. Du bist als nächste dran«, sagte Ariel.

Derec wollte gerade den Behälter aus der Essensausgabe nehmen, da sah er Ariel wiederholt heftig blinzeln und dann zurücktaumeln. Sie fiel um, und Mandelbrot kam gerade noch zurecht, um sie aufzufangen und sanft hochzuheben. Er drehte sich um und legte sie behutsam auf dem Sofa ab.

Kapitel 2

Erinnerungen und Chemfets

Derec eilte an ihre Seite und sank in die Knie. »Ariel?« flüsterte er.

Sie atmete schnell und flach und war in Schweiß gebadet. Ihre Augen waren geschlossen.

»Mandelbrot?« sagte Derec leise. »Hast du eine Ahnung, was mit ihr los ist?«

»Nein, Derec. Meine humanmedizinischen Kenntnisse sind sehr begrenzt.«

»Vielleicht iss' ssie nurr müde«, sagte Wolruf mit gedämpfter Stimme. »Iss' doch sso krrank gewesen. Brraucht Rruhe.«

»Hoffentlich ist es das«, sagte Derec. Er empfand tiefe Bestürzung. Was sie auf der Erde durchgestanden hatte, war extrem anstrengend gewesen, und ihre erneute Landung hier mußte ihr mehr zugesetzt haben, als ihm klar war. »Bis jetzt hat sie einen ganz normalen Eindruck gemacht.«

Wolruf stellte sich neben Derec. Sie blickte Ariel ins Gesicht. »Sschlage vorr, du brringst ihrr Essen.«

»Mandelbrot«, sagte Derec.

Der Robot holte den Behälter mit magellanischem Grünzeug und reichte ihn Derec. Das Eßbesteck war seitlich am Behälter befestigt. Aber Derec hielt ihn Ariel nur unter die Nase und ließ das Aroma aufsteigen.

Nichts passierte.

»Vielleicht ist das doch nicht, was sie braucht. Sie reagiert überhaupt nicht.« Er wandte sich mit fragendem Blick an die anderen.

»Wasserr?« schlug Wolruf vor.

»Muß den Fremden finden«, raunte Ariel. Ihre Augen waren nach wie vor geschlossen, doch sie wälzte sich rastlos.

»Was?« fragte Derec sanft. »Was für einen Fremden?«

»Anlocken. Muß inzwischen Hunger haben.« Sie wand sich, und der Schweiß auf ihrer Stirn glänzte im Lampenschein. »Muß es besser machen. Muß es ihm schmackhaft machen. Muß den richtigen Geruch erzeugen.« Ruckartig warf sie den Kopf herum.

»Wen meinst du?« drängte Derec. »Avery? Den finden wir schon . . . Meinst du Dr. Avery?« Dann wurde ihm klar, daß sie möglicherweise von Jeff Leong träumte, jenem schiffbrüchigen Fremden, dem sie bei einem früheren Aufenthalt in Robot City begegnet waren und der in einen Cyborg verwandelt worden war. Derec und seine Gefährten hatten damals geholfen, ihn einzufangen, als die Verwandlung sich nachteilig auf Leongs Geisteszustand ausgewirkt hatte, und die Roboter dabei unterstützt, seine menschliche Erscheinung wiederherzustellen. Sie hatten ihm in einem Schiff, das sie selbst hätten benutzen können, zum Abflug von dem Planeten verholfen.

»Ssie hörrt dich nicht«, sagte Wolruf. »Ssehr krrank.«

Derec stand auf und stellte den Essensbehälter auf den Tisch, wobei er Ariel nicht aus den Augen ließ. Sie sagte jetzt nichts mehr, doch ihre Beine bewegten sich leicht. Er hatte schon des öfteren gesehen, wie sich Leute bewegten, wenn sie träumten. »Ich denke, wir müssen sie schlafen lassen. Vielleicht ist es das, was sie braucht. Ein bißchen Ruhe täte mir auch gut.

Dieses Sofa läßt sich doch zu einem Bett ausziehen«, bemerkte er. »Was immer mit Ariel los ist, hat mit ihrem

Bewußtsein und ihren Erinnerungen zu tun, nicht mit ihrem Körper. Es wird ihr nicht schaden, wenn du sie einen Moment hochhebst.«

Mandelbrot bückte sich und nahm Ariel wie ein Baby in seine Roboterarme. Derec hantierte eine Weile am Sofa herum, dann hatte er den Riemen gefunden, an dem er ziehen mußte, um das Sofa ganz zu entfalten. Es handelte sich um einen simplen Mechanismus ohne Servomotor, wie er bei Leuten beliebt war, die häufig auf Reisen gingen, weil er den Besitzer nicht zwang, sich um geeignete Energiequellen oder komplizierte Reparaturen zu kümmern.

»Fertig«, sagte Derec.

Mandelbrot legte Ariel so behutsam nieder wie zuvor. Derec setzte sich daneben, um ihre Kleidung zu lockern. Inzwischen lag sie still da, wie in ruhigem Schlaf.

»Ich stelle fest«, sagte Mandelbrot, »daß sich ein potentieller Konflikt mit dem Ersten Gesetz auftut.«

»Was für ein Konflikt?« fragte Derec. Seiner Meinung nach war dies nicht der rechte Zeitpunkt, sich über die Gesetze der Robotik zu streiten.

»Von unserem früheren Aufenthalt her erinnere ich mich, daß Robot City über humanmedizinische Fertigkeiten und Technologie von hoher Qualität verfügt. Möglicherweise verlangt das Erste Gesetz, daß ich Ariel mit dem Robot in Verbindung setze, der Humanmedizinforscher 1 heißt, da ich sonst zulassen würde, daß sie durch meine Inaktivität zu Schaden kommt.« Er richtete seine Photosensoren direkt auf Derec.

»Aber das geht doch nicht! Das können wir nicht wagen, jedenfalls nicht sofort!« Derec sprang auf und ging hinter dem Schreibtisch auf und ab. »Mit an Sicherheit grenzender Wahrscheinlichkeit würden die Roboter Dr. Avery benachrichtigen, und dann würde *ich* durch deine Aktivität zu Schaden kommen. Und Ariel vermutlich auch. Der Kerl ist doch verrückt.«

»Ich weiß«, sagte Mandelbrot zerknirscht. »Außerdem spüre ich eine Resonanz jenes Dilemmas in bezug auf das Erste Gesetz, das ich bei gewissen Anlässen schon vor unserer Rückkehr hierher empfunden habe. Mir wäre jeder Vorschlag willkommen, der zur Vermeidung des Konflikts beiträgt.«

Derec starrte ihn an. »Vorschläge? Verflucht, ich weiß auch nicht.« Er fuhr sich mit beiden Händen durchs Haar und schloß die Augen. »Also, ich bin auch müde. Ich schlage vor, daß du auf Bereitschaft geschaltet bleibst und den Stadtcomputer überwachst, während wir eine Weile schlafen.«

»Wie Sie wünschen«, sagte Mandelbrot. »Obendrein werde ich das Licht ausmachen, sobald Sie soweit sind.«

Wolruf machte es sich bereits in einem der Sessel bequem. Derec ließ sich vorsichtig neben Ariel nieder und versuchte sie nicht zu stören, während er seine Stiefel auszog. Gleich darauf lag er ausgestreckt im Sonnenlicht, umgeben vom Panorama der eigentümlichen Schönheit von Robot City. Ohne feste, undurchsichtige Wände kam er sich seltsam ungeschützt vor, trotz der Eignung dieses Raums als Versteck und trotz der Tüchtigkeit Mandelbrots, der es mit jedem anderen Robot aufnehmen konnte, dem sie begegnen mochten.

»Mandelbrot«, sagte Derec.

»Ja.«

»Sieh zu, ob du herausfinden kannst, wie man diese Sichtschirme abschaltet. Das Sonnenlicht ist so hell, und Vorhänge gibt's keine.«

»Jawohl, Derec.«

Derec war sich, je länger er darüber nachdachte, um so sicherer, daß sie hier außer Gefahr waren. Eine der wenigen gesicherten Erkenntnisse über das verrückte Genie Dr. Avery war, daß er unter Verfolgungswahn litt und daß sich sein Zustand mit der Zeit womöglich verschlimmern würde. Er wußte bestimmt, daß Derec sich schon einmal in diesem Büro aufgehalten hatte, und zweifellos wußte er, daß er in Averys Laboratorium gewesen war. Ein wahrer Paranoider würde weder das eine noch das andere weiter benutzen, sobald sein ›Gegenspieler‹ ihren Standort kannte.

Derecs Körper war ausgezehrt, viel müder, als er eigentlich hätte sein dürfen. Er gestand es sich nicht gern ein, aber die Zeit, die ihm blieb, Dr. Avery zu finden, wurde knapp. Am schlimmsten war die Vorstellung, er könne den Punkt erreichen, an dem er noch klar denken, aber seine Pläne nicht mehr ausführen konnte. Im Einschlafen wandten sich seine Gedanken seinem größten Problem zu: den Chemfets in seinem Körper.

Dr. Avery hatte ihn gefangengenommen, als sie das letzte Mal in Robot City waren. Damals hatte Ariels Erkrankung eine kritische Phase erreicht. Derec war entkommen und aus Robot City geflohen, in der Hoffnung, ein Heilmittel gegen die Krankheit zu finden. Sie waren auf der Erde gelandet. Erst dort war ihm klargeworden, was Dr. Avery mit ihm angestellt hatte, während er in dessen Labor gefangensaß.

Die Chemfets waren mikroskopisch kleine Schaltkreise mit Biosensoren, die mit seinem Körper kommunizieren konnten. Diese winzigen Schaltkreise besaßen die Fähigkeit, ihrer Programmierung gemäß zu wachsen und sich zu vermehren, und offensichtlich stammte diese Programmierung von Dr. Avery. Außerdem hatte er einen Monitor in Derecs Gehirn eingepflanzt, der ihm mitgeteilt hatte, was sie waren und was in ihm vorging: in seinem Körper wuchs Robot City im Kleinformat heran.

Derec hatte keine Ahnung, warum Dr. Avery ihm das angetan hatte, aber der Monitor hatte eines deutlich werden lassen: Die Chemfets vermehrten sich zahlenmäßig, und einige vereinigten sich, um größenmäßig zuzunehmen. Schon jetzt störten sie sein normales Koordinationsvermögen, und sie würden ihn von innen heraus umbringen — wahrscheinlich, indem sie ihn lähmten —, wenn sie nicht rechtzeitig entfernt wurden.

Das aber konnte nur Dr. Avery gelingen. Derec wußte bloß noch nicht, wie er den Mann überzeugen sollte, es zu tun.

Plötzlich erwachte Derec und sah über sich eine eintönig hellgraue Zimmerdecke. Vorübergehend war er völlig desorientiert. Dann fiel ihm wieder ein, daß er sich in Dr. Averys Büro befand. Er fuhr in geradzu panischem Schrecken hoch und sah sich um.

Ariel saß am Schreibtisch. Als so plötzlich Bewegung in ihn kam, zuckte sie zusammen und blickte ihn an. Zunächst war ihre Miene ausdruckslos, dann entspannte sie sich zu einem angedeuteten Lächeln.

»Ariel! Wie geht es dir?« Derec grinste vor Verlegenheit über sein abruptes Erwachen und fuhr sich durchs Haar, damit es ihm nicht mehr in die Augen hing.

»Mir geht's gut. Ich bin nur . . . manchmal ganz konfus«, sagte sie entschuldigend.

Derec schwang die Beine über den Bettrand und sah sich erneut um. Mandelbrot hatte einen Weg gefunden, die Wände undurchsichtig zu machen, die jetzt ebenso hellgrau waren wie die Decke, und war dann reglos und mit dem Rücken zu Derec in Stellung gegangen. Wolruf war ebenfalls wach. Sie hockte ruhig im gleichen Sessel, den sie vor dem Einschlafen eingenommen hatte.

»Und dir?« erkundigte sich Ariel. »Übrigens, ich kann mehrere anständige Gerichte aus dem chemischen Prozessor herausholen. Mein Gedächtnis war ein bißchen schwach, aber ich habe einige von Grund auf neu gelernt. Wolruf und ich haben gegessen. Für dich ist auch was da.«

»Danke. Bei mir ist alles in Ordnung«, sagte Derec. Der Schlaf hatte ihm sehr gutgetan. »Ein schneller Gang zum Waschraum, dann geht's mir bestens.«

Kurz darauf stand er in der engen Duschkabine und ließ die prickelnden Wasserstrahlen seine Kopfhaut massieren und dampfend über seinen Rücken ablaufen. Er stand mit gesenkten Kopf und geschlossenen Augen da. Die Hitze tat ihm gut, machte ihm jedoch auch klar, wie erbärmlich sein Zustand wirklich war. Sie lockerte Verspannung in seinem Nacken, wie er sie bis dahin noch nie gehabt hatte.

Sie fühlten sich alle so frisch wie am Morgen, obwohl es nicht Morgen sein konnte. Ihre jeweilige biologische Uhr würde sich aber sicher bald angepaßt haben.

Er zwang sich, aus der Dusche zu steigen und sich wieder anzuziehen. Wenn möglich, wollte er seine Beschwerden vor seinen Gefährten geheimhalten. Ariel und Wolruf verließen sich darauf, daß er sie mit seinen Kenntnissen über Robot City beschützte, und das mußte er irgendwie durchhalten, bis sie Dr.

Avery ausfindig gemacht hatten. Hätte Mandelbrot gewußt, wie rapide die Chemfets seine Gesundheit beeinträchtigten, hätte ihn das Erste Gesetz womöglich genötigt, ihn und Ariel den Robotmedizinern von Robot City zu übergeben. Und das hieße, Dr. Avery geradewegs in die Hände zu spielen.

Er verließ den Waschraum und rang sich ein fröhliches Lächeln ab.

»Ich hab' im Stadtcomputer nachgelesen«, sagte Ariel mit einer Kopfbewegung in Richtung Terminal. »Insbesondere alles, womit wir bisher zu tun hatten.«

»Wirklich? Was hast du gefunden?«

»Wußtest du, daß unsere Besuche in der Schlüsselzentrale hier verzeichnet sind? Und die ganze Episode mit Jeff Leong, dem durchgedrehten Cyborg?«

»Gab es irgendwelche Kritiken vom *Hamlet*?« Derec grinste.

»Nicht daß ich wüßte.« Die Pointe schien ihr entgangen zu sein. »Oh, und natürlich die Geschichte von den wilden automatischen Strukturveränderungen in der Stadt, und wie du ihnen Einhalt geboten hast.«

»Ich hatte wohl nicht damit gerechnet, daß ich in den Aufzeichnungen so häufig vorkomme«, sagte Derec. »Aber besonders überrascht bin ich davon auch nicht.« Er dachte einen Moment nach und betrachtete den Cursor, der auf dem Schirm blinkte. »Anders als bei unserem letzten Aufenthalt hier lassen sich jetzt alle Informationen herausholen, nach denen man fragt. Das ist dir doch auch gelungen, oder?«

»Ja . . .« Sie blickte ihn versonnen an. »Jetzt erinnere ich mich wieder . . . du hattest hin und wieder Probleme, dein Terminal auf Trab zu bringen.«

Derec nickte. »An anderen Terminals waren Sperren angebracht. Nur an diesem gab es keine, wie ich gestern abend schon sagte. Das betrifft aber nur die Sperren, die Avery mit Absicht ins System eingebaut hatte. Beim Stadtcomputer ging es damals um das Problem, daß während der raschen Strukturveränderungen ein Übermaß an Informationen gespeichert wurde. Sie steckten alle irgendwo im Computer, waren aber nicht mehr richtig geordnet.«

»Wenn du zusehen möchtest, was du zustande bringst . . .« Ariel schickte sich an, aufzustehen und den Schreibtisch freizugeben.

»Nein, jetzt noch nicht.« Derec probierte einen Happen von Resten des Frühstücks und nickte anerkennend. »Mandelbrot, hast du irgendwelche Sperren im Stadtcomputer entdeckt?«

»Nein.« Die Stimme des Robots klang tief und leise.

Derec und Ariel blickten überrascht zu ihm auf. Auch Wolruf musterte sein ausdrucksloses Gesicht.

»Mandelbrot?« sagte Derec. »Wenn ich's mir recht überlege, warst du ausgesprochen schweigsam, seit ich aufgewacht bin. Was ist los?«

»Es ist mir nicht gelungen, den Widerspruch nach dem Ersten Gesetz zu lösen, den ich Ihnen gestern erläutert habe. Ich bin nur deshalb noch funktionsfähig, weil ich keine vollständigen Informationen besitze, auf die ich meine Schlüsse aufbauen könnte.«

Ariel sah fragend von einen zum anderen. »Was für ein Widerspruch? War das, nachdem ich . . . umgekippt bin?«

»Ja«, sagte Derec und ignorierte den Knoten, der sich in seiner Magengrube zusammenzog. »Sprich weiter, Mandelbrot. Kannst du uns Hinweise oder Informationen geben, die in dieser Hinsicht weiterhelfen?«

»Ich wüßte nicht, wie. Ariels Zustand ist ernst. Die Roboter der humanmedizinischen Einrichtung hier haben ein Können bewiesen, das ich logisch in Betracht ziehen muß.«

»Dr. Avery ist verrückt. Wenn er uns in seine Gewalt bekommt, könnte Ariels Leben in Gefahr sein — unser aller Leben.«

»Das ist denkbar, aber bisher hat er an Ihnen das größte Interesse gezeigt. Der potentielle Schaden, den Dr. Avery Ihnen zufügen kann, ist nicht größer als der eindeutige Schaden, den meine Untätigkeit herbeiführen würde.«

»Bist du einer Schlußfolgerung inzwischen nähergekommen?« erkundigte sich Derec.

»Schlußfolgerung!« rief Ariel. »Wie kannst du so ruhig dasitzen und über Schlußfolgerungen plaudern? Wir sind hier nicht im Philosophieunterricht! Der Kerl redet davon, uns an den Feind auszuliefern!«

Kapitel 3

Rückfälle

Derec zitterte vor Anstrengung, zwang sich jedoch, einen klaren Kopf zu behalten. »Mandelbrot?«

»Ich habe Schwierigkeiten, mich zu konzentrieren. Ich komme von diesem Problem nicht los und scheine mich dabei im Kreis zu drehen. Wenn ich bezüglich des Ersten Gesetzes in einen geschlossenen Gedankenkreislauf gerate, bin ich für Sie nicht mehr zu gebrauchen.«

»Nun hör mal! Ehe du in einen geschlossenen Kreislauf gerätst, äh — okay, ich hab's. Hör zu.« Derec redete übereilt, eigentlich ehe er etwas zu sagen hatte. »Äh . . .«

»Ich höre«, sagte Mandelbrot.

»Vielleicht kannsst du ihm zzussätzliche Inforrmationen geben«, riet Wolruf. Sie sprang vom Sessel, blieb vor Mandelbrot stehen und verrenkte sich den Hals, um zu ihm aufzublicken.

»Ja! Das ist es«, sagte Derec. »Mandelbrot, wir arbeiten mit unzureichenden Informationen über Ariel. Die Therapie, die ihr zuteil wurde, war ein Experiment, aber ich glaube, sie hat gewirkt. Ich persönlich habe ihr Gedächtnis neu programmiert. Wir müssen dem Verfahren eine Chance geben.«

»Viele Leute erleiden Rückfälle«, warf Ariel mit beherrschter Stimme ein. Sie hielt sich so verzweifelt an der Tischkante fest, daß ihre Fingerspitzen ganz weiß waren.

»Diese Rückfälle scheinen mir einem mechanischen Defekt nicht unähnlich zu sein«, sagte Mandelbrot. »Jedenfalls ist medizinische Betreuung eine logische und übliche Methode, den Heilungsprozeß zu fördern.«

»Nein!« rief Ariel aus. »Menschen fallen nicht einfach auseinander wie Maschinen. Wahrscheinlich geht's mir ausgezeichnet.« Gegen Ende brach ihre Stimme, und sie wandte sich von Mandelbrot ab, während sie blinzelnd ihre Tränen zurückhielt.

»Ich verstehe«, sagte Mandelbrot. »Meine Untätigkeit richtet nicht unbedingt zusätzlichen Schaden an.«

»Genau.« Derec stieß einen erleichterten Seufzer aus, dann begegnete er Wolrufs Blick. Sie verzog das Gesicht, vermutlich ihre Version eines Augenzwinkerns. Dann sprang sie zurück auf ihren Sessel.

»Vielleicht können wir darauf aufbauen und zugleich etwas herausfinden«, sagte Derec. »Mandelbrot, ich möchte feststellen, ob deine Versuche, über den Stadtcomputer an Informationen heranzukommen, blockiert werden. Dadurch erfahren wir, was für eine besondere Stellung dieses Terminal einnimmt. Bist du schon wieder fähig, dich auf so eine Funktion zu konzentrieren?« Ihn abzulenken, konnte im Augenblick nicht schaden.

»Ja, Derec. Ich schätze es so ein, daß der Konflikt mit dem Ersten Gesetz immer noch unvollständig ist. Die potentielle Schlaufe wird sich nicht weiter schließen, es sei denn, ich erhalte weitere Beweise dafür, daß Untätigkeit schaden könnte.«

»Gut.« Derec ließ sich auf der Tischkante nieder. »Also, gestern abend haben wir herausgefunden, daß der Computer dir gegenüber nicht bereit ist, die Existenz dieses Büros einzugestehen. Ich möchte wissen, ob sich daran etwas geändert hat. Ich habe ihm befohlen, alle Informationen über unsere Gegenwart hier zu blockieren. Sieh zu, ob es dir gelingt, Hinweise abzurufen, die auf eine Benutzung der hiesigen Einrichtungen durch uns hinweisen.«

»Ich werde mehrere Methoden ausprobieren«, sagte Mandelbrot. Seine Stimme normalisierte sich. »Ich frage nach Informationen über Eindringlinge von außen, über Menschen allgemein und über Energie- bzw. Sauerstoffverbrauch im Kompaßturm.«

»Und was hast du herausbekommen?«

»Alles läuft gemäß Ihren Befehlen«, antwortete er prompt. »Man teilt mir mit, daß dieses Büro nirgendwo registriert ist. Auch die Wasser- und Nährstofftanks im chemischen Prozessor werden nicht geführt. Seit unserer Ankunft wurde kein Alarm gegeben.«

»Gut!« Derec grinste. »Demnach sind wir hier tatsächlich

sicher. Unser nächstes Problem besteht darin, etwas über Dr. Avery zu erfahren. Ariel, dürfte ich?« Er ließ sich vom Tisch gleiten und deutete mit dem Kopf auf das Terminal.

»Natürlich.« Sie stand vorsichtig auf, wobei sie sich mit den Fingerspitzen auf der Tischplatte abstützte, als mache sie sich Sorgen um ihr Gleichgewicht.

»Derec«, sagte Mandelbrot. »Ich schlage vor, wir versuchen parallel mit dem Stadtcomputer zu arbeiten. Das Resultat müßte unsere Vermutungen entweder bestätigen oder ausschließen.«

»Gute Idee. Ich gebe die Fragen ein und sage dir jeweils, was ich gerade tue.« Derec machte es sich bequem und begann die Tastatur zu betätigen. »Gut. Wie viele Menschen halten sich derzeit auf dem Planeten von Robot City auf?«

»Mir teilt man mit, keine«, sagte Mandelbrot.

»Ha! Bei mir ist es einer«, sagte Derec triumphierend. »Wo befindet sich dieser Mensch jetzt?«

»ER SITZT VOR DIESEM TERMINAL«, antwortete das Terminal.

Derec lächelte verschmitzt, obwohl er natürlich enttäuscht war. »Geschieht mir recht«, murmelte er. »Einen Moment . . .« Er tippte die nächste Frage ein: »Woher weißt du, daß ich ein Mensch bin und kein Robot?«

»DER VERBRAUCH VON NÄHRSTOFFEN IM CHEMISCHEN PROZESSOR, DIE BENUTZUNG VON WASSER IM WASCHRAUM UND VERÄNDERUNGEN IN DER ZUSAMMENSETZUNG DER LUFT IM BÜRO DEUTEN AUF DIE GEGENWART WENIGSTENS EINES MENSCHEN HIN. DIE WAHRSCHEINLICHKEIT, DASS SICH MEHR ALS EIN MENSCH DORT AUFHÄLT, IST WEGEN DER IN DEN RAUM ABGEGEBENEN WÄRME HOCH. BERÜCKSICHTIGT MAN AUSSERDEM, DASS ROBOTER DEN STADTCOMPUTER ÜBER IHRE KOMVERBINDUNGEN DIREKT ANRUFEN KÖNNEN, VERGRÖSSERT SICH NOCH EINMAL DIE WAHRSCHEINLICHKEIT, DASS SIE EIN MENSCH SIND.«

Derec empfand einen Anflug von Panik. »Demnach ist die

Benutzung dieses Büros doch im Computer gespeichert?« Er vertippte sich und mußte seine Frage zweimal neu eingeben.

»NEIN.«

»Dann erkläre, wie du an diese Information herankommst.«

»INFORMATIONEN ÜBER DAS BÜRO WERDEN VOR ORT GESPEICHERT, IN DIESEM TERMINAL. SIE SIND BEFEHLSGEMÄSS NICHT AN DEN ZENTRALCOMPUTER DER STADT WEITERGELEITET WORDEN.«

»Ist die Information in diesem örtlichen Speicher für irgend jemanden von draußen zugänglich?«

»NEGATIV.«

Da entspannte sich Derec und rieb die Fingerkuppen aneinander. Demnächst würde er es nicht mehr schaffen, die Tastatur zu benutzen. Das konnte ein anderer übernehmen, sollte es nötig sein, aber es würde bedeuten, seine Beschwerden zuzugeben.

»Was ist los?« fragte Ariel.

»Falscher Alarm.« Derec wandte sich wieder der Tastatur zu und dachte einen Augenblick nach. Dann gab er ein: »Welche anderen Örtlichkeiten deuten auf menschliche Gegenwart auf diesem Planeten hin?«

»KEINE.«

»Das überrascht mich nicht.« Er sah sich nach den anderen um. »Wo sich unser paranoider Freund auch versteckt hält, er war geistesgegenwärtig genug, diese Information selbst hierhin abzuschotten.«

»Vielleicht speziell hierhin«, sagte Ariel, »falls er damit rechnet, daß wir dieses Büro durchsuchen.«

»Vielleicht iss' er forrt«, meinte Wolruf. »Hat einen Sschlüssel benutzzt, um ganz vom Planeten zzu versschwinden.«

»O nein.« Ariel blickte von ihr zu Derec. »Du glaubst doch nicht, daß er Robot City verlassen hat, oder? Wie sollen wir ihn finden?«

Derec biß die Zähne zusammen. »Wo immer er sein mag, hier müssen wir seine Spur aufnehmen.«

»Aber wenn er alle Informationen aus dem Computer herausgehalten hat, ist keine Spur übrig, die wir verfolgen könnten.« Ariels Stimme drohte wieder zu versagen.

Wolruf trat an ihre Seite, wie um ihr schweigend moralische Unterstützung zukommen zu lassen.

»Mandelbrot«, sagte Derec. »Stell fest, ob in dieser medizinischen Einrichtung jemand betreut wurde. Falls dir noch eine Methode einfällt, zu beweisen, daß auf dem Planeten Menschen sind, wende sie ruhig an. Und wenn du Erfolg hast, laß mich es auch versuchen.«

»Jawohl, Derec.«

Derec legte erneut die Hände auf die Tastatur und verfehlte gleich die ersten beiden Tasten, die er betätigen wollte. »Moment mal. Das läßt sich abkürzen. Mandelbrot, nimm du an diesem Terminal Platz und bediene es.« Er stand vorsichtig auf, wobei er Ariel und Mandelbrot ansah, um festzustellen, ob sie seinen Fehler bemerkt hatten. Wenn ja, ließen sie es jedenfalls nicht erkennen.

Wolruf sah ihn unverwandt an, ohne etwas zu sagen. Stattdessen rückte sie von Ariel ab und nahm eine Position ein, von der aus sie den Computerschirm beobachten konnte, während Mandelbrot daran arbeitete.

»Mandelbrot«, sagte Derec, »schalte die Sichtschirme ein.« Er drehte sich, die Hände auf den Hüften, zur Wand.

Gleich darauf wurde das kleine Büro von Licht durchflutet. Tief unter ihnen herrschte reger Betrieb. Die Stadt erstreckte sich über den Horizont hinaus. Über ihnen leuchtete der Himmel im hellen Sonnenlicht.

Ariel drehte sich langsam, geradezu ehrfürchtig um. »Ich erkenne hier nichts wieder«, sagte sie leise.

Auch Derec erblickte Türme, Zinnen, Spiralen und Schleifen in der Architektur, die er noch nie zuvor gesehen hatte. Auf den Straßen waren überall humanoide und Funktionsroboter zu Fuß und in Fahrzeugen oder Maschinen unterwegs. Von dem Asteroiden her, wo er die ersten Avery-Roboter entdeckt hatte, erinnerte er sich an ihre Zielstrebigkeit, ihr planmäßiges Handeln.

Der ›Unterbrecher‹, jener eindrucksvolle Bau, der die Fähigkeit der Roboter von Robot City unter Beweis gestellt hatte, kreativ zu denken und zu träumen, war spurlos verschwunden.

»Die Veränderung ist weitreichend«, sagte Derec. »Diesmal liegt es nicht daran, daß dein Gedächtnis versagt.«

»Die Strukturveränderungen müssen aufgehalten werden«, sagte Ariel. »Sie führen jede Nacht zu heftigen Regenfällen.«

»Was?« Derec drehte sich um und starrte sie an.

Sie klammerte sich an ihn, sah über seine Schulter hinweg Visionen, die nur für sie sichtbar waren. »Die Überflutung. Sie wird vom Strukturveränderungsmodus im Kerncomputer der Stadt hervorgerufen. Wir müssen dem ein Ende machen!«

Mandelbrot hatte bereits das Terminal verlassen und die Arme ausgestreckt, um Ariel sanft von Derec wegzuziehen.

»Nur ein vorübergehender Rückfall«, sagte Derec rasch. »Das heißt nicht, daß es ihr schlechter geht. Verstanden?«

»Ich verstehe«, sagte Mandelbrot. Er plazierte Ariel in sitzender Position auf dem Bett. »Die soeben geführte Diskussion des Strukturveränderungsmodus hat keinen Rückfall ausgelöst. Ariels Zustand ist bestenfalls inkonsistent.«

»Offenbar sind ihre Erinnerungen nicht in chronologischer Reihenfolge verankert.« Derec unterbrach sich, um Ariel zu beobachten. Sein spontanes Bedürfnis, sie in den Arm zu nehmen und zu beschützen, wurde von seiner Angst gehemmt, dadurch irgendwie den Rückfall zu verschlimmern.

Sie hatte die Augen geschlossen, und ihre Atemzüge waren kurz und flach. Doch sie hielt sich von allein aufrecht. Allmählich atmete sie langsamer und wirkte wieder normal.

Nachdem er sich vergewissert hatte, daß sie nicht mehr in unmittelbarer Gefahr war, führte Derec seinen Gedanken fort. »Etwas in ihr löst Erinnerungen aus, und sie erlebt sie als gegenwärtige Ereignisse. So kommt es mir jedenfalls vor.«

»Ein sschlimmes Errlebniss«, sagte Wolruf.

Ariel schien die Fassung wiederzuerlangen. Derec wandte sich erneut den Sichtschirmen zu. Er war sicher, daß das fremd anmutende Stadtbild nichts mit den damaligen Strukturveränderungen zu tun hatte, sondern lediglich das Resultat ständiger Verbesserungen war, die von den Robotern vorgenommen wurden.

Plötzlich begab er sich zum Terminal und gab eine weitere

Frage ein. Wie zuvor machte er dabei eine Reihe von Fehlern, viel mehr als sonst. Er zwang sich, langsam vorzugehen, und korrigierte sie. »Ist die Stadtfunktion defensiven Prioritäten unterworfen, ähnlich dem Strukturveränderungsmodus, in den sie damals eingetreten ist, um die Parasiten im menschlichen Blut abzuwehren?«

»NEIN.«

»Arbeitet sie überhaupt mit Prioritäten, die der Grundprogrammierung zuwiderlaufen?«

»NEIN.«

Er starrte ein wenig enttäuscht auf den Schirm.

»Stimmt etwas nicht?« erkundigte sich Mandelbrot.

»Doch, doch. Ich dachte bloß, wenn die Stadt irgendwie im Notstand wäre, könnte ich das zu unseren Gunsten ausnutzen.«

»Wenn Dr. Avery hier wäre, hätte er sich um einen Notfall doch wohl gleich gekümmert«, sagte der Robot.

»Vielleicht ist er fort, und es liegt wirklich keine Krise vor.« Derec schüttelte resigniert den Kopf. »Mit einem Schlüssel zum Perihel kann er praktisch überallhin verduften. Beziehungsweise mit jedem Schlüssel, den die Roboter duplizieren.«

»Es finden also keine Strukturveränderungen mehr statt?« sagte Ariel mit einem Blick auf die Stadt.

Derec und Mandelbrot sahen sie einigermaßen überrascht an.

»Nein«, sagte Derec erleichtert. »Denen haben wir längst ein Ende gemacht. Die Gefahr ist vorbei.«

Sie nickte, ohne den Blick von der Stadt abzuwenden.

Er beobachtete sie einen Moment lang, dann entschied er, daß es besser war, sie in Ruhe zu lassen, als sie mit Fragen zu belästigen. Sie wirkte befangen, obwohl es ermutigend war, wie schnell sie sich von dieser Episode erholt hatte. Er hoffte nur, mit seiner Vermutung recht zu haben, daß sie keine medizinische Betreuung durch die Roboter brauchte. Dann fiel ihm auf, daß Mandelbrot sie ebenfalls studierte.

»Mandelbrot«, sagte Derec eindringlich. »Der Rückfall ist vorbei.«

»Ich rechne damit, daß er wiederkommt.«

»Es könnte zu einem weiteren Rückfall kommen, aber ich bin nicht der Meinung, daß derselbe wiederkommen wird.« Derec zögerte bei dem Gedanken an die zwei Episoden, die er seit ihrer Rückkehr mitbekommen hatte.

»Für diese Schlußfolgerung haben wir wenig Beweise«, sagte Mandelbrot.

Derec schüttelte den Kopf. »Ich glaube, daß ihre Erinnerungen jedesmal, wenn so was passiert, hinterher ein bißchen besser integriert sind. Das gehört zum Prozeß von Wachstum und Übernahme, nur war mir das zunächst nicht klar.«

»Ich verstehe das Prinzip«, sagte Mandelbrot. »Für wie gesichert halten Sie Ihre Theorie?«

»Äh . . .« Derec merkte, daß Ariel ihn beobachtete.

Ihr Gesicht verriet mehr Besorgnis, als sie je ausgedrückt hatte, selbst im schlimmsten Stadium ihrer Erkrankung.

Er wandte sich wieder dem Robot zu und räusperte sich. »Ich bin mir dessen sicher. Du weißt doch, es war von Anfang an beabsichtigt, daß ihre Erinnerungen und ihre Identität sich *entwickeln*. Diese Anfälle sind nichts als . . . Wachstumsschmerzen.«

Ariel schloß erleichtert die Augen.

Derec seufzte. Er hatte das Gefühl, mit zu vielen Gedankengängen auf einmal zu jonglieren — Ariels Genesung, Mandelbrots potentiellem Imperativ des Ersten Gesetzes und seine eigene nachlassende Gesundheit. Dabei hätte er sich eigentlich darauf konzentrieren müssen, Dr. Avery zu finden.

Er atmete tief durch und versuchte seine Gedanken zu ordnen. »Also gut. Wir können davon ausgehen, daß Avery sämtliche direkten Hinweise auf seine Gegewart vor dem Zentralcomputer versteckt hat. Demzufolge müssen wir nach indirekten Hinweisen suchen, daß er nicht die Absicht hatte, zu verschwinden. Hat jemand irgendwelche Vorschläge?«

Ariel sah ihn einen Moment lang an, dann wandte sie sich mit einem leisen Kopfschütteln wieder den Sichtschirmen zu.

Mandelbrot stand reglos da, offenbar damit beschäftigt, diverse Möglichkeiten zu überdenken und zu verwerfen.

»Wir können ihn nicht finden, wenn wir hierbleiben, ist es

nicht so?« Derec sprach leise, als er zugab, was keiner von ihnen hatte aussprechen wollen.

»Das Prinzip, sinnvolle Fragen zu finden und vom Zentralcomputer beantworten zu lassen, ist vernünftig«, sagte Mandelbrot.

»Theoretisch ließe sich die Suche stark einschränken, wenn wir die richtigen Fragen stellen würden.«

»Und wenn wir das nicht *können*?« fragte Derec gereizt. »Was dann? Vielleicht haben wir nicht genug Informationen, um uns die richtigen Fragen auszudenken, egal, wie lange wir hier herumsitzen.«

»Das Büro zu verlassen und den Planeten zu erkunden würde Ihre Gefährdung erheblich steigern«, sagte Mandelbrot.

»Nun komm mir nicht wieder mit Einwänden nach dem Ersten Gesetz. Hier zu sitzen und nichts zu tun schadet uns letztlich am meisten.«

»Ich habe im Prinzip nichts dagegen, das Büro zu verlassen«, sagte Mandelbrot ruhig. »Nur möchte ich einen spezifischen Aktionsplan vorschlagen.«

Derec zuckte die Achseln. »Wie stellst du dir das vor?«

»Das wäre noch zu klären.«

»Wir drehen uns im Kreis!« Derec warf verzweifelt die Arme hoch. Als er sie wieder senkte, stieß er sich so heftig die Hand an der Tischkante, daß er sie festhalten mußte.

Wolruf hatte wieder angefangen, ihn zu beobachten.

»Ich schlage vor, daß Wolruf und ich als erste losgehen«, sagte Mandelbrot.

»Wie das?« Derec rieb sich verstohlen die Hand, wobei er Wolruf betont ignorierte.

»Folgendermaßen: Als Robot errege ich hier keine übermäßige Aufmerksamkeit. Bei unserem ersten Aufenthalt in Robot City hat auch Wolruf bei den Robotern dieser Gemeinschaft kaum Interesse ausgelöst. Wir haben die besten Aussichten, Informationen zu sammeln und ungefährdet hierher zurückzukehren, um davon zu berichten.«

Derec dachte einen Moment nach. »Das Terminal hier hat deine Meldung bestätigt, daß nirgendwo Alarm ausgelöst wurde. Deshalb halten die Roboter auch nicht speziell Ausschau nach Menschen.«

»Die Gegenwart von Menschen wird jedoch zumindest die Geltung der Gesetze der Robotik auslösen. Wenn sich wegen der Gesetze das Verhalten der Roboter auch nur geringfügig modifiziert, wird der Zentralcomputer die Änderungen registrieren und die Aufmerksamkeit von Dr. Avery darauf lenken.«

»Du meinst, wenn ich einem Robot befehle, sich mit mir zu unterhalten, könnte er sich mit der Erfüllung seiner eigentlichen Aufgaben verspäten.« Derec nickte bedächtig. »Wenn einer so paranoid ist wie Dr. Avery, könnten diese kleinen Abweichungen womöglich zu einer Überprüfung führen . . . falls er sie bemerkt.«

»Ich berechne natürlich nur Wahrscheinlichkeiten«, sagte Mandelbrot. »Ich wäge den möglichen Nutzen gegen die mögliche Gefahr ab.«

Derec wurde plötzlich klar, daß ihm die Möglichkeit, sich auszuruhen, sehr gelegen kam. Er hielt sich nicht für einen Feigling und hatte auch keine Angst. Robot City, wie er sich daran erinnerte, war bei weitem nicht so gefährlich wie Aranimas, der Pirat. Dennoch, es ging ihm einfach nicht gut. Vielleicht sollte er sich hinlegen.

»Na gut, Mandelbrot«, sagte er. »Macht ihr beiden euch auf den Weg. Wir bleiben hier.«

Kapitel 4

Regionales Bedarfskraftwerk

Prioritätsstufe 4

Mandelbrot stieg über die Leiter auf die Spitze des Kompaßturms, während Wolruf sich an seinem Rücken festklammerte. Sie zwängten sich ohne Zwischenfall durch die Falltür. Dann nahm der Robot die langwierige, aber einfache Aufgabe in Angriff, die schmale Linie von Fußstützen an der steilen Fassade der Pyramide hinunterzuklettern.

Gewiß hätte er sich auch im labyrinthischen Innern des Kompaßturms zum Hauptausgang durchschlagen können. Aber er wollte vermeiden, von Sicherheitsrobotern ausgefragt zu werden, falls er dort entdeckt wurde. Derec hatte ihm klargemacht, daß er, wenn er gefragt wurde, warum er außen am Kompaßturm hinabstieg, nicht zu verraten brauchte, daß er von einem geheimen Eingang wußte.

Derec hatte ihm außerdem erzählt, wie er und Ariel damals bei ihrer Ankunft den Abstieg gewagt hatten, nur mit Hilfe der kleinen Vertiefungen, an denen man sich festhalten oder abstützen konnte. Diese waren gerade groß genug für eine Hand oder einen Fuß, und die steile Pyramidenwand ließ wenig Spielraum für Fehler. Einem Robot bereitete der Abstieg natürlich keine wesentlichen Schwierigkeiten.

Daher konnte Mandelbrot die Zeit nutzen, um über sein weiteres Vorgehen nachzudenken. Als sie unten angekommen waren, stieß Wolruf einen tiefen Seufzer aus und ließ sich erleichtert zu Boden fallen.

»Hast du dir weh getan?« fragte Mandelbrot sie.

»Nein.« Die kleine Fremde schüttelte ihren Hundekopf. »Nur, ich rreite nicht gerrn.«

Mandelbrot sah sich um. Eine Anzahl humanoider Roboter war mit forschen Schritten irgendwohin unterwegs; dazwischen ging eine noch größere Zahl von Funktionsrobotern aller Größen und Formen ihren Aufgaben nach. Trotz der fremdartigen Neubauten war dies Robot City, wie er es von seinem letzten Besuch her kannte.

»Wass hasst du jetzt vorr?« fragte Wolruf.

»Ich muß ein kalkuliertes Risiko eingehen«, sagte Mandelbrot. So schnell, daß die Fremde es gar nicht mitbekam, nahm er Kontakt mit dem Zentralcomputer auf und sagte: »Ich bin ein humanoider Robot und bitte um Zuteilung einer Aufgabe in der städtischen Matrix.«

»WORIN BESTEHT DEINE JETZIGE AUFGABE?«

»Ich habe keine.«

»WORIN BESTAND DEINE LETZTE AUFGABE?«

»Ich hatte keine.«

»DU BEFINDEST DICH IM IRRTUM. ALLEN ROBOTERN VON ROBOT CITY WURDEN AUFGABEN ZUGETEILT. SOLLTEST DU ERST KÜRZLICH AUS EINER REPARATUREINHEIT ENTLASSEN WORDEN SEIN, SOLLTEST DU DORT DEN ÜBLICHEN PROZESS DER WIEDEREINGLIEDERUNG DURCHLAUFEN.«

»Ich bin nicht vor kurzem aus einer Reparatureinheit entlassen worden. Ich bin bereit, mir eine Aufgabe zuteilen zu lassen.«

»WIE LAUTET DEINE SERIENNUMMER?«

Mandelbrot erfand eine Nummer nach dem Muster jener, die er bei seinem ersten Besuch mitbekommen hatte.

»DIESE NUMMER IST NICHT VERZEICHNET. BIST DU ZU BESUCH IN ROBOT CITY?«

Das war die Frage, auf die Mandelbrot gewartet hatte. Wie der Computer auf seine Antwort reagierte, konnte entscheiden, ob er die Flucht antreten mußte oder nicht. »Du hast bestimmt etwas über mich vorliegen. Ich war schon einmal in Robot City.« Das war zwar keine Lüge, aber bewußt irreführend. Er versäumte es, hinzuzufügen, daß er unter den Namen Alpha und Mandelbrot bekannt war, nicht unter der genannten Zahlenfolge. Die Notwenigkeit, sich und seine menschlichen Gefährten zu schützen, sorgte dafür, daß ihm die Irreführung leichtfiel.

»DEINE NUMMER IST AB JETZT GESPEICHERT. DU BIST IN DIE STÄDTISCHE MATRIX INTEGRIERT UND ZUM DIENST IM REGIONALEN BEDARFSKRAFTWERK PRIORITÄTSSTUFE 4 EINGETEILT. MELDE DICH AUGENBLICKLICH DORT.« Der Computer fuhr fort, indem er die städtischen Koordinaten für den Standort des Kraftwerks nannte.

Mandelbrot wartete ab, weil er feststellen wollte, ob der Computer eine Änderung seiner Programmierung versuchen würde, doch er tat es nicht. Wie paranoid Dr. Avery auch sein mochte, er hatte keinen Verdacht gegenüber unbeschäftigten Robotern in den Zentralcomputer eingegeben. Mandelbrot war beruhigt.

»Ich habe im Rahmen der Stadtmatrix eine Aufgabe erhalten«, sagte er zu Wolruf. »Das wird mir helfen, Informationen zu gewinnen.« Er war sich darüber im klaren, daß die kleine Fremde kaum Zeit gehabt hatte, mit den Augen zu zwinkern, während er sich mit dem Zentralcomputer unterhalten hatte.

»Wo ssoll'ss hingehen?« fragte sie.

»Zum Regionalen Bedarfskraftwerk Prioritätsstufe 4. Hier entlang.«

»Wass iss' das denn?« erkundigte sich Wolruf, während sie neben ihm hertrottete und sich die Sehenswürdigkeiten ansah.

»Aus dem Namen schließe ich, daß es einen begrenzten Teil der Stadt mit Energie versorgen würde, falls das Hauptsystem ausfällt. Prioritätsstufe 4 deutet auf einen relativ wichtigen Stadtteil hin.«

»Iss' ess weit biss dorrthin?«

»Der Weg ist weiter, als du laufen kannst. Ich rechne jedoch damit, daß wir an dieser Straße demnächst auf eine Tunnelstation stoßen. In der Nähe des Kompaßturms wird es gewiß eine geben.«

Mandelbrot wollte nicht schon wieder den Zentralcomputer nach etwas fragen, was er auch so herausfinden konnte. Die derzeitige Anlage der Tunnelstationen war nur ein Beispiel. Jedesmal, wenn er etwas fragte, was ein Roboter aus Robot City wissen mußte, steigerte er die Wahrscheinlichkeit, daß man ihn verhören oder gar gewaltsam reparieren würde.

Sie entdeckten auch prompt eine Tunnelstation und fuhren auf der beweglichen Rampe hinab zum eigentlichen Tunnel. Mandelbrot nahm Wolruf wieder auf den Rücken, ehe er in die enge Plattformkabine stieg. Es war für sie beide gerade genug Platz. Mandelbrot gab sein Fahrziel ein und überließ es den Instrumenten, die von dort aus nächstgelegene Station zu wählen. Dann glitt die Stehkabine vom Haltegleis, und ihre Fahrt begann.

Gleich darauf schwenkte die Kabine zwischen anderen beweglichen Plattformen auf ein Hauptgleis ein. Vor und hinter ihnen fuhren humanoide Roboter, die ebenso reglos wie Mandelbrot in ihren Kabinen standen. Der Computer beschleunigte sie, verlangsamte sie und ließ sie von einem parallelen Gleis zum nächsten überwechseln, je nachdem, wie sich der Verkehrsfluß durch hinzukommende und abgehende Kabinen änderte.

Die Kabine, mit der sie fuhren, wurde allmählich langsamer, bog in ein Nebengleis und rollte aus. Mandelbrot verließ sie und fuhr erst mit der Rampe nach oben, ehe er Wolruf absetzte.

Dieser Stadtteil unterschied sich nicht erkennbar von dem, den sie soeben verlassen hatten. Die Stadt war zu jung, um sie in alte und neue Viertel einteilen zu können. Natürlich war sie wohlorganisiert, aber die Ordnungsprinzipien, beispielsweise der Energieversorgung oder des Tunnelsystems, waren auf den ersten Blick kaum zu erkennen.

Mandelbrot orientierte sich, dann führte er Wolruf zum Kraftwerk. Es war kaum mehr als eine Tür in einem sehr hohen, schmalen Gebäude, das auf drei Seiten zwischen anderen Bauten eingezwängt war. Kurz vor dem Eintreten machte er von seiner Komverbindung Gebrauch, um die angenommene Seriennummer und seinen Namen anzugeben und die Bitte um hörbare Kommunikation zu äußern. An Arbeitsplätzen dieser Art benutzten die Roboter von Robot City häufig ausschließlich ihre Komverbindungen.

»Ich bin der Werksaufseher«, erklärte der humanoide Robot hinter der Tür. »Mein Name lautet Tamserole. Man hat mir mitgeteilt, daß du kommst, Mandelbrot. Warum wünschst du akustische Kommunikation?«

»Eine persönliche Vorliebe von mir.« Mandelbrot machte nicht auf Wolruf aufmerksam, indem er sie ansah oder direkt erwähnte. Er wußte, daß sie bei allen Gesprächen aufmerksam zuhören würde. »Worin bestehen meine Aufgaben hier?« Er wartete, ob Tamserole vielleicht auf dem Einsatz der Komverbindungen bestehen würde.

»Folge mir.« Tamserole hatte Wolruf mit einem Seitenblick bedacht, aber offenbar weiter kein Interesse an ihr.

Mandelbrot und Wolruf folgten Tamserole ins Innere des Gebäudes. Dort herrschte ziemliche Enge, und das einzige hervorstechende Merkmal war eine einen Meter dicke Säule aus schillernder Metallegierung, die bis zur Decke aufragte. An ihrem Fuß war eine Art Konsole eingebaut.

»Unsere Aufgabe«, sagte Tamserole, »besteht darin, diese Einheit voll zu automatisieren, damit ich — und jetzt natürlich auch du —, damit wir unsere Arbeit beenden und unserer Migrationsprogrammierung folgen können.«

Mandelbrot hatte keine Ahnung, was eine Migrationsprogrammierung war, aber Tamserole ging offensichtlich davon aus, daß er Bescheid wußte. Im Augenblick wagte Mandelbrot nicht, seine Unwissenheit zu verraten.

»Ich verstehe nicht, warum mir der Zentralcomputer einen Assistenten zugewiesen hat, obwohl mir befohlen wurde, das hiesige Personal auf Null zu reduzieren, nicht, es zu verstärken«, sagte Tamserole. »Weißt du vielleicht, warum?«

»Ich glaube schon«, sagte Mandelbrot. »Der Zentralcomputer konnte keine Daten darüber finden, welche Aufgaben ich in der Vergangenheit erfüllt habe. Ich denke, er hat beschlossen, mir eine überflüssige Position zu geben, bis ich meine Tüchtigkeit bewiesen habe.«

»Das ist logisch«, sagte Tamserole. »Ich wünschte nur, man hätte mich informiert.«

»Worin besteht nun meine Aufgabe?« wiederholte Mandelbrot.

»Seit ich erfahren habe, daß du kommst, habe ich die Prozedur geändert«, sagte Tamserole. »Bisher habe ich an dieser Konsole den örtlichen Speicher des Zentralcomputers programmiert, damit er die Einschätzungen und Entscheidungen trifft, die ich zuvor selbst getroffen habe. Nun werde ich dich hier alleinlassen, damit du dich mit allem vertraut machst, was ich getan habe. Nimm Verbesserungen vor, wenn du kannst.«

»Und wie sieht deine neue Aufgabe aus?«

»Ich habe im System der Energieversorgung Bereiche entdeckt, die sich rationeller gestalten lassen. Ich habe die Funktionsroboter, die dieser Station zugeteilt sind, bereits angewiesen, sich in verschiedenen Regionen der Stadt mit mir zu treffen. Ich werde ihre Verbesserungen überwachen und versuchen, vor Ort weitere Verbesserungmöglichkeiten zu identifizieren.«

»Ist gut.« Mandelbrot trat an die Konsole und begann die Ablesungen zu studieren. Wolruf folgte ihm unauffällig.

Tamserole verließ ohne weitere Debatte das Kraftwerk.

Mandelbrot sah zunächst die Informationen durch, die ihm die Reichweite des Kraftwerks mitteilten und das System, das es steuerte. Wie er angenommen hatte, handelte es sich um eine Art Notaggregat, das sich nur dann einschalten würde, wenn das eigentliche Energiesystem versagte. Sobald er ein paar Grundinformationen über seine neue Aufgabe beisammen hatte, ließ er die Arbeit liegen und rief statt dessen über die Konsole den Zentralcomputer an.

Fragen, die über die Konsole gestellt wurden, mußte der Zentralcomputer zunächst als normale Aktivität im Kraftwerk interpretieren. Wenn sie genügend Verdacht erregten, würde der Zentralcomputer allerdings erkennen, daß sie mit den Aufgaben des Kraftwerks nichts zu tun hatten, sondern von dem humanoiden Robot stammten, der keine Erklärungen bezüglich seiner jüngsten Vergangenheit abzugeben wußte. Andererseits konnte sich Mandelbrot diese Gelegenheit nicht entgehen lassen.

Da sich der Zentralcomputer schon einmal geweigert hatte, zuzugeben, daß sich Dr. Avery auf dem Planeten befand, mußte Mandelbrot indirekt herangehen. Wenigstens verfügte er jetzt über mehr Informationen als kurz zuvor in Averys Büro.

»Welchen Inhalt hat Migrationsprogrammierung?« fragte er.

»PROGRAMMIERUNG, BEFIEHLT JEDEM HUMANOI-

DEN ROBOT, SICH AM ZUGEWIESENEN VERSAMMLUNGSORT ZU MELDEN.«

Das half ihm nicht weiter.

»Welchem Zweck dient der Versammlungsort?«

»ER IST EIN TREFFPUNKT FÜR MIGRIERENDE ROBOTER.«

»Was werden die Roboter an ihrem Versammlungsort tun?«

»SIE WERDEN IHRER PROGRAMMIERUNG FOLGEN.«

»Worin wird dann ihre Programmierung bestehen?«

»SIE WIRD BEI JEDEN ROBOT UNTERSCHIEDLICH AUSFALLEN.«

Mandelbrot wollte soeben um ein Beispiel bitten, als der Computer eine Gegenfrage stellt.

»WELCHES ZIEL VERFOLGST DU MIT DEINEN FRAGEN?«

Mandelbrot erwog, den Dialog abzubrechen, wollte sein Verhalten aber auch nicht weiter fragwürdig erscheinen lassen. Er antwortete vorsichtig: »Um zu erfahren, warum Roboter migrieren und was sie an ihrem Versammlungsort tun werden.«

»DEINE EIGENE MIGRATIONSPROGRAMMIERUNG BIETET ZUM GEGENWÄRTIGEN ZEITPUNKT AUSREICHEND INFORMATION.«

Mandelbrot wagte nicht zuzugeben, daß er eine derartige Programmierung nicht erhalten hatte. Falls die Stadt das merkte, würde sie sicher versuchen, das Versäumnis nachzuholen. Dabei konnte er seine Unabhängigkeit verlieren und wirklich zum integralen Bestandteil der städtischen Matrix werden. Er blickte auf die geduldig wartende Wolruf herab.

»Ich werde hier einige Zeit meine Pflichten erfüllen und versuchen, weitere Informationen zu sammeln«, sagte Mandelbrot. »Traust du dir zu, dich allein umzusehen?«

»Aberr ja«, sagte Wolruf. »Werrd' sspazzierengehn. Dann komm' ich wiederr zzu dir. Okay?«

Mandelbrot mußte an den Zentralcomputer denken. Falls er ihn unabsichtlich in Alarm versetzte oder eine Überprüfung auslöste, würde er nicht hierbleiben wollen. »Mir wäre ein neutraler Ort lieber. Findest du zurück zu der Tunnelstation, die wir auf dem Weg hierher benutzt haben?«

»Aberr ja«, knurrte Wolruf und setzte ihr seltsames Grinsen auf. Offenbar hielt sie das für eine alberne Frage. »Ssag mir nurr, wann wir unss trreffen.«

Derec lag mit geschlossenen Augen auf dem Sofa und wälzte sich unruhig hin und her. Er hatte soviel gegessen, wie er wollte, obwohl das bedeutete, daß er schon für eine kleine Mahlzeit die Bissen hinunterwürgen mußte. Vorher war er zu schwach gewesen, um aufrecht zu sitzen; jetzt war er zu unruhig, um sich zu entspannen.

»Dreh dich um«, sagte Ariel sanft.

»Hä?« Derec wollte zu ihr aufblicken, spürte jedoch, wie sich ihre Hände unter seine Schultern schoben und ihn behutsam auf die andere Seite rollten.

»Leg dich mit dem Gesicht nach unten hin«, sagte sie.

Er genoß die Gelegenheit, Anweisungen zu befolgen, statt Entscheidungen treffen zu müssen. Als er jedoch versuchte, sich abzustoßen, damit er ganz herumrollte, rutschten seine Hände immer wieder am Bezugstoff ab. Er ruderte hilflos mit beiden Armen und erreichte gar nichts. Schließlich faßten ihre schlanken Finger einen Moment lang in seine Achselhöhlen und griffen gerade so lange zu, bis sie ihm in die Bauchlage geholfen hatte.

Derec stieß einen anhaltenden Seufzer aus und schloß wieder die Augen. Ihre Fingerspitzen begannen die Muskeln im oberen Bereich seines Rückens zu massieren. Augenblicklich begann die Anspannung nachzulassen.

Während er sich entspannte, nahm seine Wahrnehmung der Lockerung seiner Muskulatur durch ihre Massage zu. Jedesmal, wenn sie zudrückte, konnte er schwache Vibrationen spüren, als öffneten sich winzige kleine Knoten. Es war ähnlich wie bei gewöhnlichen Verspannungen, nur daß sie sehr klein waren.

»Hilft das?« fragte sie.

»Allerdings«, flüsterte er, weil er die Anstrengung lauten Sprechens scheute. »Es ist herrlich.«

Sie arbeitete sich allmählich nach unten vor. Die ganze Zeit spürte er, wie sie die bewußten Knoten löste. Je mehr seiner Muskeln von ihnen befreit wurden, desto mehr konnte er sich entspannen. Gleichzeitig setzte Benommenheit ein.

Ariel arbeitete einige Zeit schweigend weiter.

»Dir geht's wirklich dreckig?« sagte sie nach einer Weile. »Ich meine, so lange bist du noch gar nicht wach.«

»Bin müde«, flüsterte er leise. Ihre Fingerspitzen waren eine ständige, rhythmische Quelle des Vergnügens. Sie glitten erneut hinauf in den Schulterbereich, um dort weitere Verspannungen zu beseitigen.

Dann hörte er auf, sich zu entspannen. Nach einem Moment merkte er es selbst. Er begann wieder aufzuwachen, öffnete die Augen und fragte sich, was passiert sei.

»Geht's dir besser?« erkundigte sich sich fröhlich.

»Nein. Das nicht.«

»Was ist? Soll ich aufhören?«

»Könntest du — ich meine, würde es dir was ausmachen, noch einmal oben am Rücken anzufangen? Jetzt sofort?«

»Klar.« Sie setzte mit ihren Händen wieder dort an, wo sie begonnen hatte und wo sie ihn soeben schon zum zweiten Mal massiert hatte.

»Danke.« Diesmal paßte Derec genau auf.

Wieder lösten sich die Knoten. Er spürte die gleichen Vibrationen, das gleiche Schnappen, das seine Muskeln von Anspannung befreite.

Doch die Verspannungen bildeten sich augenblicklich neu, wenn auch nicht in so großer Zahl wie vorher, zumindest nicht gleich. Jedesmal waren es weniger als beim vorigen Durchgang. Immerhin, das System war klar. Die Massage mußte fortlaufend erfolgen, um ihm gutzutun.

»Ist es so besser?«

»Äh — prima. Aber weißt du, ich will nicht, daß du dich überanstrengst. Danke. Das hat wirklich geholfen.« Das stimmte, nur konnte er nicht zulassen, daß sie soviel Arbeit in eine Erleichterung investierte, die nur ein paar Sekunden oder möglicherweise Minuten anhielt.

»Das freut mich.« Ariel hörte auf, blieb jedoch neben ihm sitzen und lockerte ihre Finger.

»Könntest du mir beim Umdrehen helfen?«

»Natürlich.«

Wieder waren seine Arme schwach und wie Gummi, als er versuchte, sich seitlich hochzustemmen. Ariel ergriff seine Schultern und drehte ihn halb um, so daß Hüften und Beine noch ausgestreckt blieben, während der Rumpf auf der Seite lag. Dann nahm sie seine Beine und zog ihn mit sichtlicher Anstrengung in die Seitenlage.

»So.« Sie atmete aus und lächelte.

Er hob den Blick und sah ihr prüfend ins Gesicht. Sein Geheimnis hatte er jedenfalls nicht lange bewahren können. Es ging ihm ernstlich schlecht, und sein Zustand verschlimmerte sich rapide.

»Derec? Was ist?«

»Ich weiß nicht, wie ich alles schaffen soll.«

»Was? Was meinst du?«

»Ich bin so müde. Und schwach. Das siehst du ja selbst. Avery könnte überall auf dem Planeten sein, und ich glaube, mir bleibt nicht mehr viel Zeit.« Sogar seine Zunge war ein wenig träge geworden.

»Das darfst du nicht sagen.« In ihrer Stimme klang etwas von ihrem alten Kampfgeist an. »Mandelbrot kann alles, was ein Robot kann, wenn nicht mehr. Und hat Wolruf sich nicht immer wieder als tüchtig erwiesen?«

»Der Zeitfaktor«, sagte Derec. Er wurde wütend, und das gab ihm Kraft. »Wir haben einfach nicht viel Zeit. Sicher, ich meine auch, daß wir — daß sie — Avery früher oder später finden werden. Aber für mich könnte es zu spät sein.«

»Nach allem, was passiert ist? Ausgerechnet *jetzt* willst du aufgeben? Also, hör mal!«

»Was soll ich denn tun? Hier herumliegen?«

»Vielleicht fällt uns noch was ein. Wir sind Aranimas entkommen, nicht wahr? Wir sind von der Rockliffe-Station geflohen, und wir haben das Geheimnis der Strukturveränderung und den Mordfall aufgeklärt — oder besser gesagt, du hast ihn aufgeklärt . . .« Sie verstummte.

Er wartete einen Moment, rechnete damit, daß sie fortfahren würde. Als sie es nicht tat, blickte er wieder zu ihr auf.

Sie starrte ihn mit entsetztem Gesicht an. Verblüfft richtete er sich so weit auf, daß er an sich herabsehen konnte, entdeckte jedoch nichts Ungewöhnliches. Er hob die Hand und bewegte sie vor ihrem Gesicht hin und her, aber sie reagierte nicht.

»Ariel«, sagte er laut.

»Das ist Derec«, raunte sie. »Er sieht genau wie Derec aus. Aber das ist unmöglich.« Abrupt wandte sie sich ab und sprang vom Bett, nur um gleich darauf mit dem Schreibtisch zusammenzustoßen. Ihre Beine knickten ein, und sie fiel heftig blinzelnd unsanft zu Boden.

Derec stützte sich mühsam auf einen Ellbogen und streckte den anderen Arm aus, um nach ihr zu greifen. »Ariel. Kannst du mich hören?«

Sie sah sich langsam im Zimmer um. Zunächst schien sie ihn nicht zu hören, dann nickte sie beinahe unmerklich. »Du bist ja auf«, sagte sie überrascht.

»Nicht richtig.«

Sie holte aus und versetzte ihm eine schallende Ohrfeige, so daß von dem Schlag seine Wange glühte.

Derec setzte sich auf und ließ die Beine über die Bettkante baumeln. »Bist du *verrückt* geworden? Was . . .«

»Sieh dich doch an!«

»Mich? Wovon redest du?«

»Du hast dich aufgesetzt. Derec, du mußt wach bleiben. Ich weiß nicht, ob es am Adrenalin liegt oder der Angst oder . . . ich weiß auch nicht, woran. Aber als ich gerade den Anfall hatte, bist du in dieser Notsituation wieder normal geworden.«

»Und dann hast du mich geschlagen . . . und ich habe mich aufgesetzt.« Derec nickte langsam. »Meinen Normalzustand hab' ich zwar keineswegs erreicht, aber ich weiß, was du meinst.«

»Gib nicht auf, Derec. Du mußt dagegen ankämpfen.«

»Ist gut. Ich hab' verstanden. Es ist dasselbe wie mit der Kälte, wenn man in Gefahr ist, zu erfrieren. Man muß sich bewegen und die Blutzirkulation aufrechterhalten. So ähnlich.« Er stand auf und verzog das Gesicht, als er merkte, wie steif seine Gelenke waren. »Mir tut immer noch alles weh.«

Ariel rollte den Schreibtischstuhl heran. »Komm schon. Zurück ans Terminal. Die Arbeit wird dich ablenken, und vielleicht fällt uns dabei was Nützliches ein.«

Kapitel 5

Euler

Mandelbrot stellte fest, daß es Zeit wurde, sich mit Wolruf zu treffen. Da er möglicherweise später noch davon profitieren konnte, im Rahmen der städtischen Matrix zu agieren, wollte er seine Aufgabe aber nicht einfach abbrechen. Tamserole war nicht zurückgekehrt, deshalb nahm er noch einmal das erhöhte Risiko in Kauf, sich beim Zentralcomputer zu melden.

»Hier Regionales Bedarfskraftwerk Prioritätsstufe 4. Ich melde mich bei dir vom Dienst ab, weil mein Aufseher nicht da ist, um meine Meldung entgegenzunehmen.«

»WO IST DEIN AUFSEHER?«

»Ich weiß es nicht. Er erfüllt anderswo seine Pflichten.«

»WARUM LÄSST DU DEINE AUFGABEN LIEGEN?«

»Bei mir liegt ein Notfall vor.«

»ERKLÄRE IHN.»

»Dazu ist keine Zeit.« Mandelbrot brach die Verbindung ab und hoffte, später an dieser Stelle seinen Dienst wiederaufnehmen zu können. Eine Erklärung hatte er noch nicht parat. Das konnte warten, bis es nötig wurde, sich eine zurechtzulegen. In Anbetracht der immensen Größe des Zentralcomputers und seiner Datenfülle mochte sein seltsames Benehmen Dr. Avery immer noch nicht aufgefallen sein.

Mandelbrot hatte seinen relativ kurzen Aufenthalt im Kraftwerk genutzt, die ihm zugewiesene Aufgabe zu erfüllen. Er hatte einige Fortschritte beim Aufbau eines autonomen Systems erzielt, das Tamserole für die Aktivierung seiner Migrationsprogrammierung freistellen würde, war jedoch nicht ganz fertig damit. Wenn ja, hätte er gehen können, ohne Verdacht zu erregen. Sicher war er sich dessen allerdings nicht.

Unter anderem war Mandelbrot mit dem Problem konfrontiert, daß er sich intellektuell von den Robotern Robot Citys abhob, und daß sich diese Unterschiede an den Fragen, die er stellte, oder an seinem Verhalten jederzeit offenbaren konnten.

Mandelbrot fuhr über die Rampe in die Tunnelstation hinab und sah die kleine Fremde ruhig am Rand der Ladezone sitzen. Dort war es weniger hell, und sie war den ein- und aussteigenden Robotern aus dem Weg. Als sie ihn entdeckte, stand sie ungeduldig auf.

Mandelbrot sagte zunächst nichts. Statt dessen hob er sie auf seinen Rücken und trat in eine der Plattformkabinen, wo sie nicht durch Zufall belauscht werden konnten. Die Kabine fuhr nicht los, bis sie eine Zielangabe hatte, daher gab er die des Kompaßturms ein. Bei Bedarf konnten sie ihr Fahrtziel später noch ändern.

»Hast du etwas erfahren?« fragte er, sobald die Kabine unterwegs war.

»Ssicher«, zischte Wolruf eifrig. »Überrall ssind Rroboter zzugange. Verrändern die Sstadt sso, daß jeweilss weniger Rroboter gebrraucht werrden. Dann legen ssie die Arrbeit nieder.«

»Die Migrationsprogrammierung. Hast du herausgefunden, was sie bedeutet?«

»Nein.«

»Ich will das Risiko nicht eingehen, den Zentralcomputer persönlich oder über das Stationsterminal zu fragen, weil ich Angst habe, zuviel Aufmerksamkeit zu erregen. Wir müssen ins Büro zurückkehren.«

»Iss' gut«, sagte Wolruf mit hundhaftem Grinsen. »Krrieg' jetzz' ssowieso Hunger.«

Trotz der schmerzhaften Steifheit seines Rückens zwang sich Derec, aufrecht vor dem Terminal zu sitzen. Er hatte dem Zentralcomputer alle möglichen Fragen gestellt, die ihm oder Ariel gekommen waren, tappte jedoch weiterhin im dunkeln. Bisher waren sie auf nichts gestoßen, das sie irgendwie weiterbrachte.

Der leere Schirm leuchtete geduldig. »Fällt dir noch was ein?« frage er sie.

»Wie steht's mit diesen Robotern im Schlüsselzentrum? Wenn mich meine Erinnerung nicht . . .« Sie lächelte, als ihr die Ironie klar wurde. »*Wenn* sie mich nicht täuscht, waren sie wegen ihrer hohen Qualität ausgesucht worden. Womit sie sich wohl jetzt beschäftigen?«

»Gute Idee. Mal sehen.« Derec fragte: »Was ist derzeit im Schlüsselzentrum los?«

»NICHTS.«

Derec richtete sich überrascht auf. »Wo sind Keymo und das ihm zugeteilte Roboterteam?«

»KEYMO BEFINDET SICH AN FOLGENDEM KOORDINATENPUNKT.« Der Zentralcomputer gab einige Ziffern an. »AUGENBLICKLICH IST IHM KEIN TEAM ZUGETEILT.«

»Was macht er?«

»ER FOLGT SEINER MIGRATIONSPROGRAMMIERUNG.«

»Und was machen die anderen Roboter?«

»SIE FOLGEN IHRER MIGRATIONSPROGRAMMIERUNG.«

»Wo sind sie?«

Der Computer antwortete mit einer langen Liste von Koordinaten. Sie entsprachen einer Vielzahl von Standorten. Die meisten waren irgendwo auf dem Planeten gelegen, weit entfernt von der hiesigen Kernzone Robot Citys. Sie hatten noch nicht zum Stadtgebiet gehört, als Derec und Ariel erstmals hierherkamen. Einige Koordinaten waren jedoch mehr als einmal aufgeführt. Dazu gehörte auch Keymos Standort.

»Nach welchem Bedeutungsmuster sind diese Koordinaten geordnet?« fragte Derec.

»SIE SIND GENAU 987,31 KILOMETER VONEINANDER

ENTFERNT. DAS MUSTER NIMMT DIE GESAMTE LANDFLÄCHE DES PLANETEN EIN.«

»Warum?«

»DIESE ENTFERNUNG ERGIBT GENAU DIE ERWÜNSCHTE ZAHL VON VERSAMMLUNGSPUNKTEN.«

Derec wurde ganz aufgeregt. »Erwünscht von wem?«

»ERWÜNSCHT VON SEITEN DES PROGRAMMS.«

»Welchen Zweck verfolgt das Programm?«

»ZUGANG VERWEIGERT.«

Derec schlug mit der flachen Hand auf den Tisch. Er war zu schwach, um richtig zuzuhauen. »Demnach ist dieses Terminal doch blockiert. Wir haben bisher nur nicht die richtigen Fragen gestellt, um die Sperren zu finden.«

Ariel, die hinter ihm stand, sagte nichts.

»Wer weiß. Wenn Avery dieses Terminal vorsichtshalber mit Sperren versehen hat, ehe wir hier angekommen sind . . . warum hat er dann nicht die üblichen Sperren eingebaut? Warum hat er auf die meisten Sperren der übrigen Terminals verzichtet und andere beibehalten?«

Auf dem Schirm verhöhnten ihn schweigend die Worte ›ZUGANG VERWEIGERT‹. Ringsum an den Wänden herrschte im hellen Licht des Tages Hochbetrieb in Robot City. Es war still im Raum.

»Also«, sagte Derec zu sich. »Vielleicht ist die Sperre gar nicht hier am Terminal. Er hat sich irgendwo anders eingenistet, so muß es sein, und einfach gesperrt, was er vom dortigen Terminal aus unternommen hat. Er hat nicht daran gedacht, dies hier zu blockieren. So muß es gewesen sein, nicht wahr?«

Als Ariel immer noch nicht antwortete, sah er sich mühsam über die Schulter hinweg um. »Ariel?«

Sie stand reglos mit offenen Augen da. Ihr Blick schien auf den Fußboden gleich hinter dem Schreibtisch gerichtet zu sein, aber sie blinzelte nicht. Als er ihr die Hand vorhielt, reagierte sie nicht. Er schloß ihr mit den Fingerspitzen sanft die Lider. Sie blieben geschlossen.

»Wir können nicht warten«, sagte er leise, zu sich selbst

genau wie zu ihr. »Wir können hier nicht einfach rumsitzen, bis uns ein Ausweg einfällt. Dazu fehlt uns die Zeit.«

Er stand auf und legte ihr behutsam einen Arm um die Schultern. Mit sanftem Druck gelang es ihm, sie zum Sofa zu führen, sie ging steif und langsam, hielt die Augen geschlossen. Er konnte sie nur dadurch zum Sitzen bewegen, daß er sich selbst niederließ und sie dann neben sich herabzog.

»Ariel?«

Er sah, wie sich hinter geschlossenen Lidern ihre Augen bewegten. Nach den Erfahrungen der letzten Anfälle wagte er es nicht, sie von sich aus zu Bewußtstein zu bringen. Damit würde er vermutlich alles nur verschlimmern.

Nach ein paar Minuten rückte er ein wenig von ihr ab und beobachtete sie. Sie saß so gerade, daß es schon affektiert wirkte, mit erhobenem Kopf. Vielleicht erlebte sie gerade eine Fahrt in einem Raumschiff oder etwas Ähnliches. Sie ließ nichts weiter erkennen.

Schließlich atmete sie heftig ein und blinzelte mehrmals.

»Ariel?«

Sie sah ihn an, dann einen der Sichtschirme.

»Ariel, bist du . . . wieder bei mir?«

»Es ist mir wohl schon wieder passiert, wie?« Sie griff nach seiner Hand.

»Diesmal war es anders. Du hast nicht gerufen oder sonst etwas getan.« Er hielt sie fest und legte auch noch den anderen Arm um sie.

»Ich habe mir das Stück angesehen«, sagte sie gedämpft. »Das ist wirklich passiert, stimmt's? Du weißt schon, welches ich meine. Ach, ich weiß auch nicht, was ich tue. Ich bin mir nicht einmal sicher, wo oder *wann* ich existiere.«

»Langsam«, sagte er geduldig. »Eins nach dem anderen. Du sagtest, das Stück. Meinst du *Hamlet*?«

Sie nickte. »Als wir es hier aufgeführt haben.«

»Ist es diesmal besser ausgegangen?« Er zwang sich zu einem Lächeln, wollte sie damit aufheitern.

Sie schüttelte den Kopf, ohne auf seinen Witz einzugehen.

»Schon gut. Sieh mal, ich habe eine Entscheidung getroffen.

Wir wollen gehen und Avernus besuchen. Oder Euler. Oder einen anderen Überwacher. Sie sind vermutlich hier irgendwo im Kompaßturm.«

»Bist du sicher?«

»Wir haben hier lange genug festgesessen. Komm.« Er stand auf und verzog das Gesicht, als ihm der Schmerz durch die Beine zuckte.

Sie erhob sich widerstrebend. Er drückte auf einen Knopf am Bedienungspult im Schreibtisch, und in einem der Sichtschirme ging eine Tür auf. Sie tat sich als schwarzer Schlund im Stadtzentrum von Robot City auf.

»Komm schon.« Er schob sich vorsichtig zur Tür hinaus und sah sich um. Er konnte nichts entdecken als die kaum drei Meter lange Wendeltreppe, auf der er emporgestiegen war, als er damals das Büro gefunden hatte. Sie führte hinab zu einer geschlossenen Tür. »Hier in der Nähe gibt es keine Roboter. Bis wir aus der Tabuzone heraus sind, droht uns jedenfalls keine Gefahr.«

»Na gut.« Sie hatte sich nicht vom Sofa weggerührt. »Aber was passiert, wenn ich . . . du weißt schon. Wenn ich nun mittendrin wieder meine Zustände bekomme?«

»Das Risiko müssen wir eingehen.« Er blickte sich um und sah den Widerwillen in ihrer Miene. »Wir haben versucht, vorsichtig zu sein, und sind damit nicht weit gekommen. Wir müssen hinaus.«

»Ich könnte dir alles verderben, Derec. Wenn ich mal wieder nicht weiß, was vorgeht und so. Wenn es dir lieber wäre, ich würde hierbleiben . . .«

»Wer weiß, vielleicht mußt ja du mich retten.« Er lächelte kläglich. »Wir sind ein Team, egal, wie's kommt.«

Da gab sie nach. »Egal, wie's kommt.« Sie folgte ihm zur Tür und drückte liebevoll seinen Arm.

Derec hielt sich beim Abstieg die ganze Zeit am Geländer der Wendeltreppe fest. Bei jedem Schritt brannten seine Knie. Unten angekommen nahm er einen tiefen Atemzug. Er war dankbar, innehalten zu können, bis sie hinter ihm herabgekommen war. Dann stieß er die Tür auf.

Vor ihnen erstreckte sich ein kurzer Gang. Er erkannte ihn und die sanft glühende Wandverkleidung, die für Beleuchtung sorgte. Das Ende dieses Gangs bezeichnete die Grenze, bis zu der sich Roboter vorwagen durften. Hatten sie diese Stelle erst passiert, konnten er und Ariel jeder Zeit Robotern begegnen, die ihren gewohnten Aufgaben nachgingen.

Er rückte langsam vor, hielt Ausschau nach Schatten und horchte auf Geräusche, die unerwünschte Gesellschaft bedeuten konnten. Wenn sie es bis zum Versammlungsraum der Überwacher auf einem der unteren Stockwerke schafften, mochten die Roboter denken, sie seien von der Straße her eingedrungen. Er wollte vermeiden, daß sie eine andere Möglichkeit in Betracht zogen.

Ariel folgte dicht hinter ihm, während er durch die Gänge schlich. Die Gänge waren eng, aber auf dieser Höhe hatte die Pyramide auch wenig Bodenfläche. Gleich darauf erreichten sie einen Aufzug.

Er atmete tief ein und drückte auf den einzelnen Knopf an der Wand. »Ungefähr sechs Stockwerke tiefer, wenn ich mich recht entsinne«, flüsterte er. »Kannst du dich noch erinnern?«

Ariel nickte.

Sie warteten in gespanntem Schweigen. Als die Tür aufzugleiten begann, hielt er den Atem an und merkte, wie Ariel sich hinten an seinem Hemd festkrallte. Doch der Aufzug war leer, und sie lächelten einander beim Einsteigen verlegen und doch erleichtert zu.

Er betätigte den Knopf, der sie sechs Stockwerke tiefer abzusetzen versprach. Der Aufzug senkte sich jäh, verlangsamte dann jedoch seine Fahrt und kam sanft zum Stehen. Wieder standen sie reglos da, während die Tür aufging.

Vor dem Aufzug warteten keine Roboter, aber sie konnten jetzt zum ersten Mal Anzeichen von Aktivität hören. Die Geräusche waren nicht zu deuten; möglicherweise waren sie nicht mehr als ein vielfältiges Summen, hervorgerufen von Funktionsrobotern, die Zimmer und Gänge reinhielten. Jedenfalls wurde dieses Stockwerk eindeutig benutzt.

»Wir sind aus dem Gröbsten heraus«, sagte Derec leise. »Jetzt können wir sogar die Begegnung mit einem Robot suchen, damit er uns als Führer dient. Vergiß nicht: Wenn dich ein Robot fragt, wie du reingekommen bist, sagen wir, wir seien durch die Vordertür gekommen.«

»Und hätten uns verirrt.« Sie grinste.

»Äh, ja.«

Die Gänge waren hier breiter, und die Decken höher; ihr Vorwärtskommen wurde dadurch erschwert, daß ihr labyrinthischer Verlauf komplizierter wurde. Immer häufiger kreuzten Quergänge die Hauptkorridore, und wenn sie dort hineinblickten, konnten sie weitere Ausläufer des Labyrinths erkennen. Irgendwann hatte er die Vermutung angestellt, daß sich dieses Stockwerk annähernd auf halber Höhe der Pyramide befand. Seine Bodenfläche war bereits sehr groß.

»Ich kann mich einfach nicht mehr erinnern«, sagte Derec und blieb an einer Kreuzung stehen. Er lehnte sich Halt suchend gegen die schimmernde Wandverkleidung. »Wir könnten unendlich lange herumwandern. Ich bin immer den größten Korridoren nachgegangen, aber sie haben uns nirgendwo hingeführt.«

Ariel sah ihm ins Gesicht. »Du hast Schmerzen, stimmt's?«

»Damit kann ich mich nicht aufhalten, sonst kommen wir nie ans Ziel.«

»Dann hör auf zu trödeln und komm!« Ariel drängte sich an ihm vorbei und betrat den breiteren der zwei Korridore.

Er folgte ihr leise lächelnd. Sie war grob zu ihm, weil sie hoffte, dadurch seinen Zorn zu erregen und eine weitere kurze Besserung seines Zustands zu erreichen. Es klappte nicht, weil er den Versuch bemerkt hatte, aber er zwang dankbar seine brennenden Beine, ihr zu folgen.

Plötzlich hallte ein rhythmisches Piepsen durch den Korridor. Ein kleiner Funktionsrobot, kaum einen Meter hoch und vorn mit einem Blaulicht versehen, kam auf sie zugerollt. Sein schaufelförmiges Vorderteil diente als Staubsauger, und die Bürsten an seinen eingezogenen Tentakeln verrieten seine zweite Aufgabe als Handfeger. Sein Piepsen beim Anblick von Fremden kam vermutlich einer dritten Funktion gleich, wirkte nachträglich eingebaut.

Derec und Ariel blieben stehen und sahen zu, wie er auf sie zueilte. Immer noch piepsend rollte er direkt vor ihnen aus.

Derec lachte. »Das soll wohl der befürchtete Alarm sein. Ich war davon ausgegangen, daß wir mindestens ein bis zwei Sirenen wert sind.«

»Irgendwie niedlich. Aber ich denke, er wird auch noch andere Signale abgeben, wie?«

»Mit Sicherheit. Hallo, ein vertrautes Gesicht — wenn du das ein Gesicht nennen willst.« Derec grinste. »Euler!«

Der humanoide Robot, der den Korridor entlang auf sie zukam, war einer der ersten, den sie auf dem Planeten kennengelernt hatten. Euler war einer von sieben robotischen Überwachern, deren Gehirne im Verein einen der komplexen Hauptcomputer der Stadt bildeten. Sein Kopf war nach menschlichem Vorbild gestaltet. Als Augen dienten ihm glühende Photozellen. Und um das Bild zu vervollständigen, besaß er, wo der Mund hingehörte, ein kleines rundes Maschengeflecht.

»Hallo, Euler!« wiederholte Derec. »Warum antwortet er nicht? Was hat er denn?«

Euler marschierte auf sie zu und blieb dicht vor ihnen stehen. Der kleine Funktionsrobot schwirrte davon, offenbar auf einen Befehl über Komverbindung hin.

»Seien Sie gegrüßt, Derec. Sie haben hier keinen Zutritt. Kommen Sie mit.« Euler trat beiseite und ließ sie vorausgehen.

»Was ist das für eine Begrüßung?« wollte Derec wissen und ging dabei widerstrebend weiter. »Euler, *wir* sind's doch. Wir sind wieder da. Und wir brauchen Hilfe und Informationen.«

»Ich erkenne Sie, Derec und Ariel.« Der Robot war ihnen auf den Fersen.

Derec hatte das unangenehme Gefühl, daß sie abgeführt und nicht etwa freundschaftlich begleitet wurden. »Früher hast du mich Freund Derec genannt«, bemerkte er.

»Wir haben Dringliches und Wichtiges zu tun«, sagte Euler. »Sie sind mit Robot City vertraut und wissen, daß Sie hier in Sicherheit sind. Sie müssen den Kompaßturm verlassen.«

»Hab' ich dir nicht eben gesagt, daß wir Hilfe brauchen!« rief

Derec ärgerlich. »Das Erste Gesetz! Hast du das etwa vergessen . . .«

Ariel zupfte hartnäckig an seinem Ärmel, damit er langsamer wurde. Er schüttelte sie ab, blieb stehen und machte kehrt, so daß er Euler von Angesicht zu Angesicht gegenüberstand.

»Nein«, warf Ariel ein. »Verrat uns nicht. Hier ist irgendwas schiefgegangen.«

Derec erstarrte in zorniger Haltung und bedachte das ausdruckslose Gesicht des Robots mit einem bösen Blick. Er zögerte, während er das ungewöhnliche Verhalten Eulers verdaute. Sie hatte recht.

»Was ist passiert?« fragte Ariel Euler. »Warum benimmst du dich so anders?«

»Sie haben keinen Zutritt zum Kompaßturm.«

»Warte mal«, sagte Derec. »Wie steht's mit eurem Studium der Gesetze der Humanik? Du weißt schon. Dazu braucht ihr Menschen.«

»Bitte gehen Sie weiter. Wenn nötig, werden Sie mittels nichtschädlicher Gewalt vor die Tür gesetzt.«

»Ha! ›Nichtschädliche Gewalt?‹ Du hast ja keine Ahnung, wie zerbrechlich wir sind, stimmt's?« Derec lachte höhnisch.

»Was ist hier vorgefallen, seit wir zum letzten Mal da waren?« fragte Ariel. »Habt ihr eure Pläne bezüglich der Stadt geändert?«

»Kommen Sie mit.« Euler streckte beide Greifer aus und ergriff ihre Arme.

Selbst dieser sanfte Druck führte dazu, daß sich in Derecs Arm Verspannungen lösten. Er verzog überrascht das Gesicht, obwohl das Gefühl zum Teil Erleichterung war. Augenblicklich zog sich der Greifer zurück.

»Du hast mir weh getan!« brüllte Derec. »Komm, Ariel!« Er nahm ihren Arm und rannte los.

Kapitel 6

Auf der Flucht

Seine Beine brannten schmerzhaft, und sein Rücken fühlte sich seltsam steif an, als er mühsam den Gang entlanghastete. Ariel hatte ihn bereits überholt und zog ihn mit sich, anstatt umgekehrt. Hinter ihnen zögerte Euler noch, denn Derecs Anschuldigung hatte seine Entscheidungsfunktionen verlangsamt.

Ariel zerrte Derec um eine Ecke und einen weiteren Korridor entlang. »Sie sind umprogrammiert worden«, rief Derec ihr keuchend zu. »Das muß es sein. Wenn die Roboter selbst neue Prioritäten herausgebildet hätten, wäre jeweils ihre Persönlichkeit intakt geblieben.«

»Halt den Mund und komm!« Wieder bog sie um eine Ecke.

Derec folgte ihr stolpernd, zwang seine Beine, größere Schritte zu machen. »Sieh zu, ob du einen Aufzug findest!«

Sie bogen rutschend um eine dritte Ecke, suchten auf dem sauber polierten Boden nach Halt. Ariel hielt ihn jetzt nur noch bei der Hand, und ihrer beider Arme waren ausgestreckt, als sie ihn mit sich fortzog. Sie setzte das Zickzackmuster fort, indem sie wieder um eine Ecke bog.

»Weißt du etwa, wo es langgeht?« fragte Derec so ruhig wie möglich.

Ariel kam an einer Kreuzung zum Stehen. Verfolgt wurden sie offenbar noch nicht, aber in einem Gebäude dieser Größenordnung konnten die Überwacher sicher eine große Zahl von Funktionsrobotern aufbieten, um ihre Anwesenheit zu melden. Sicher gab es außerdem einige humanoide Roboter, die sich an der Jagd beteiligen würden.

»Nein, ich weiß nicht, wo es langgeht«, sagte Ariel.

Derec spähte in jeden der vier Korridore, die an dieser Stelle zusammenliefern. »Wo sind denn alle?« Er biß gegen die Schmerzen, die seine Beine und seinen Rücken durchzuckten, die Zähne zusammen.

»Los, komm.« Ariel machte sich wieder auf, dann merkte sie,

daß er sich immer noch in den anderen Gängen umsah. Sie lehnte sich zurück, um seine Hand zu nehmen und ihn mit fortzuziehen.

Sie bog noch mehrmals ab, immer auf der Suche nach Türen oder Hauptkorridoren.

»Da!« rief Ariel, als sie wieder eine Ecke umrundet hatten. »Ist das nicht ein Aufzug?«

»Das läßt sich feststellen«, keuchte er. Seine Brust hob und senkte sich, als er um Atem rang. »Drück auf den Knopf. Ich fürchte, wir haben ernsthafte Probleme.«

Sie warteten ängstlich und sahen sich dabei immer wieder um. Endlich ging die Tür auf, und wieder war der Aufzug leer. Sie stiegen ein, und Ariel drückte auf den untersten Knopf.

Derec ließ sich gegen die Wand sinken und schloß die Augen. »Hoffentlich wartet niemand auf uns, wenn die Tür wieder aufgeht.«

»Was wolltest du damit sagen, ernsthafte Probleme?«

»Zweierlei. Eulers Benehmen nach zu schließen, hat Avery unsere Abwesenheit genutzt, um alle Überwacher umzuprogrammieren. Das heißt, daß in der ganzen Stadt geänderte Regeln herrschen. Außerdem vermute ich, daß der Zentralcomputer, sobald unsere Anwesenheit in Eulers Gehirn registriert war, bei Avery, wo immer er sich aufhalten mag, Meldung gemacht hat.«

»Warum verfolgt uns dann niemand?«

»Ich fürchte . . . er hat die Jagdroboter auf uns gehetzt. Die anderen tun einfach wie gewöhnlich ihre Pflicht.«

Die Aufzugstür ging auf und offenbarte düsteres Licht. Niemand wartete auf sie. Derec stieg als erster aus und sah sich um.

Sie schienen eine kleine Tunnelstation erreicht zu haben. Bei den meisten anderen waren von der Einstiegszone aus mehrgleisige Bahnen zu sehen. Hier schirmte eine Wand das Haltegleis ab, so daß sie vor den Reisenden auf der Hauptschiene verborgen blieben.

Derec schlich in Richtung Haltegleis und spähte umher. Er konnte den Luftzug spüren, der vom Haupttunnel her erst aus der einen, dann aus der anderen Richtung wehte. Ariel folgte ihm.

»Ich hab' den Warteknopf gedrückt«, sagte sie. »Diesen Aufzug können sie jedenfalls nicht hochrufen.«

Er nickte anerkennend. »Dann komm.«

Sie zwängten sich in eine Plattformkabine, die am Haltegleis wartete. Er begann, einen Code einzugeben, doch dann zögerte er.

»Was ist los? Wir müssen so schnell wie möglich hier fort.« Sie zupfte an seinem Arm.

Er tippte den Code für eine Tunnelstation ein, die sich ganz in der Nähe befand, und die Kabine setzte sich in Bewegung. »Der Tunnelcomputer ist eine Zweigstelle des Zentralcomputers. Sobald jemand nachfragt, wird er unser Fahrziel weitermelden.«

»*Was?*«

»So ist es.« Er nickte grimmig. »Wir müssen von hier fort und dann schnell ins Freie. Wenn wir zu lange fahren, steht bei unserer Ankunft ein Empfangskomitee bereit.«

Die transparente Kabine folgte dem Nebengleis um eine Kurve und wechselte im Haupttunnel auf eine Parallelschiene über. Derec sah sich besorgt nach den Robotern um, die teilnahmslos in den umgebenden Kabinen standen, aber keiner ließ erkennen, daß er sich für sie interessierte. Andererseits wirkten die Roboter, wenn sie mit den Kabinen fuhren, immer wie erstarrt, und wenn man — wie Derec jetzt — richtiggehend verschreckt war, machten sie einen finsteren Eindruck.

Ein Paranoider konnte sie durchaus für eine geheime Eskorte halten, nicht für zufällig Mitreisende.

Er schüttelte wütend den Kopf. Dieser Gedankengang war geeignet, ihn so verrückt zu machen wie Avery.

Plötzlich wurde ihre Kabine langsamer und glitt auf ein Nebengleis. Dies war eine gewöhnliche Station, mit einer Einstiegszone, die vom Haupttunnel her einzusehen war. Der Haltepunkt unter dem Kompaßturm war der einzige versteckte, den Derec kannte.

»Hier wartet niemand auf uns«, sagte Ariel, als die Kabine zu ihrem exakt vorausberechneten Halt kam. Sie trat hinaus auf die leere Ladeplattform.

Er stieg ebenfalls aus. »Wenn tatsächlich Jagdroboter unterwegs sind, bekommen sie vielleicht gerade erst unsere Koordinaten. Das heißt, sie können hier unsere Spur aufnehmen, ohne erst zum Kompaßturm zu müssen. Ich — heh!«

»Derec, was ist denn *jetzt* wieder?« beklagte sie sich.

Er wirbelte herum und lehnte sich noch einmal ins Innere der Plattformkabine. Nach einem kurzen Blick in die Richtung, aus der sie gekommen waren, tippte er, so schnell sie ihm einfiel, eine Serie neuer Koordinaten ein.

»Derec, wir müssen *fort*.« Sie warf selbst ängstliche Blicke in Richtung Haupttunnel.

»Was machst du denn?«

»Das wird helfen.« Er trat aus der Kabine, worauf sie sogleich vom Haltegleis anfuhr.

»Was hast du gemacht?« fragte Ariel, als sie die bewegliche Rampe nach oben bestiegen.

»Die müssen alle Fahrtziele überprüfen, die ich eingegeben habe.« Er grinste, dann verzog er wegen der Schmerzen in seinen Beinen das Gesicht. »Vielleicht sind wir hier ausgestiegen; vielleicht sind wir weitergefahren. Sie wissen es nicht.«

»Meinst du, es wird darauf ankommen? Werden sie nicht einfach mehr Jäger losschicken, um jede Station abzudecken?«

»Kann sein.« Er zuckte die Achseln. »Zumindest wird es sie zwingen, ihre Kräfte zu verteilen.«

Sie fuhren dem Sonnenlicht entgegen und traten auf die Straße. Er sah sich um, fühlte sich gänzlich ungeschützt. Als einzige Menschen auf dem Planeten waren sie von Avery, einmal abgesehen, augenblicklich zu entdecken, wo immer sie sich aufhielten.

»Unsere einzige Chance besteht darin, daß möglicherweise nur die Jagdroboter auf uns angesetzt sind«, sagte Derec und beäugte mißtrauisch einen näherkommenden humanoiden Robot. Er war allein, nur umgeben von einer vielfältigen Schar von Funktionsrobotern.

Ariel folgte seinem Blick und dämpfte ihre Stimme. »Als wir

auf der Suche nach Jeff waren, hat sich der ganze Planet daran beteiligt, nicht wahr?«

»Damals hat sie das Erste Gesetz zusätzlich auf die Sprünge gebracht«, sagte Derec. »Im vorliegenden Fall weiß ich nicht, was sie tun werden. Wenn sogar die Überwacher umprogrammiert wurden, kann es sein, daß für die gesamte Population neue Prioritäten gelten.«

Der humanoide Robot ging vorbei, ohne sich für sie zu interessieren. Weiter unten überquerte eine Reihe anderer Roboter in entgegengesetzter Richtung die Straße. Sie reagierten nicht auf die Gegenwart von Derec und Ariel.

»Wär's nicht besser, wir verschwinden hier?« Ariel sah sich nach der Tunnelstation um. »Bisher stehen wir einfach rum.«

»Ich denke nach!« raunte Derec heiser. Seine Beine pochten schmerzhaft. »Wir müssen wissen, wo wir hinwollen. Wir können nicht einfach losrennen. Das halt' ich nicht durch.«

»Ich hab's. Komm!« Sie ergriff seine Hand und wollte ihn wieder fortzerren.

Er biß die Zähne zusammen, als die Schmerzen seinen Rücken und seine Beine durchzuckten, und eilte ihr nach.

Mandelbrot marschierte am Straßenrand rasch in Richtung Kompaßturm, während Wolruf neben ihm hertrottete. Sie waren aus der Tunnelstation gekommen, die der Pyramide am nächsten lag. Plötzlich überquerten vor ihnen in einiger Entfernung zwei hochgewachsene, kraftvoll aussehende humanoide Roboter mit multipler sensorischer Ausstattung eine Kreuzung, die zum Kompaßturm führte. Es handelte sich um Jagdroboter, denen besonders hohe Aufnahmefähigkeit zum Erkennen von Verhaltensmustern und Details einprogrammiert war.

Mandelbrot blieb abrupt stehen.

»Wass iss' denn?« fragte Wolruf, die nun ebenfalls stehenblieb und zu ihm aufblickte.

»Jäger«, sagte Mandelbrot. »Fall es keine anderen Eindringlinge gibt, ist bestimmt unsere Gruppe als Jagdbeute vorgesehen. Und sie gehen direkt zum Kompaßturm.« Er verschaffte sich Zugang zum Zentralcomputer. »Ich bitte um Informationen über jeden ausgerufenen Generalalarm.«

»KEIN ALARM«, sagte der Zentralcomputer. »BITTE IDENTIFIZIERE DICH UND DEINE ZUGEWIESENE AUFGABE.«

»Welche Aufgabe erfüllen derzeit die aktiven Jagdroboter?« Mandelbrot ging davon aus, daß er sich noch eine verdächtige Frage leisten konnte, ehe der Zentralcomputer zurückverfolgen ließ, woher er sendete.

»IDENTIFIZIERE DICH UND DEINE ZUGEWIESENE AUFGABE«, wiederholte der Zentralcomputer.

Mandelbrot brach die Verbindung ab. »Ich kann keine signifikanten Informationen herausholen, ohne uns zu gefährden«, sagte er zu Wolruf. »Da kein allgemeiner Alarm gegeben wurde, haben wir nur von den Jägern etwas zu befürchten.«

»Wirr auch?« fragte Wolruf.

»Oder bloß die Mensschen?« Sie blickte zurück in Richtung Kompaßturm. »Kann die Jägerr jetzz' auch ssehen. Gehen von unss weg zzum Turrm.«

»Wir müssen damit rechnen, daß der Alarm für unsere gesamte Gruppe gilt. Wenn Derec und Ariel identifiziert wurden, sind wir bestimmt auch betroffen. Wenn lediglich zwei Eindringlinge identifiziert wurden, möglicherweise nicht.« Mandelbrot hob Wolruf auf und setzte sie auf seinen Rücken, wo sie sich festklammerte.

»Wass nun?« fragte Wolruf.

»Ich muß noch ein letztes Mal das Risiko eingehen«, sagte Mandelbrot. Er versuchte, das Terminal des Büros im Kompaßturm zu erreichen, bekam jedoch keine Antwort. »Rätselhaft«, sagte Mandelbrot.

»Wass?«

»Ich denke, Derec und Ariel haben das Büro verlassen. Aber das Terminal hätte meinen Anruf dennoch beantworten und mich auffordern müssen, eine Nachricht zu hinterlassen.«

»Vielleicht iss' das Bürro ein Ssonderfall«, sagte Wolruf. »Sspeziell für Averry eingerrichtet.«

»Das wäre möglich«, sagte Mandelbrot. »Jedenfalls antworten sie nicht. Sie sind vermutlich geflohen; ein Glück. Nur können wir sie über meine Komverbindung nicht erreichen und deshalb nicht feststellen, wo sie sich aufhalten.«

»Den Jägerrn folgen«, sagte Wolruf leise, »iss' der einzzige Aussweg.«

Mandelbrot nickte zustimmend. »Solange sie nicht auf uns aufmerksam werden.«

Mandelbrot stieg mit Wolruf auf eine Gleitbahn, und sie fuhren darauf bis zu einer Überführung in der Nähe des Kompaßturms. Von dort aus konnten sie die Vorderseite des Turms sehen und mehrere seiner vielen Seiten. Alle Seiten konnten sie natürlich nicht im Auge behalten, doch es war immerhin ein Anfang.

Es dauerte auch nicht lange, bis fünf Jagdroboter aus dem Hauptausgang hervorkamen. Zwei davon machten sich sogleich auf zu der Tunnelstation, die Mandelbrot und Wolruf soeben benutzt hatten. Ein weiteres Paar betrat eine Gleitbahn und entfernte sich ungefähr im rechten Winkel von dem ersten. Der letzte Jäger blieb auf dem stationären Gehsteig, innerhalb des rechten Winkels, den die Wege der beiden Teams gebildet hatten.

»Das trifft sich gut«, sagte Mandelbrot. »Sie haben ihre Beute nicht eingefangen und rechnen in absehbarer Zukunft auch nicht damit.«

»Das trrifft ssich sschlecht«, zischte Wolruf. »Ssie wissen, in welche Rrichtung ssie Ausschau halten müssen. Wirr müssen unss beeilen, ssonst verlierren wir ssie.«

»Zugegeben.« Mandelbrot war bereits wieder auf die Gleitbahn gestiegen, um möglichst viele Jäger im Auge behalten zu können. Das erste Paar verloren sie gleich an der Rampe zur Tunnelstation aus den Augen. Das zweite Paar entfernte sich rasch auf der Gleitbahn und kam nur gelegentlich zwischen verschiedenen Gebäuden zum Vorschein. Mandelbrot und Wolruf hatten inzwischen die Überführung hinter sich und beschrieben eine Kurve. Nicht allzu weit von ihnen entfernt betrat der letzte Jäger soeben ihre Gleitbahn.

»Hoffentlich kommt err nicht auf unss zzu«, sagte Wolruf.

Der Jäger tat ihr den Gefallen. Er fuhr in ihre Richtung und hatte es eindeutig sehr eilig. Anstatt stehenzubleiben, ging er auf der fahrenden Gleitbahn weiter, und Mandelbrot war gezwungen, mit ihm Schritt zu halten.

»Nicht zzu nahe«, sagte Wolruf.

»Wir können uns nicht leisten, ihn zu verlieren. Ich vermute, daß andere Jäger den Kompaßturm durch Ausgänge verlassen haben, die wir nicht im Blick hatten. Wir müssen vor ihnen auf der Hut sein. Sobald wir in die Nähe von Menschen geraten, werden die Jäger anfangen, sie einzukreisen.«

»Und wass dann?« fragte Wolruf.

»Ich weiß es nicht.«

Kapitel 7

Die Jäger

Derec kam schmerzhaft hinkend immer langsamer voran, während Ariel ihn ihrem Ziel entgegenzerrte. Es handelte sich um ein Vakuumröhrendepot für den Frachttransport. Als er es erkannte, blieb Derec stehen und hielt sie zurück.

»Warte einen Moment«, sagte er. »Diese Depots waren immer mit humanoiden Robotern bemannt. Sie werden melden, wohin wir geflohen sind.«

»Nicht, wenn sie niemand fragt. Komm schon.« Sie war kräftiger als er, und er ließ sich hinterherziehen.

Als sie das Ladedock erreichten, sah er, daß er unrecht hatte. Hier gab es nur einen kleinen Funktionsrobot, der ohne Aufsicht Fracht verlud.

»Und wenn er uns nicht einsteigen läßt?« fragte Derec.

»Kümmer dich nicht drum.« Ariel schob einen kleinen Behälter beiseite, außer Reichweite der ausgestreckten Greifer des Funktionsrobots.

Der Robot war von kleiner, eiförmiger Gestalt mit sechs Tentakeln, die in verschiedenen Greifwerkzeugen ausliefen. Da er kein positronisches Gehirn hatte, würde er sie nicht absichtlich behindern, war aber auch nicht den Gesetzen der Robotik unterworfen. Als er dem Behälter hinterherrollte, kletterte Ariel in die offene durchsichtige Kapsel und reichte Derec die Hand, um ihm beim Einsteigen zu helfen.

Widerstrebend trat er unter entsetzlichen Schmerzen über den Rand der Kapsel und streckte sich in ihrem Innern langsam aus.

»Wir müssen ein Ziel angeben«, sagte er. »Dieses Ding hat innen kein Bedienungspult. Es muß an der Dockskonsole programmiert werden, dort drüben.« Er zeigte in die Richtung.

Ariel zögerte, während der Funktionsrobot den Behälter zwischen ihre Beine und Derecs Kopf in die Kapsel zwängte. Dann duckte sie sich und legte sich hin, während der Funktionsrobot die Luke schloß.

»Wir fahren hin, wo diese Kiste hinfährt«, sagte sie. »Das Gute daran ist, daß wir dadurch keine Spur hinterlassen. Die Programmierung erfolgt ganz und gar unabhängig von uns.«

»Schon . . .«

Sein Kommentar wurde durch die plötzliche Beschleunigung der Kapsel unterbrochen. Sie bewegte sich auf Rollen durch eine Klappe, die unter ihrem Druck nachgab. Nun befanden sie sich in der eigentlichen Vakuumröhre, und die Kapsel nahm erst recht Tempo auf.

Wie zuvor sorgte das Trägheitsmoment dafür, daß sie gegen die Rückwand der Kapsel gedrängt wurden. Derec hatte zu große Schmerzen, um sich mit den Armen abzustützen, deshalb wurden sein Kopf und seine Schultern gegen die Wand gepreßt. Sie rasten durch die Dunkelheit, angetrieben von der Luft, die über ihnen aus unsichtbaren Öffnungen strömte.

Bisher hatte die Flucht vor ihren Verfolgern bei ihm für regelmäßige Adrenalinstöße gesorgt, und er hatte ein wenig von seiner Steifheit verloren. Jetzt reichte nicht einmal mehr die aufregende Fahrt in der Vakuumröhre, um die Symptome zurückzuhalten. Seine Beine pochten weiterhin schmerzhaft, und die zuckenden Schmerzen in seinem Rücken schienen die zunehmende Steifheit zu ergänzen.

Erleichterung bereitete ihm nur, daß sie recht hatte. Sie hatten keine Spur hinterlassen.

Die Röhre schwang sich aufwärts. Er schloß in Erwartung der Helligkeit die Augen, und gleich darauf durchflutete strahlendes Sonnenlicht die Kapsel. Er öffnete langsam die Augen, damit sie sich daran gewöhnen konnten, und betrachtete die neue Szene um sie herum.

Dieser Abschnitt der durchsichtigen Vakuumröhre erhob sich vom Boden und wand sich, gestützt von den existierenden Gebäuden, hoch über der Stadt dahin. Auf dieser Höhe — der Anstieg war noch nicht vorbei — störten sie die erdgebundenen Prioritäten nicht. Ihre Kapsel schoß in hohem Tempo durch die Röhre und bot dabei einen atemberaubenden Ausblick. Doch seine Schmerzen waren zu stark, um ihn zu genießen.

Plötzlich kam ihm ein Gedanke.

»Ariel«, sagte er mühsam. »Das gesamte Personal im Schlüsselzentrum ist für neue Aufgaben eingeteilt worden. Andererseits war es das Schlüsselzentrum, das im Röhrensystem das Vakuum erzeugt hat. Das heißt, im Schlüsselzentrum wird nach wie vor gearbeitet. Was das wohl alles zu bedeuten hat?«

Sie antwortete nicht.

»Ariel?« Er brüllte gegen das Rauschen der Luft an, wußte jedoch zugleich, was ihr Schweigen bedeutete. Entmutigt wandte er den Kopf, um sie anzusehen. Dabei spürte er neue Verspannungen in seinem Nacken.

Sie lag auf dem Rücken und hielt sich in dieser Position, indem sie sich mit beiden Händen an der Rückwand der Kapsel abstützte. Ihr auf die Seite gekehrtes Gesicht verriet Begeisterung und Erregung, und sie war in den Anblick der Stadt vertieft. Ihn schien sie überhaupt nicht wahrzunehmen.

Derec nahm an, daß sie ihre allererste wilde Fahrt mit der Vakuumröhre wiedererlebte. In gewisser Hinsicht war das eine glücklichere Zeit gewesen, obwohl sie auch damals gewisse Belastungen empfunden hatten. Aber wenigstens war er gesund gewesen, und sie praktisch auch, bevor ihre Krankheit richtig zum Ausbruch gekommen war.

Er wandte das Gesicht von ihr ab. Wenn es stimmte, daß sie

diese Erinnerungen nacherlebte, ging es ihr im Augenblick wohl recht gut. Er gönnte es ihr. Sobald sie wieder aus der Kapsel heraus und in Sicherheit waren, konnten sie sich alle beide daranmachen, ihre Fassung wiederzugewinnen.

Die Röhre verlief nicht immer geradeaus. Ihr Weg wurde unterbrochen durch Kurven, Schleifen und Höhenverlagerungen. Meist wurden damit architektonische Gegebenheiten berücksichtigt, die vor der Röhre existiert haben mußten. Manchmal führten sie die Kapsel an einen Schnittpunkt mehrerer Röhren, deren Kurven Richtungsänderungen bei minimalem Tempoverlust gestatteten. Gelegentlich brachten diese Richtungsänderungen sie dem einen oder anderen Depot nahe, doch die Kapsel schoß vorbei. Hin und wieder versank die Röhre unter dem Erdboden, und einmal verlief sie längere Zeit an der Decke des Tunnelsystems mit den Plattformkabinen.

Schließlich richtete sich die Kapsel in Bodennähe gerade und fuhr scharf bremsend in eine Nebenröhre. Sie blieb abrupt stehen, so daß sie zusammen mit dem kleinen Behälter in den vorderen Teil der Kapsel rutschten. Derec lag keuchend auf dem Rücken und blickte durch die transparente Kapsel und die Röhre hindurch in das gleichgültige Gesicht eines Jagdrobots.

Die Gleitbahn war das langsamste Transportsystem von Robot City. Mandelbrot und Wolruf folgten auf ihm mit zunehmender Tollkühnheit dem einzelnen Jäger. Die übrigen Jagdroboter hatten offenbar andere Aufgaben übernommen, und sie wußten nicht, worauf es dieser hier abgesehen hatte.

»Nicht zzu nahe«, zischte Wolruf über Mandelbrots Schulter hinweg. »Ssonst wird err noch auf unss aufmerrkssam.«

»Das bezweifle ich«, sagte Mandelbrot. »Ich denke inzwischen, daß er in seiner Eigenschaft als Jäger seine gesamte Umgebung im Auge hat. Er muß uns wahrgenommen und als Beute ausgeschlossen haben.«

»Wass fürr ein Unssin«, sagte Wolruf.

»Wie bitte?« sagte Mandelbrot steif.

»Nicht du. Der anderre«, erklärte sie geduldig. »Wiesso

bezzieht ssich ihr Auftrrag auf Derrec und Arriel, nicht aberr auf uns?«

»Die Programmierung scheint in der Tat mangelhaft zu sein«, sagte Mandelbrot. »Obwohl ich sie nicht unsinnig nennen will.«

»Wass dann?«

Weiter vorn schritt der Jäger weiterhin auf der Gleitbahn aus. Er schien zu wissen, wo er hinmußte.

»Derec hat oft von der Zielstrebigkeit der Avery-Roboter gesprochen«, erläuterte Mandelbrot. »Ihre Aufgabenorientierung ist eng gefaßt. Sollten der Zentralcomputer oder die Überwacher oder gar Avery selbst von der Gegenwart Derecs und Ariels erfahren haben, wurden sie in dem Befehl an die Jagdroboter vielleicht namentlich genannt, nicht aber die gesamte Gruppe.«

Wolruf schüttelte den Kopf. »Sso ein Unssinn. Gut für unss, aber trrotzzdem Unssinn.«

Vor ihnen eilte der Jäger dahin. Mandelbrot folgte ihm unermüdlich.

Derec und Ariel waren nicht imstande zu protestieren, als sie von zwei Jagdrobotern aus der geöffneten Kapsel gehoben wurden. Der Funktionsroboter am Dock wartete, bis die Menschen aus dem Weg waren, ehe er den planmäßig angekommenen kleinen Behälter packte. Derec tat der ganze Körper weh. Er war einfach zu schwach, um sich zu wehren.

Einer der Jäger hielt seinen Arm fest, und Derec lehnte sich haltsuchend dagegen. Ariel hatte gerade erst blinzelnd den Robot wahrgenommen, der sie gefangenhielt. Derec erkannte daran, daß sie soeben aus ihrer letzten Erinnerungsepisode erwacht war.

»Ariel«, sagte er ruhig.

Beim Klang seiner Stimme drehte sie sich um, dann erschrak sie angesichts der Jagdroboter. »Derec . . .«

»Sie haben uns erwischt«, flüsterte er niedergeschlagen. Er schüttelte den Kopf, da machten die Jäger auch schon kehrt. Sie strebten der nächstgelegenen Gleitbahn zu und zogen die beiden Menschen unbarmherzig mit.

Derec suchte immer noch nach einem Ausweg. Dies waren positronische Roboter, daher mußten sie auf Proteste gemäß den Gesetzen der Robotik reagieren. Aus Erfahrung wußte er jedoch, daß sie darauf programmiert waren, Menschen festzuhalten und zu verhaften, ohne ihnen Schaden zuzufügen. Er konnte also argumentieren, aber er hatte keine Ahnung, wie er sie überzeugen sollte.

Außerdem war er viel zu müde.

Derec stolperte mehrfach und mußte sich zwingen, mit dem Jäger Schritt zu halten. Schließlich hob ihn der Robot auf und trug ihn, nicht aus Sorge, sondern um besser vorwärtszukommen. Gleichzeitig hob der andere Jäger Ariel auf.

Dann betraten sie die Gleitbahn, und Derec stellte fest, daß er Ariel ins Gesicht sehen konnte.

»Wie haben sie uns nur gefaßt?« war nach einem verstohlenen Blick nach oben zum Kopf des Jagdrobots von ihren Lippen abzulesen.

»Ich glaube, es kümmert sie nicht, wenn wir uns unterhalten«, sagte er laut. »Ich nehme an, daß andere Jäger mit der Befragung des Tunnelcomputers begonnen haben. Dadurch kamen sie, wie ich befürchtet hatte, auf die Koordinaten der Tunnelstation, an der wir die Plattformkabine verlassen haben. Von dort aus müssen sie Hitzesensoren benutzt haben, um unsere Spur die Straße entlang zum Vakuumröhrendepot zu verfolgen.«

»Aber die Kapsel in der Vakuumröhre bewegte sich doch rasend schnell. Wie haben sie uns überholt?«

»Sie haben wohl herausgefunden, für welches Depot die Kiste gedacht war, und haben dafür gesorgt, daß dort diese Kerle auf uns warten.«

»Wir sind doch so weit gefahren«, meinte Ariel. »Bei dir hört sich das an, als seien wir ganz leicht zu fangen gewesen.«

»So war's wohl auch«, erwiderte er kläglich.

»Sie haben uns also *erwischt*«, sagte sie mit brechender Stimme. »Derec, sieh dich vor! Sie sind direkt hinter uns im Durchgang . . .«

Derec starrte sie mit einer Art resignierter Besorgnis an, während sie sich in eine neue Episode deplazierter Erinnerungen hineinsteigerte. Diesmal ging es wahrscheinlich um die letzte Gelegenheit, als sie von Jagdrobotern aufgespürt und gefangengenommen worden waren. Sie hatten damals versucht, durch das Gewirr unterirdischer Gänge unter der Stadt zu fliehen. Mit der Vakuumröhre war ihnen das auch nicht besser gelungen.

Alles tat ihm weh. Daß der Jäger ihn trug, war nach den Anstrengungen ihrer Flucht beinahe eine Erleichterung. Ariel zappelte und protestierte im Griff des anderen Jägers, aber sie war sich auch nicht bewußt, wo sie war und was im Augenblick vorging. Er schloß die Augen und versuchte sich zu entspannen.

Die Jäger fuhren nur ein kurzes Stück mit der Gleitbahn. Bald darauf wurden sie von einem großen Funktionsrobot in Gestalt eines Lasttransporters abgefangen. Die Jäger kletterten, Derec und Ariel immer noch in den Armen haltend, auf die offene Ladefläche des Transporters.

Beim Überwechseln auf den Transporter erwachte Derec und sah während der Fahrt die Stadt an sich vorüberziehen. Ariel war verstummt und hielt die Augen geschlossen. Die Straßen kamen Derec geradezu entvölkert vor, jedenfalls verglichen mit ihrem letzten Aufenthalt in Robot City. Vielleicht, dachte er, hat sich die Stadt schneller vergrößert als die Robotpopulation, so daß sie sich über den ganzen Planeten verteilten mußten.

Gelegentlich sah er mit wachsender Sorge zu Ariel hinüber. Wenn sie unter Druck stand, schienen ihre Episoden häufiger aufzutreten. Das konnte bedeuten, daß ihr Zustand schlimmer wurde, nicht besser.

Der Transporter machte mehrmals halt, um andere Jagdroboter auf den Gleitbahnen aufzunehmen. Nachdem die Suche vorbei war, wurden sie vermutlich in ein Lager oder etwas Ähnliches zurückverfrachtet. Sie waren allesamt für humanoide Roboter ungewöhnlich groß, mit mächtigen Brustkörben. Schmale, in die Ladefläche des Transporters eingebaute Bänke boten ihnen entlang der Seitenwände Platz zum Sitzen. Sie kauerten mit angezogenen Beinen darauf, wobei ihnen die

Seitenwand bis zur Taille reichte, und beobachteten Derec und Ariel wortlos.

Der Transporter wurde langsamer, als er sich einem einzelnen Jagdroboter auf einer Gleitbahn näherte. In der Ferne machte Derec zwei vertraute Gestalten aus. Er versteifte sich.

»Ariel«, sagte er leise.

Sie antwortete nicht.

Er sah sich über die Schulter nach Mandelbrot um, der wenige Meter entfernt auf dem stationären Damm der Gleitbahn stand. Noch vor einem Moment war Wolruf bei ihm gewesen, doch nun war sie nicht mehr zu sehen. Der Jäger kletterte hinten auf den Transporter. Nun waren es insgesamt sechs. Derec streckte die Hand aus und rüttelte Ariels erschlafften Arm.

»*Ariel.*«

Sie öffnete die Augen und sah zu ihm auf, immer noch teilweise desorientiert. »Was ist? Derec, wo sind wir?«

Es war bereits zu spät, vom Transporter zu springen, selbst wenn sich die Jäger hätten ablenken lassen. Der letzte von ihnen war eingestiegen, und das Gefährt setzte sich in Bewegung. Dann gab plötzlich der Antrieb ein hohes, unregelmäßiges Winseln von sich, und der Transporter kam schleudern erneut zum Stehen.

Die Jäger rührten sich zunächst nicht vom Fleck. Dann trat Mandelbrot vor. Derec war sicher, daß sie über ihre Komverbindungen miteinander kommunizierten.

»Was geht da vor?« flüsterte Ariel.

»Keine Ahnung.«

Auf einmal stieg Mandelbrot vorn auf den Transporter und ließ sich dort nieder. Derec hatte Schwierigkeiten, zu erkennen, was er dort machte, aber nach einer Minute fuhr der Transporter mitsamt den Jägern wieder an. Offenbar hatte Wolruf das Gehirn des Funktionsrobots sabotiert, und Mandelbrot hatte sich mit Erfolg erboten, die manuelle Bedienung zu übernehmen. Derec hoffte, daß Wolruf wo auch immer in Sicherheit war — höchstwahrscheinlich klammerte sie sich auf riskante Weise unter dem Transporter fest.

Inzwischen hatte Ariel Mandelbrot auch wiedererkannt. Sie und Derec wechselten, immer noch im Griff der Jäger, die sie gefangengenommen hatten, ratlose Blicke. Sie beobachteten die Jäger genau, während der Transporter in Fahrt kam und weiterrollte, aber die Roboter schienen mit der Situation durchaus zufrieden zu sein.

Bald hatte Mandelbrot den Transporter auf beträchtliche Geschwindigkeit gebracht, viel schneller, als das Gefährt selbst für richtig gehalten hatte. Die Jäger hielten sich an den Seitenwänden fest, um sich zu stabilisieren. Derec konnte jedoch nicht feststellen, daß sich der Greifer, der ihn festhielt, irgendwie lockerte.

Mandelbrot hatte etwas vor, um sie zu befreien. Derec wartete gespannt.

Er war nicht allzu überrascht, als der Transporter plötzlich eine scharfe Linkskurve beschrieb und auf der Ladefläche alles durcheinanderwarf. Mit einem jähen, schmerzhaften Ruck riß er sich von dem Jäger los, der ihn festhielt, ging auf der Ladefläche in die Knie und schob sich unter den Robot. Er stemmte sich hoch und warf den Jäger ohne viel Federlesen aus dem Transporter.

Neben ihm hatte sich Ariel beinahe von dem Jäger losgerissen, der sie festhielt, ehe der sein Gleichgewicht wiederfand. Sämtliche Roboter waren inzwischen aufgesprungen, um die Ordnung wiederherzustellen, aber Derec stieß einen zweiten Jäger gegen jenen, der sich mit Ariel abmühte. Der Tranporter beschrieb eine weitere enge Kurve, und wieder gerieten die Jagdroboter aus dem Gleichgewicht. Derec paßte auf, ob einer dabei dem Rand des Transporters gefährlich nahe kam, und schaffte es, einen zweiten Robot hinauszubefördern.

Ihre ungeheure Körpergröße und Kraft geriet ihm auf der unstabilen Ladefläche zum Vorteil.

Dann kam das Gefährt plötzlich mit kreischenden Bremsen schleudernd zum Stehen, so daß hinten alle nach vorn geschleudert wurden. Mandelbrot, der darauf gefaßt war, sprang auf die Ladefläche und warf einen weiteren Jäger hinaus, der noch im Aufstehen begriffen war. Dann rollte Mandelbrot einen zweiten hinterher und entriß Derec dem Zugriff des Robots, der es auf ihm abgesehen hatte.

Derec wurde klar, in welcher Hinsicht Mandelbrot den anderen überlegen war. Die den Jagdrobotern einprogrammierte höchste Priorität war, die zwei Menschen zu finden und gefangenzunehmen. Die Forderung des Ersten Gesetzes, daß sie dabei den Menschen nicht schaden durften, setzte die Forderung des Dritten Gesetzes außer Kraft, sich selbst zu schützen.

Während sich die zwei verbliebenen Jäger mit Derec und Ariel abmühten, konnte Mandelbrot in aller Ruhe seinen Hebel ansetzen und sie einen nach dem anderen aus dem Transporter heben.

»Festhalten«, rief Mandelbrot mit bemerkenswert ruhiger Stimme. Er hechtete zurück an das manuelle Bedienungspult und fuhr los.

Derec fiel mit schmerzhaft zusammengebissenen Zähnen, aber erleichtert über die gelungene Flucht rücklings auf die Ladefläche. Ariel rutschte zu ihm herüber, setzte sich und ließ im Fahrtwind ihr Haar wehen.

Sie deutete ein Lächeln an. »Das war knapp. Wie haben sie nur . . .«

»Vorsicht!« brüllte er.

Hinter ihr kletterte einer der Jagdroboter über den Rand des fahrenden Transporters, wo er sich vor dem erneuten Anfahren festgehalten hatte. Derec versuchte aufzustehen, aber die Schmerzen in seinen Beinen waren übermächtig. Seine Füße glitten ab, und er fiel wieder auf den Rücken.

Der Jäger stieg soeben über die Seitenwand, als er plötzlich verschwand und krachend auf der Straße landete.

Dann erschien über dem Wagenrand hündisch grinsend Wolrufs Kopf. »Ein Jägerr mit sschlechtem Gleichgewichtssinn«, sagte sie und kletterte über die Seitenwand.

Ariel sprang auf, um ihr hinüberzuhelfen.

Mandelbrot bog in eine andere Durchgangsstraße ab, dann in eine weitere. Nachdem er eine Weile beschleunigt hatte und noch einmal abgebogen war, hielt er das Gefährt an, diesmal allerdings sanft.

»Was ist los?« rief Derec, aber es ging ihm zu schlecht, als daß er hätte aufstehen können. »Ariel, stell doch mal fest, was da vorgeht.«

»Mandelbrot?« sagte Ariel und erhob sich.

Derec konnte ihre Stimmen hören.

»Dieses Fahrzeug besitzt eine Komverbindung, die vollständig ausgeschaltet werden muß«, sagte Mandelbrot. »Es ist Wolruf gelungen, das Gehirn des Funktionsrobots von den Bedienungsinstrumenten abzukoppeln, aber es arbeitet noch, und der Zentralcomputer könnte mit seiner Hilfe unsere Position bestimmen. Sobald es mir gelungen ist, es funktionsuntüchtig zu machen . . . Geschafft.«

Derec hörte, wie ein schweres Objekt neben dem Transporter zu Boden fiel.

»Das Fahrzeug ist jetzt für Komverbindungen nicht mehr wahrnehmbar«, sagte Mandelbrot. »Wir können auf diese Weise nicht mehr aufgespürt werden. Wir können uns frei bewegen.« Er nahm wieder an den Instrumenten Platz und fuhr los.

Derec seufzte tief.

Kapitel 8

Das Versteck

Während der Transporter weiterfuhr, starrte Derec zum strahlend hellen Himmel empor. Da die Gefahr von seiten der Jäger für den Augenblick gebannt war, bewies Mandelbrot nun sein Können als Fahrer. Er bog mehrmals ab. Derec vermutete, daß er die Berichte der Roboter komplizieren wollte, die sie im Vorbeifahren entdeckten.

Die Jäger hatten sicher nicht lange gebraucht, um wiederum zielstrebig die Verfolgung aufzunehmen. Nun mußten sie jedoch der Route des Transporters folgen. Sie konnten sein

Fahrtziel auf andere Weise nicht erfahren, um ihre Gefährten anzuweisen, sich dort auf die Lauer zu legen.

Soweit Derec wußte, hatte Mandelbrot kein bestimmtes Ziel.

Ariel und Wolruf saßen schweigend neben Derec, ebenso wie er in geduckter Haltung, damit sie von der Straße aus nicht zu sehen waren. Nur ein Robot, der sich die Mühe macht, von einem der Gebäude herabzublicken, hätte sie ohne weiteres sehen können.

»Das kam mir ausgesprochen einfach vor«, sagte Ariel. »Es will mir nicht in den Kopf, wie leicht sich diese großen starken Roboter über Bord werfen lassen.«

Derec lachte trotz der Schmerzen, die sich dabei im Brustkorb bemerkbar machten. »Das war hauptsächlich Überraschungsmoment. Robotfahrer sind immer besonders vorsichtig. Diese Avery-Roboter hatten es noch nie mit einem menschlichen Fahrer zu tun, der rücksichtslos zu schnell fährt.«

»Mandelbrot ist doch auch ein Robot.«

»Schon, aber er wollte uns retten. Er muß die relative Gefahr für uns durch einen Unfall gegen die erwiesene Gefahr abgewogen haben, die unsere Auslieferung an Avery bedeutet hätte. Daraufhin hat er den Enschluß gefaßt, sie zu überrumpeln.«

»Das klingt nach kreativem Denken«, sagte Ariel. »Weißt du noch, Lucius, die Cracked Cheeks und alle anderen Roboter, die Symptome der ›ansteckenden‹ Robotkreativität gezeigt haben? Der arme Lucius. Ich frage mich, wo die übrigen jetzt wohl sind.«

»Konzzentrrier dich lieber auf die Gegenwarrt«, sagte Wolruf. »Die Jäger geben besstimmt nicht auf. Rroboter lerrnen sschnell. Lassen ssich sso nicht mehr rreinlegen.«

Nach einer Weile schloß Derec gegen die Helligkeit die Augen. Im Augenblick waren sie in Sicherheit und konnten sich entspannen. Er döste, nahm die Steifheit seiner Beine und seines Rückens sowie die rhythmische Bewegung des Transporters nur noch verschwommen wahr.

Er erwachte bei gedämpfter Beleuchtung durch das wunderbare Gefühl, das Ariels Massage in seinem Rücken auslöste. Sie kauerten auf einem sauberen Boden im Innern eines großen

Gebäudes. Gleich daneben stand der Transporter. In der Vorderwand des Gebäudes gab es ein Tor, das offenbar groß genug gewesen war, um das Gefährt durchzulassen.

»Was ist das für ein Gebäude?« fragte er leise.

»Du bist also wach. Wie geht's dir?« Sie hielt inne, um ihm liebevoll durchs Haar zu streichen.

»Ein klein wenig besser. Sozusagen. Wo sind wir?«

»Weiß ich nicht genau. Aber Mandelbrot kann es dir sagen.« Sie drehte sich um. »Mandelbrot, er ist aufgewacht.«

»Seien Sie gegrüßt, Derec.« Mandelbrot kam herüber und blickte auf ihn nieder. »Wir sind vorübergehend in Sicherheit. Die Jäger sind gezwungen, uns aufzuspüren, indem sie entlang unserer Route Zeugen befragen, und von denen gab es im weiteren Verlauf nicht viele. Ich habe einen Fluchtweg gewählt, bei dem wir der eigenen Fährte ein Stück zurück gefolgt sind und nach dem Zufallsprinzip immer wieder Haken geschlagen haben. Ich kann aber nicht berechnen, wieviel Zeit wir haben.«

Wolruf gesellte sich zu ihnen und ließ sich schweigend nieder.

»Du bist ein fähiger Fahrer, Mandelbrot.« Derec rang sich ein Lächeln ab. »Danke.«

»Ich hatte das Fahrzeug die ganze Zeit unter Kontrolle«, sagte der Robot. »Das Erste Gesetz . . .«

»Das hab' ich nie bezweifelt, Mandelbrot. Trotzdem denke ich, daß es jetzt Zeit ist, die Lage zu erkunden. Was unternehmen wir als nächstes?« Er versuchte sich auf einen Ellbogen gestützt aufzurichten, verzog jedoch das Gesicht und ließ sich wieder zurückfallen.

»Dann will ich Sie zunächst auf den neuesten Stand bringen«, sagte Mandelbrot. »Dieses Gebäude beherbergt vollautomatische, nichtpositronische Maschinen, die uns nicht identifizieren und an den Zentralcomputer verraten können.«

»Willst du damit sagen, daß hier tatsächlich was passiert? Ich dachte, das ist eine Lagerhalle oder so.« Derec betrachtete den großen leeren Raum. »Avery-Roboter verschwenden keinen Platz.«

»Die einzig funktionierenden Geräte stehen in der gegenüberliegenden Ecke. Sie schicken Vibrationen in den Boden aus, die innerhalb eines bestimmten Umkreises über die Festigkeit der Fahrbahnen und der baulichen Fundamente aussagen.«

»Mehr nicht?« Derec lachte. »Soviel Platz für einen einzigen Instandhaltungssensor?«

Ariel zuckte die Achseln. »Sieh selbst. Hier gibt es sonst nichts. Vier Wände, eine Decke und ein Fußboden.«

»Das entspricht gewissen Informationen, die Wolruf und ich sammeln konnten, ehe uns die Jäger davon abhielten, in den Kompaßturm zurückzukehren«, sagte Mandelbrot. »Die hiesigen Roboter sind einer sogenannten Migrationsprogrammierung unterworfen.«

»Ja! Hast du feststellen können, was darunter zu verstehen ist?«

»Nicht genau«, sagte Mandelbrot. »Allerdings hat sie generelle Anweisungen ausgelöst, überall in Robot City das Personal auf Stammbesatzung zu reduzieren.«

»So was«, sagte Derec nachdenklich.

»Zum Beispiel«, sagte Mandelbrot, »deutet die Größe dieses Gebäudes auf nun nicht mehr vorhandenes Gerät hin. Ich nehme an, daß die ursprünglich hier geleisteten Funktionen entweder nicht weitergeführt oder technisch weiterentwickelt wurden, bis humanoide Roboter überflüssig waren. Daraufhin ist das Personal seiner Migrationsprogrammierung gefolgt und hat das Gebäude verlassen.«

Derec nickte. »Ohne das Gebäude selbst abzureißen oder im Sinne größerer Zweckmäßigkeit zu modifizieren. Diese Migration muß eine extrem hohe Priorität haben.«

»Und mir hat er erzählt, daß unseretwegen kein Generalalarm gegeben wurde, genau wie du vermutet hast«, sagte Ariel. »Das gilt doch immer noch, ja?«

»Jawohl«, sagte Mandelbrot.

»Hier geht seit langem etwas Ungeheures vor«, sagte Derec. »Überleg mal. Dies muß Robot City sein, wie Dr. Avery es sich eigentlich vorgestellt hat.«

»Was meinst du damit?« fragte Ariel.

»Als wir damals hier herkamen, wurde die Stadt von den wahllosen Strukturveränderungen beherrscht. Die Überwacher haben sich mit uns angefreundet, weil sie Hilfe brauchten und den Menschen dienen wollten.«

Ariel nickte bedächtig. »Und weil sie den Mord aufklären wollten. Wer das Opfer war, haben wir übrigens nie herausgefunden.« Sie schloß die Augen und fröstelte. »Wo es ausgerechnet genauso aussah wie du.«

Derec zog vor, nicht darüber zu sprechen. Er befürchtete, bei ihr eine weitere Episode ungeordneter Erinnerungen auszulösen. »Dann gab es Ruhe in der Stadt, während das Schlüsselzentrum in Betrieb war und eine Riesenzahl von Schlüsseln dupliziert und eingelagert hat. Wir wurden damals mit freundlicher Mißachtung behandelt, meinst du nicht auch?«

»So könnte man es nennen«, sagte sie. »Andererseits waren die Roboter sehr hilfsbereit, als es darum ging, Jeff Leong zu finden, den Cyborg.«

Er nickte. »Ein Cyborg war er nur vorübergehend. Und die Gesetze der Robotik haben von ihnen verlangt, uns zu helfen. Dagegen hat sich jetzt offenbar einiges geändert, und zwar, nachdem wir in Richtung Erde aufgebrochen sind und Dr. Avery dageblieben ist.«

»Demnach ist jeder Robot hier umprogrammiert worden?«

»Ich glaube schon. Die Stadt ist von der gleichen Zielstrebigkeit besessen, wie ich sie zum ersten Mal auf dem Asteroiden erlebt habe. Und von der robotischen Kreativität, die wir vor unserer Abreise zu sehen bekamen, ist nichts mehr zu erkennen.«

Ariel erstarrte. »O nein. Meinst du, sie könnte ihnen wegprogrammiert worden sein?«

»Mir sieht es ganz danach aus. Im Augenblick ist Mandelbrot möglicherweise der einzige Robot auf dem Planeten, der so unabhängig denken kann, daß er auf die Idee kommt, uns durch verrücktes Fahren zu retten.«

»Du sagtest, die hiesigen Roboter benehmen sich jetzt wie die auf dem Asteroiden. Meintest du den Asteroiden, auf dem du mit dem Gedächtnisschwund erwacht bist, bevor wir uns kennengelernt haben?«

»Ja.«

»Ich bin Ihrer Meinung«, sagte Mandelbrot. »Die Engstirnigkeit der Jäger stützt Ihre Behauptung. Allerdings sind Wolruf und ich inzwischen sicher auch zur Jagdbeute erklärt worden.«

»Wir brauchen einen neuen Aktionsplan«, sagte Derec. »Und mir geht es immer schlechter.«

»Ich würde vorschlagen, daß Sie drei erst einmal hierbleiben«, sagte Mandelbrot. »Ich muß eine neue Nahrungsquelle für Sie finden. Obwohl die Jäger nun bestimmt auch nach mir suchen, kann ich mich immer noch am besten unter die einheimische Population mischen.«

»Du weißt bissher nicht, wohin«, sagte Wolruf.

»Guter Gedanke«, sagte Derec. »Vielleicht kannst du den Zentralcomputer veranlassen, dir den Weg anzugeben, ohne dich dabei zu verraten. Probier doch mal.«

»Ich kann es versuchen. Außerdem steht mir noch der Transporter zur Verfügung.« Mandelbrot marschierte in einen Winkel des Gebäudes und drückte einen Knopf, um das große Tor zur Straße zu öffnen.

»Gibt es hier ein Terminal?« fragte Derec.

»Nein. Ich werde Sie nicht kontaktieren können.« Mandelbrot bestieg den Transporter und blickte auf sie herab. »Wir waren einige Zeit nicht zu sehen. Falls die Jäger den Radius ihrer Suchaktion erweitert haben, kann ich ihnen möglicherweise ausweichen.«

»Viel Glück, Mandelbrot«, sagte Ariel. »Geh nicht zu viele Risiken ein, ja?«

Mandelbrot fuhr hinaus ins Sonnenlicht und folgte dem Verlauf der Straße. Hinter ihm wurde das Tor geschlossen. Im Fahren hielt er Ausschau nach Jagdrobotern. Er war sich darüber im klaren, daß sie einen Funktionstransporter, der von einem humanoiden Robot gelenkt wurde, erkennen mußten, noch ehe sie ihn persönlich erkannten. Er verschaffte sich Zugang zum Zentralcomputer.

»Übermittle eine topographische Karte dieses Planeten, aus der die ländlichen Nutzflächen ersichtlich sind«, sagte er.

»WAS SIND DEINE IDENTITÄT UND DEINE ZUGEWIESENE AUFGABE?«

Mandelbrot brach die Verbindung ab. Bisher hatte der Zentralcomputer diese Information nicht bei jeder Kommunikation verlangt, nun jedoch fragte er jedesmal nach. Vielleicht gehörte das zu den neuen Sicherheitsbestimmungen. Er nahm noch einmal Kontakt auf, nur um sicherzugehen.

»Gib mir den Standort landwirtschaftlicher Betriebe auf diesem Planeten an«, sagte er.

»WAS SIND DEINE IDENTITÄT UND DEINE ZUGEWIESENE AUFGABE?«

Wieder brach Mandelbrot die Verbindung ab. Sich zu identifizieren, war zu riskant, und selbst wenn er es tat, war ihm die Information damit noch lange nicht sicher. Er mußte sich etwas anderes einfallen lassen.

In der Zwischenzeit fuhr er weiter. Er hielt Ausschau nach Unterbrechungen im Raster der städtischen Straßen, die auf veränderte Bodennutzung hindeuten mochten, aber das würde nur zum Erfolg führen, wenn Avery unter freiem Himmel anbaute . . . und noch dazu hier in der Nähe. Außerdem achtete Mandelbrot auf Gerüche, in der Hoffnung, irgendwo auf die chemische Verarbeitung eßbarer Substanzen zu stoßen.

Hoch über dem Planeten trat ein kleines Raumfahrzeug in die Atmosphäre ein. Es war noch zu weit weg, um vom Boden aus sichtbar zu sein.

In ihm saß ein einzelner Passagier.

Sein Name war Jeff Leong, und er war gekommen, um eine Ehrenschuld zu begleichen.

Jeff kam in einer Hayashi-Smith nach Robot City, einem ausgelaufenen Kleinmodell, das zehn Personen Platz bot. Es trug den exotischen Namen *Minneapolis*. Der Schiffscomputer erledigte die Steuerung. Jeff hatte es auf Kredit seines Vaters ausgeliehen, nachdem er ihn überzeugt hatte, daß diese Fahrt keinem anderen anvertraut werden konnte als ihm.

»Statusreport«, sagte Jeff zu dem Computer und sah auf den

Schirm, der ihm weiße Wolken und tief unten das Glitzern einer Großstadt anzeigte.

»AUSGEZEICHNET«, meldete der Computer. »ALLE SYSTEME ARBEITEN ZUFRIEDENSTELLEND, UND DAS WETTER IST OPTIMAL. BITTE WÄHLEN SIE DEN LANDEPLATZ.«

»Ich weiß noch nicht, wo wir landen sollen«, sagte Jeff. »Mit der hiesigen Geographie habe ich mich nie richtig befaßt. Äh, such nach einer großen Pyramide mit einem Flachdach, ja? Nach einer *richtig* großen Pyramide.«

»ICH SUCHE. JE NACH WOLKENDECKE KÖNNTE DIES EINEN LÄNGEREN AUFENTHALT BEI NIEDRIGEM ORBIT BEDEUTEN.«

»Egal, wie lange es dauert.« Jeff lehnte sich zurück und entspannte sich.

So war es doch viel besser als bei seiner letzten Landung. Das war eine Bruchlandung gewesen, bei der alle anderen an Bord umgekommen waren. Er schüttelte den Kopf, um die Erinnerung an den verzweifelten Sturzflug zu vertreiben.

»Computer«, sagte er. »Während du suchst, halt außerdem die Augen offen nach Menschen. Ich suche nach zweien. Soviel ich weiß, sind die die einzigen Menschen hier.«

»SUCHE ENSPRECHEND MODIFIZIERT.«

Der Schiffscomputer war zwar nicht vollpositronisch, aber entwickelt genug, um Jeffs Befehle entgegenzunehmen und in Schiffsfunktionen zu übersetzen.

Jeff hoffte, daß es nicht allzu lange dauern würde, Derec, Ariel, Mandelbrot und Wolruf zu finden. Als er im einzigen funktionierenden Raumschiff des Planeten — einer umgebauten Rettungskapsel, die nur einen Passagier aufnehmen konnte — abgeflogen war, hatte er versprochen, wenn möglich Hilfe zu schicken. Die Kapsel hatte ihn zu einer Raumflugschneise befördert, wo sie ein ständiges Notsignal abgab und ihn am Leben erhielt.

Das Schiff, das ihn gerettet hatte, war auf dem Rückflug nach Aurora von Stern zu Stern gesprungen. Dadurch war er immer noch nicht nach Nexon gelangt, wo er die Hochschule besuchen wollte. Sein Stolz verlangte, daß er zunächst diese Rettungsaktion ausführte, denn Derec und Ariel und das robotische Ärzteteam hatten ihm das Leben gerettet. Dann hatten Derec und Ariel ihn losgeschickt, obwohl sie beide das Schiff gern selbst benutzt hätten.

Er seufzte und beobachtete den Schirm. Er rechnete damit, daß die größte Schwierigkeit darin bestehen würde, sie zu finden. Die *Minneapolis* war gerüstet, sie alle zusammen nach Aurora zurückzubringen.

»PYRAMIDE GEFUNDEN«, meldete der Computer. »NAHAUFAHME AUF DEM SCHIRM. BITTE UM IDENTIFIKATION.«

Auf dem Sichtschirm leuchtete der Kompaßturm im Sonnenlicht. Er war natürlich von oben aufgenommen, und leicht seitlich verschoben. Auf diese Entfernung sah er wie ein makelloses architektonisches Modell aus.

»Das ist sie«, erklärte Jeff aufgeregt und beugte sich vor, um besser sehen zu können. »Kannst du dort in der Nähe landen, ohne was kaputtzumachen?«

»SUCHE RISIKOVERMINDERTEN LANDEPLATZ IN DER NÄHE«, sagte der Computer. »UM JEDES RISIKO EINES SCHADENS AN FABRIZIERTEM UND KONSTRUIERTEM EIGENTUM ZU VERMEIDEN, BENÖTIGT DIESES SCHIFF EINEN GRÖSSEREN LANDEPLATZ, ALS IN DIESER GEGEND BISHER ZU FINDEN IST.«

»Zeig mir die Gegend, die du absuchst«, sagte Jeff. »Und versuche, so nahe wie möglich zu landen.«

»GEGEND WIRD GEZEIGT.«

Jeff beobachtete gespannt den Schirm, der nun Bilder aus größerer Höhe sendete und dann rasch über die Landschaft zu gleiten begann. Zunächst versuchte Jeff, andere Örtlichkeiten wiederzuentdecken, beispielsweise den großen Platz, an den er sich erinnerte, und die unverkennbare Bronzekuppel des Schlüsselzentrums. Er konnte sie jedoch nicht ausmachen. Während die Kamera fortfuhr, die Gegend abzutasten, wurde ihm klar, daß sie in sehr kurzer Zeit ein großes Gebiet absuchten.

»Schau dich nach einer grasbewachsenen Region um«, sagte er. »Gleich außerhalb der Stadt. Ich bin sicher, daß sie nicht mehr als ein paar Kilometer von diesem Turm entfernt war.«

»STADTGRENZE BISHER NICHT GEFUNDEN. SETZE SUCHE FORT.«

Jeff sah, wie unter ihnen ein Häuserblock nach dem anderen vorbeizog. Die Roboter hatten die Bauarbeiten fortgesetzt, viel schneller, als er es sich vorgestellt hatte. Er konnte es sich aber nicht leisten, auf der anderen Seite des Planeten zu landen. Derec und Ariel hatten in der Nähe des Turms gelebt.

»Hör zu«, sagte er. »Die hiesige Population besteht hauptsächlich aus Robotern. Wenn die beschädigt werden, lassen sie sich reparieren. Sieh nur zu, daß du keine Gebäude triffst, sonst überleben wir die Landung nicht.« Er ginste über den eigenen Witz.

»ERBITTE KLARSTELLUNG.«

»Wir müssen hier irgendwo landen. Versuche den Robotern auszuweichen, aber gib uns Priorität. Paß auf die Menschen auf; davon abgesehen solltest du einen Platz in der Nähe des Turms finden, auf dem wir landen können. Einen Park, einen Platz, eine große Kreuzung. Etwas in der Art.«

»SUCHE MODIFIZIERT AUF LANDEPLATZ MIT GEMÄSSIGTEM RISIKO. LANDEPLATZ GEWÄHLT.«

»Gut«, sagte Jeff. »Das ging ja schnell. Sieh zu, ob du den Zentralcomputer der Stadt erreichen kannst. Sag ihm rechtzeitig Bescheid, wo wir landen, damit er allen mitteilen kann, daß sie uns aus dem Weg gehen sollen.«

»VERBINDUNG HERGESTELLT. WARNUNG AUSGESANDT UND BESTÄTIGT. DERZEITIGE GESCHWINDIGKEIT ERFORDERT WEITE FLUGSCHLAUFE. BITTE VORBEREITEN ZUR LANDUNG IN UNGEFÄHR ZWÖLF MINUTEN.«

Jeff grinste. »Gute Arbeit.«

Elfeinhalb Minuten später starrte Jeff fasziniert auf den Schirm, während das kleine Schiff in flachem Winkel durch die Atmosphäre schnitt und direkt auf die Gebäudespitzen zuraste. Die *Minneapolis* war wendig genug, um sowohl Landefähre als auch Raumschiff zu sein, deshalb hatte er sie ausgewählt. Er vertraute auf den Computer, der zwar nicht positronisch war, aber dennoch nach bestem Vermögen dafür sorgen würde, daß er keinen Schaden nahm . . . aber natürlich konnte selbst der Computer nicht jede Panne vermeiden. Immerhin hatte er hier bereits eine Bruchlandung nur knapp überlebt.

Er klammerte sich seitlich am Sitz fest und geriet ins Schwitzen. Der Schirm zeigte jetzt direkt vor ihnen einen breiten Boulevard. Das Schiff würde auf ihm landen — ob dieses Gefährt Räder hatte? In seiner Angst konnte er sich nicht entsinnen.

Es mußte Räder haben; der Computer war nicht dumm.

Die verschwommenen Fassaden von eintausend Gebäuden schossen vorbei, erst unter ihm, dann auf beiden Seiten. Das Schiff berührte den Boden und raste die leere Straße entlang, wobei es abrupt an Tempo verlor.

Alle hatten ihnen Platz gemacht; der Zentralcomputer der Stadt hatte seine Aufgabe erfüllt. Der Boulevard verlief so eben und gerade, wie ihn nur eine Stadt voller Roboter bauen würde. Das Schiff kam zum Stillstand.

Kapitel 9

Willkommen daheim

Jeff lehnte schwer atmend in seinem Sitz. Von Gesicht und Armen rann ihm der Schweiß. Das war wesentlich beängstigender, als er es sich vorgestellt hatte . . . aber immer noch besser als letztes Mal. Der Schiffscomputer hatte tadellos gearbeitet.

Er nahm sich vor, beim nächsten Mal den dummen Sichtschirm auszuschalten. Wer mußte dabei denn unbedingt zusehen?

»LANDUNG ABGESCHLOSSEN«, meldete der Computer munter.

»Halt die Klappe«, murmelte Jeff.

Er hatte nicht vor, in dieser Sardinenkiste zu bleiben. Ein wenig zittrig stand er auf und trat zur Tür. »Ausgang öffnen«, befahl er.

Die Tür entriegelte sich und ging auf. Dahinter fuhr eine flexible Leiter aus. Jeff hielt sich am Geländer fest, drehte sich um und kletterte hinab.

Auf der Straße sah er sich um und nahm einen tiefen Atemzug. Das war Robot City, wie er es kannte; es gab die Gleitbahnen, die Tunnelstationen, die sauberen, ordentlichen Gebäude und Straßen. Doch die Umgebung kam ihm überhaupt nicht bekannt vor.

Vor ihm erschienen soeben zwei humanoide Roboter im Blickfeld. Der Zentralcomputer hatte wohl den Alarm aufgehoben. Er sah sich in die andere Richtung um. Auch dort erschienen einige Roboter auf den Gleitbahnen am Rande des Boulevards.

Der Robot, der als erster auf ihn zukam, war erstaunlich hochgewachsen, mit umfangreichem Brustkorb.

»Entschuldigung«, sagte Jeff. »Ich brauche Hilfe.«

Der Jagdroboter packte seinen Oberarm.

»Hey! Moment mal. Was machst du denn?« Jeff wollte sich entziehen, doch der Robot ließ nicht los.

»Ich verhafte Sie«, sagte der Jäger. »Sie bleiben mindestens so lange in Gewahrsam, bis Sie einwandfrei identifiziert sind.« Er machte kehrt und marschierte los.

»Ich bin Jeff Leong. Das ist kein Geheimnis.« Der junge Mann eilte in verrenkter Haltung, beinahe im Krebsgang, neben dem Robot her.

»Ich bin darauf programmiert, von vier Eindringlingen, die sich bekanntermaßen in Robot City aufhalten, zwei Menschen aufzuspüren und festzunehmen. Es wird Ihnen nichts geschehen. Sie müssen lediglich mitkommen.«

»Und wenn ich mich weigere?« wollte Jeff wissen und blickte auf in das ausdruckslose Gesicht des Robots.

»Sie werden mitkommen, freiwillig oder unfreiwillig. Ihnen wird nichts geschehen. Ich würde es aber vorziehen, wenn Sie sich nicht wehren.«

Der Robot eilte davon und zerrte Jeff Leong mit sich. Sie betraten eine Gleitbahn und gingen darauf weiter.

»Nach wem sucht ihr eigentlich?«

»Nach den beiden Menschen namens Derec und Ariel«, sagte der Jäger.

»Außerdem nach einem Fremdrobot namens Mandelbrot und einem kleinen Lebewesen unbestimmten Typs.«

»Halt mal. Du hältst mich für Derec? Ist es das?« Jeff versuchte, sich wieder loszureißen, doch vergebens.

»Ich bin angewiesen, Sie bis zu Ihrer Identifizierung in Gewahrsam zu nehmen«, sagte der Jäger gleichgültig.

»Das ist unnötig.« Es gelang Jeff, sich soweit umzudrehen, daß er zumindest geradeaus gehen konnte. »Sieh mal, andere Roboter kennen mich. Nimm mit dem Ärzteteam Verbindung auf. Wie hießen sie noch? Eine Art Krankenhaus. Humanmedizinisches Zentrum, oder so ähnlich. Sie können dir sagen, wer ich bin. Ruf sie über den Zentralcomputer an.«

Der Robot antwortete nicht.

»Rufst du sie an?«

Er antwortete immer noch nicht.

»Bist wohl nicht darauf programmiert, wie?« sagte Jeff. Er seufzte. »Willkommen in Robot City, Jeff.«

Sie gingen längere Zeit auf der beweglichen Gleitbahn dahin. Jeffs Habseligkeiten waren natürlich im Schiff geblieben; er hatte vorgehabt, sein persönliches Gepäck zu holen, sobald er wußte, wie er zu Derec und Ariel gelangen konnte. Nun machte er sich auf ein langes und vermutlich frustrierendes Verhör durch die Roboter gefaßt, ging jedoch willig mit.

Es herrschte einiger Fußgänger- und Fahrzeugverkehr, aber Jeff war sicher, daß er weniger lebhaft war als bei seinem letzten Besuch. Mit einiger Verspätung wurde ihm jetzt klar, wieviel Unerklärliches diese Stadt an sich gehabt hatte. Er war so in Gedanken versunken, daß er den Details seiner Umgebung kaum Beachtung schenkte, bis er plötzlich direkt hinter sich quietschende Reifen hörte.

Jeff zuckte zusammen und wirbelte herum. Der Jagdroboter, der ihn festhielt, wandte den Kopf, ohne stehenzubleiben.

Aus der Fahrerkabine eines großen, stehenden Gefährts sprang soeben ein humanoider Robot.

»Mandelbrot!« rief Jeff aus. »Sag diesem Robot, wer ich bin, ja? Er hält mich —«

Er wurde dadurch unterbrochen, daß der Jagdrobot auf dem Absatz kehrtmachte und ihn dabei seitlich von Mandelbrot wegzerrte. Sein Zugriff lockerte sich nicht einen Moment lang.

»Du fügst diesem Menschen Schaden zu«, sagte Mandelbrot mit bemerkenswert leidenschaftsloser Stimme zu dem Jäger. Er bestieg die Gleitbahn und kam auf sie zu.

»Ich füge ihm keinen Schaden zu.« Die Stimme des Jägers war ebenso ruhig. Er blieb stehen.

Jeff war bewußt, daß Mandelbrot laut gesprochen hatte, um ihn mithören zu lassen. Offenbar gedachte Mandelbrot ihn zu retten — und das besagte, daß sich hier in der Stadt Veränderungen ergeben hatten, die Jeffs Erwartungen übertrafen.

Jeff schrie so laut und intensiv, wie er nur konnte, und ging auf der immer noch fahrenden Gleitbahn in die Knie.

Der Jäger hielt weiterhin seinen Arm fest.

»Laß ihn los!« rief Mandelbrot, trat vor und hob Jeff auf. »Jäger, du funktionierst nicht richtig. Du verstößt gegen das Erste Gesetz!«

»Du . . . bist . . . Mandelbrot . . . der flüchtige Robot«, sagte der Jäger stockend. Er zitterte ein wenig, da seine Funktionen durch die Ungewißheit beeinträchtigt waren, ob er Jeff Schaden zugefügt hatte oder nicht. Losgelassen hatte er jedoch nicht.

Mandelbrot ergriff das Handgelenk des Jägers und hielt zugleich sanft Jeffs betroffenen Arm fest. »Laß ihn los«, befahl er wieder. »Ich werde ihn in Gewahrsam nehmen.«

»Du . . . kannst . . . mich . . . nicht . . . überlisten«, sagte der Jäger. »Geh beiseite.«

Jeff war die Sache klar. Der Jäger wußte, daß Mandelbrot selbst vor dem Zentralcomputer auf der Flucht war, deshalb war alles, was er sagte, verdächtig. Andererseits genügte seine Anschuldigung im Verein mit Jeffs gespielten Schmerzensäußerungen, um bei ihm Zweifel aufkommen zu lassen, und die

Macht des Ersten Gesetzes war so groß, daß er nun zögerte, zu handeln.

»Mandelbrot, du mußt mich tragen«, flehte er mit kläglicher Stimme. »Er hat mir weh getan.«

Der Jäger hatte zwar Probleme, war aber nicht vollständig überzeugt. Mandelbrot schaffte es, seine Faust zu öffnen und Jeffs Arms daraus zu entfernen. Dann umschlang er Jeffs Taille, sprang von der Gleitbahn auf den stationären Damm und rannte auf seinen Transporter zu.

»Halt!« Der Jäger trat in Aktion, sobald Jeff frei war, wenn auch immer noch nicht mit voller Kapazität.

Jeff konnte sehen, was hinter ihnen vorging, während Mandelbrot mit ihm davonrannte. Er sah, daß der Jagdrobot allmählich schneller wurde. Seine Instruktionen waren also noch wirksam.

»Er hat bereits andere Jäger herbeigerufen«, sagte Mandelbrot, während er weitereilte. »Sobald wir außer Gefahr sind, erkläre ich Ihnen alles. Im Augenblick bitte ich Sie, sich sofort hinzulegen und festzuhalten, wenn ich Sie auf den Transporter hebe. So sind Sie am sichersten.«

»Äh — ist gut —« Jeff gehorchte, während Mandelbrot in die Fahrerkabine sprang und in hohem Tempo davonfuhr.

Derec erwachte durch das Geräusch des sich öffnenden Tores aus tiefem Schlaf. Licht traf seine geschlossenen Lider, und er öffnete sie widerstrebend einen Spalt breit. Mandelbrot war also wieder da. Er nahm einen tiefen Atemzug und hoffte, richtig aufwachen zu können und etwas zu essen vorzufinden.

Der Transporter fuhr über die Schwelle des Gebäudes, dann schloß Ariel das Tor sofort wieder.

Mandelbrot drehte sich auf dem Fahrersitz um und half einer weiteren Gestalt auf die Beine.

»So was!« rief Ariel aufgeregt aus. »Das ist . . . das ist ja Jeff!«

Verblüfft rappelte sich Derec auf einen Ellbogen gestützt hoch. Sein Rücken und seine Schultern schmerzten.

»Hallo, Leute«, sagte Jeff. Er stand hinter dem Transporter und sah sie der Reihe nach an. Dann hob Mandelbrot ihn herunter.

»Jeff«, sagte Derec. Er verzog das Gesicht, setzte sich aber richtig auf. »Was zum . . . was hast du hier zu suchen?«

Jeff grinste verlegen. »Ich bin da, um euch zu holen. Euch aus Robot City zu retten.«

Derec merkte, wie ihm der Kiefer herunterklappte.

Ariel hielt sich mit beiden Händen den Mund zu.

»Ooooo«, sagte Wolruf.

»Oje.« Derec rieb sich die Stirn und mußte selbst ein verlegenes Grinsen unterdrücken.

»Was ist denn?« fragte Jeff und sah wieder von einem zu anderen. »Was soll das? Wollt ihr etwa gar nicht hier weg?«

»Jeff.« Ariel ging hinüber und umarmte ihn. »Du bist also wirklich unseretwegen zurückgekommen. Wie schön. Bitte mißversteh mich nicht. Das ist wirklich prima. Danke.«

Jeff erwiderte flüchtig ihre Umarmung, wobei ihm eindeutig unbehaglich war. »Ich verstehe nicht. Was geht hier vor?«

»Jeff«, sagte Derec. »Wir können jetzt, wenn wir wollen, jederzeit den Planeten verlassen. Wir können weite Strecken zurücklegen — sogar bis zur Erde und zurück. Im Augenblick haben wir . . . habe ich . . . ein ganz anderes Problem.«

»Ihr könnt jederzeit reisen?«

»Ich fürchte, ja«, sagte Derec.

Jeff blickte Ariel an, doch die zuckte die Achseln. Dann lachte er auf und schüttelte den Kopf. »Habt ihr was dagegen, wenn ich mich setze?« Er ließ sich, wo er stand, zu Boden fallen, nicht allzuweit von Derec entfernt.

»Ich dachte, du würdest jemand anderen schicken«, sagte Derec. »Ich hatte keine Ahnung, daß du selbst kommen würdest.«

»Wie haben Sie denn hergefunden?« erkundigte sich Mandelbrot. »Sie werden sich erinnern, daß ich Ihnen keine navigatorischen Daten übermitteln konnte.«

»Ich habe einen Computer veranlaßt, die Route Aurora—Nexus mit dem wenigen zu korrelieren, was ich wußte. Es hat funktioniert.« Jeff fuhr sich mit der Hand durch das schwarze Haar und starrte zu Boden. »Ich bin ein wenig aus der Fassung. Aber ich freue mich, daß ihr hier nicht gestrandet seid.«

»Und wie bist du nun hergekommen?« fragte Derec.

»Ich wurde von einem Schiff aufgenommen, das auf dem Rückweg nach Aurora war. Sobald ich dort angekommen war, habe ich den Punkt bestimmt, an dem ich aufgelesen wurde, die Zeit, die ich gebraucht hatte, um dorthinzugelangen, und die nächstgelegenen Sterne. Ein Computer hat mir die wahrscheinlichsten Koordinaten ausgewiesen, aber ich mußte mehrere ausprobieren, ehe ich die richtige gefunden habe.« Er zuckte die Achseln. »Am schwersten war es, meinen Vater zu bewegen, daß er für die Schiffscharter was springen läßt. Und jetzt muß ich ihm beibringen, daß alles umsonst war.«

»Na ja . . .« setzte Ariel an.

Jeff drehte sich nach ihr um.

»Hilfe können wir trotzdem brauchen«, sagte sie. »Wir müssen Dr. Avery finden, ehe seine Roboter uns erwischen.«

»Avery! Sagtest du Dr. Avery?« Jeff richtete sich auf.

»Du hast von ihm gehört?« sagte Ariel und ließ sich neben ihm nieder. »Wo?«

»Mandelbrot, Wolruf«, sagte Derec. »Kommt her und hört euch das an. Vielleicht erweist es sich als wichtig.«

»Also«, sagte Jeff. »Ich hab' versucht, meinem Vater zu erklären, wofür ich das Schiff brauche, und er hat mich darauf gebracht, daß ein komischer Kauz namens Avery irgendwann so verrückte Pläne über einen Planeten mit einer ähnlichen Bevölkerung wie dieser hatte.«

»Moment mal! Das war angeblich ein geheimes Projekt«, sagte Ariel. »Meine Mutter hat es finanziert. Woher weiß dein Vater Bescheid?«

»So richtig Bescheid weiß er nicht. Dr. Avery hat lediglich ein paar Andeutungen gemacht, als wir ihn kennengelernt haben.«

»*Kennengelernt?*« riefen Derec und Ariel im Chor.

»Also, genau erinnere ich mich nicht —«

»Wir alle haben gewisse Probleme mit dem Gedächtnis«,

sagte Ariel ärgerlich. »Mach schon, das ist wichtig für uns.«

»Wann war das?« fragte Derec. »Vor kurzem? Auf Aurora?«

»Nein, nein, nein. Das ist lange her. Mehrere Jahre.«

Derec beruhigte sich. »Was ist dabei passiert?«

»Wetten, daß er damals noch in der Planung war«, sagte Ariel. »Wenn man bedenkt, wie schnell diese Roboter arbeiten, ist das viel Zeit.«

»Er kam, um meinen Vater zu Rate zu ziehen«, sagte Jeff. »Mein Vater ist Professor für Spacerkultur. Er hat sich darauf spezialisiert, Fortschritt und Evolution in verschiedenen Spacergemeinden zu verfolgen.«

»Was heißt das denn?« fragte Derec.

»Es geht um vergleichende Untersuchungen«, sagte Jeff. »Was die Planeten gemeinsam haben und was nicht. Wie sie organisiert sind. Wie sich ihre Wertvorstellungen unterscheiden. Und dergleichen.«

»Auf diesem Gebiet ist dein Vater also Experte, wie?« sagte Ariel. »Deshalb hat Avery ihn aufgesucht.«

»Glaube schon.« Jeff zuckte die Achseln. »Jedenfalls hat vor einigen Jahren dieser Dr. Avery um eine formlose Konsultation gebeten. Mein Vater war von dem Kerl schwer beeindruckt. Er hat behauptet, Avery sei ein exzentrisches Genie, und hat mich mitgeschleppt, damit ich ihn kennenlerne.«

»Worüber wollte er sich unterhalten?« fragte Derec.

»Er hat sich nach sozialen Matrixschemata erkundigt«, sagte Jeff. »Insbesondere wollte er wissen, wie mein Vater an den Aufbau eines Utopia ranginge, wenn er die Möglichkeit hätte.«

»Utopia.« Derec tauschte einen Blick mit Ariel. »So hat er also sein Experiment gesehen, wie?«

Sie nickte. »Jeff. Wir können jeden Hinweis gebrauchen, den du bezüglich Averys Persönlichkeit hast.«

»Ich kann euch gern erzählen, was ich noch weiß. Wieso müßt ihr ihn denn unbedingt finden?«

»Er hat Derec eine Art von . . . nun, eine Art Seuche implantiert, die nur er wieder beseitigen kann. Wir müssen herausfinden, wo auf diesem Planeten er sich aufhält. Kannst du uns sagen, was für ein Mensch er ist?«

»Ich sage euch das nicht gerne, aber ich kann mich nicht sehr genau an ihn erinnern.« Jeff sah sie einen nach dem anderen zerknirscht an. »Ich war noch zu klein, und es lag mir nicht viel daran, ihn zu treffen. Ich bin mitgegangen, weil mein Vater wollte, daß ich dieses Genie kennenlerne. Er hat gesagt, das sei eine gute Erfahrung für mich. Um die Wahrheit zu sagen, mir hat es nicht viel gebracht.«

»Uns ist alles recht«, sagte Ariel. »Fang einfach an zu erzählen. Vielleicht fällt dir dabei was ein.«

»Na ja . . . mein Vater hatte eine hohe Meinung von ihm. Mehr als üblich. Ich meine, er ist die ganze Zeit von äußerst fähigen Leuten umgeben. Eine Zeitlang waren sie richtiggehend befreundet.«

»Und dann?« fragte Derec. »Dr. Avery hat Aurora verlassen, nehme ich an?«

Jeff schüttelte den Kopf. »Nicht gleich. Das heißt, einige Zeit ist er bei uns aus und ein gegangen. Dann hatte mein Vater wohl Streit mit ihm, worüber weiß ich nicht, weil ich mir nie die Mühe gemacht habe, zu fragen.«

»Bist du sicher, daß du nicht weißt, warum diese Freundschaft in die Brüche ging?« fragte Ariel. »Das könnte wichtig sein.«

»Ich glaube, er war reichlich egoistisch. Den Eindruck hatte ich gleich. Und er war eindeutig exzentrisch. Ich glaube, mein Vater war es einfach irgendwann leid, ihm zuzuhören.«

»Das deckt sich mit der Beschreibung meiner Mutter«, sagte Ariel zu Derec. »Nützt uns das was?«

»Keine Ahnung. Wir alle haben den Umgang mit ihm als unangenehm empfunden.« Derec zuckte die Achseln. »Mandelbrot, du kannst am besten von uns Daten korrelieren. Was meinst du?«

»Wir haben Informationen über Robot City«, sagte Mandelbrot. »Und wir haben Informationen über Dr. Avery. Allerdings haben wir nicht die nötigen Korrelationen, um die Bandbreite seines möglichen Verbleibs einzuengen.«

»Wie steht es mit unserem Aufenthalt hier?« fragte Derec. »Sind wir sicherer, wenn wir hier noch länger bleiben, oder sollen wir den Standort wechseln?«

»Ich kann nur Vermutungen anstellen«, sagte der Robot. »Ich bin wieder auf verschlungenem Weg hierhergekommen, aber die Tatsache, daß der Transporter in derselben Gegend verschwunden ist wie beim letzten Mal, wird die Suche der Jäger erheblich einschränken. Andererseits liefert die Fahrt an einen anderen Ort dem Zentralcomputer jedesmal, wenn wir dabei von einem Robot der Stadt beobachtet werden, zusätzliche Daten.«

Derec seufzte und rieb sich die steifen Beinmuskeln. »Vielen Dank für deinen Vortrag. Und was schließt du daraus?«

»Wir tun besser daran, den Tag über hierzubleiben. Sobald es dagegen Nacht wird, ist es sicherer, loszufahren als hierzubleiben. Beides sind natürlich kalkulierte Risiken, keine Si . . «

»Ich verstehe«, sagte Derec. Er biß die Zähne zusammen und legte sich wieder hin. Normalerweise hätte er nachgefragt, wie Mandelbrot seine Schlüsse gezogen hatte, denn die konsistente Logik des Robots konnte informativ sein. Jetzt aber war er dafür einfach zu erschöpft und hatte zu große Schmerzen.

»Vielleicht sollten wir uns alle ausruhen«, sagte Ariel, »wenn wir nach Einbruch der Dunkelheit den Standtort wechseln wollen.«

»Gute Idee«, sagte Wolruf.

Derec schloß die Augen. Er hörte Wolruf davontappen, wohl um sich an einer Stelle ihrer Wahl zu entspannen.

»Ich hatte vor, mich noch einmal auf die Suche nach einer Nahrungsquelle zu machen«, sagte Mandelbrot, »aber nun halte ich es für zu riskant. Sie können auch ohne Essen den Tag überstehen. Wenn wir in der Nacht losfahren, finden wir vielleicht irgendwo Nahrung. Wäre Ihnen das recht?«

»Klar«, murmelte Derec, ohne die Augen zu öffnen.

»Ist gut«, sagte Ariel.

»Also«, sagte Jeff bedächtig, »ich habe reichlich Vorräte an Bord der *Minneapolis*. Mir war nicht klar, daß Nahrung für euch ein Problem darstellt. Die einzige Frage ist, wie wir dort rankommen.«

»Bestimmt keine einfache Frage«, sagte Ariel. »Das Schiff ist inzwischen sicher gut bewacht.«

Auseinandergenommen können sie es inzwischen haben, dachte Derec, war jedoch zu erschöpft, um den Gedanken auszusprechen.

»Möglicherweise ließe sich das in Betracht ziehen«, sagte Mandelbrot. »Obwohl das Risiko sehr hoch ist.«

»Wie wär's, wenn wir mal die gesamte Situation aufrollen?« fragte Jeff. »Beispielsweise hab ich nie erfahren, wie dieser Ort entstanden ist. Würde es euch was ausmachen, mir die Vorgeschichte zu erzählen? Wie es aussieht, haben wir den ganzen Tag Zeit.«

»Ach, weißt du, Jeff«, sagte Ariel, »es hat wirklich keinen Sinn, dich da hineinzuziehen. Wenn wir es schaffen, dich wieder in dein Schiff zu setzen, kannst du von hier verschwinden.«

»Ich möchte aber helfen.«

»Ich denke, das können wir nicht von dir verlangen.« Sie dämpfte ihre Stimme. »Du weißt ja nicht, was Dr. Avery Derec angetan hat.«

»Ich bleibe«, sagte Jeff entschlossen. »Ich bin gekommen, um eine Schuld zu begleichen. Da ihr keine Hilfe mehr braucht, um den Planeten zu verlassen, helfe ich euch eben da, wo ihr es nötig habt.«

»Hör dir lieber an, worauf du dich einläßt, ehe du eine Entscheidung fällst.«

»Nur zu«, sagte Jeff. »Aber ich bleibe auf jeden Fall. Punkt. Aus.«

Derec schlief beim Klang von Ariels Stimme ein, während sie ihre gemeinsame Geschichte erzählte.

Kapitel 10

Die *Minneapolis*

Einige Zeit war vergangen, als er dadurch erwachte, daß sich starke Arme unter ihn schoben und ihn vom Boden hoben. »Was ist los?« Seine Kehle fühlte sich rauh und trocken an. Er räusperte sich, öffnete die Augen.

Mandelbrot trug ihn zum hinteren Ende des Transporters.

»Zeit zum Aufbruch, wie?« Derec lächelte leise und ließ sich auf der Ladefläche nieder.

»Wir sind alle da«, sagte Ariel neben ihm. »Vorläufig hat Mandelbrot das Kommando. Bist du soweit?«

»Klar. Wohin geht's?«

»Wir versuchen, an meine Vorräte ranzukommen«, sagte Jeff.

»Was?« Derec setzte sich mühsam auf und sah die anderen überrascht an. »Das ist doch die perfekte Falle. Wie sieht euer Plan aus?«

»Wir haben noch keinen«, sagte Ariel. »Mandelbrot kann den Zentralcomputer nicht über das Schiff ausfragen, ohne sich zu verraten, deshalb wissen wir auch nicht, welche Sicherheitsvorkehrungen dort getroffen wurden.«

»Das gefällt mir überhaupt nicht«, sagte Derec. Er wandte sich an Mandelbrot, der soeben auf den Knopf an der Wand drückte, um das Tor zu öffnen. »Mandelbrot, für mich hört sich das an, als würden wir in eine Falle tappen. Hast du dir das auch gut überlegt?«

»Ja.« Mandelbrot eilte zur Fahrerkabine des Transporters, während das Tor sich in die Dämmerung von Robot City öffnete.

»Wirklich? Warum tun wir es dann?«

»Der Plan ist flexibel. Im Augenblick gedenke ich lediglich, auf verschlungenen Wegen zum Landeplatz zu fahren, um dort Beobachtungen anzustellen. Wir werden keine unnötigen Risiken eingehen.«

»Na . . . gut.« Derec lehnte sich gegen die Seitenwand des

Transporters. Wenn es ihm besser gegangen wäre, hätte er überzeugender argumentieren können. Oder helfen, Pläne zu schmieden. Es fiel ihm nur so schwer, sich zu konzentrieren.

Der Transporter rollte auf die leere Straße hinaus. Die Robotpopulation schien ständig zu schrumpfen. Derec hielt das in seinem Sinne für einen Vorteil, doch die Rätsel blieben ungelöst. Welchen Zweck hatten die Roboterversammlungspunkte . . . und wo war Dr. Avery?

Robot City verfügte über Straßenlampen, wenn auch nicht so hell und nicht so dicht gesät wie bei anderen Städten. Der überlegene Gesichtssinn der Roboter machte mehr Licht überflüssig. Der gesamte Planet war eine Stadt voller technischer Wunder und erstaunlicher robotischer Errungenschaften.

»Was hat Avery von deinem Vater bekommen?« fragte Derec plötzlich. »Er heißt Professor Leong, nicht wahr? Was haben wir in dieser Stadt gesehen, das Professor Leong beigesteuert hat?«

»Davon habe ich nichts entdecken können«, sagte Jeff. »Er hat mit ihm über Kultur gesprochen. Ich habe neue Höhepunkte von Wissenschaft, Technologie und Architektur gesehen, weiter nichts.«

»Das Stück«, sagte Ariel. »Wir haben die Roboter veranlaßt, *Hamlet* zu inszenieren, nachdem du fort warst. Das heißt, Derec hat das Stück ausgewählt, aber die Roboter waren ihm gewachsen. Einige von ihnen haben sich kreativ betätigt.«

»Die Künste«, sagte Derec. »Natürlich. Und vielleicht ein ethisches System, das über die Gesetze der Robotik hinaus . . .«

»Die Gesetze der Humanik, von denen damals die Rede war«, warf Ariel aufgeregt ein. »Einige von diesen Seltsamkeiten fangen allmählich an, sinnvoll zu erscheinen.«

»Anstatt bloß Seltsamkeiten zu sein.« Derec nickte. »Roboter sind zu logisch, um allzu viele Ungereimheiten zu hinterlassen.«

»Rrobotische Krreativität«, sagte Wolruf. »Hat zzugleich mit Dr. Averrys Rrückehr angefangen.«

»Stimmt«, sagte Ariel. »Und jetzt, nachdem er sie offenbar alle umprogrammiert hat, ist nichts mehr davon übrig.«

»Der kreative Impuls hat zuviel Unruhe verursacht«, sagte

Derec. »Aber ursprünglich hatte er seinen Robotern künstlerische Fähigkeiten eingegeben. Jeff, deckt sich das mit deiner Erinnerung?«

»So ungefähr, ja. Und ich erinnere mich jetzt, daß er besonders an einer Sache interessiert war.«

»Wirklich? Was war das?«

»Kulturen, die Bestand haben.«

»Bestand«, sagte Derec. »Meinst du sowas wie Republiken oder Weltreiche? Dynastien und so?«

Jeff schüttelte im Dämmerlicht den Kopf. Der Transporter überfuhr langsam eine Kreuzung, denn beschleunigte er wieder. »Kulturen. Sie bestehen generell länger als politische Strukturen. Sie entfalten sich als Reaktion auf Politik und Wirtschaft und Technologie, haben aber außerdem eine Art Eigenleben. Mein Vater hat sie die Summe aller Disziplinen genannt.«

Der Transporter kam zum Stillstand, und sie merkten auf. Derec blickte über den Rand und sah, daß sie auf einer Überführung angehalten hatten. Die hell glitzernden Lichter von Robot City erstreckten sich in sämtliche Richtungen. Ihre Muster deuteten mit geschwungenen Linien und massigen Blocks und spiralförmigen Anstiegen und einem vollständigen Bodenraster die Formen der Bauten und den Verlauf der Straßen an.

»Dort unten«, sagte Jeff. »Das ist der Boulevard, auf dem ich gelandet bin, parallel zu dieser Überführung. Seht ihr ihn, dort zwischen den Gebäuden?«

»Ich sehe ihn«, sagte Ariel. »Aber nicht deutlich.«

»Ich wage nicht, näher mit dem Transporter heranzufahren«, sagte Mandelbrot, der ihnen zugewandt in der offenen Fahrerkabine stand. »Ich könnte zu Fuß hingehen und die Sicherheitsvorkehrungen sondieren.«

»Moment«, sagte Derec. »Wenn sie das Schiff einfach haben stehenlassen, dann muß das eine Falle sein, Mandelbrot, das heißt, daß sie in gewisser Hinsicht auch auf dich warten. Sie würden doch keinen Köder legen, der nur darauf wartet, mit dem Wild davonzufliegen.«

»Zu schade, daß wir es nicht bewegen können«, sagte Jeff.

»Einen Augenblick«, sagte Ariel. »Vielleicht kann Mandelbrot mit seinem Computer kommunizieren.«

»Ich glaube nicht, daß sie das Schiff betriebsfähig gelassen haben«, sagte Derec. »Das wäre doch sinnlos.«

»Es sei denn, sie vertrauen zu sehr auf ihre Sicherheitsmaßnahmen«, wandte Jeff ein. »Mandelbrot, wenn du es versuchen möchtest: Es handelt sich um eine Hayashi-Smith für zehn Passagiere mit Namen *Minneapolis*. Das Gefährt ist nichtpositronisch, aber intelligent genug, um die Fluginstruktionen zu verarbeiten, die ich ihm gebe, und die sind ziemlich allgemein gehalten. Mehr weiß ich nicht darüber.«

»Ich probiere bereits die Standardfrequenz aus«, sagte Mandelbrot. »Die Bandbreite ist normalerweise eng. Keine Antwort.«

»Gut«, sagte Derec.

»*Was?*« fragte Ariel verblüfft.

»Vielleicht haben wir ja doch noch eine Chance.«

»Was willst du damit sagen?« fragte Jeff.

»Mit etwas Glück haben sie das Schiff nur insofern außer Betrieb gesetzt, daß sie den Computer abgeschaltet haben. Mandelbrot, deine Komverbindung kann die gleichen Impulse aussenden wie vorher der Computer.«

»Möglicherweise gelingt es mir, das Schiff zu starten«, sagte Mandelbrot, »aber ich kann es von hier aus nicht fliegen. Der Boulevard ist zu eng, und ich bin mit dem Schiff selbst nicht vertraut.«

»Ich kann euch auch nicht behilflich ssein«, sagte Wolruf entschuldigend. »Kann zzwar navigierren, aber biss ich meine Befehle über Mandelbrrot weitergegeben hätte, wär 'ss für einen Sstarrt zu sspät. Außerrdem hab ich von hier keine klarre Ssichtlinie.«

»Wir müssen es ja nicht unbedingt fliegen«, sagte Derec. »Der Boulevard verläuft gerade. Wir brauchen nichts weiter zu tun, als es lange genug außer Reichweite der Sicherungsmaßnahmen zu bringen, um reinzukommen und uns die Vorräte zu schnappen.«

»Damit haben die Roboter doch sicher gerechnet«, sagte Jeff. »Meinst du nicht auch, daß sie das berücksichtigt haben?«

»Kann sein«, sagte Derec. »Aber überleg doch mal, wie logisch es hier zugeht. Die Jagdroboter haben nicht viel Erfahrung mit listenreichem Denken.«

»Sie sind von einem Paranoiden programmiert worden«, widersprach Ariel.

»Einen Versuch ist es dennoch wert«, sagte Derec.

»Ich denke, ich kann das Schiff vorwärtsbewegen«, sagte Mandelbrot. »Ich schlage jedoch vor, daß wir als erstes den Transporter zum Punkt des Zusammentreffens fahren, damit wir schon darauf warten, wenn es dort ankommt. Die Jäger werden nicht lange brauchen, um es einzuholen.«

Derec hatte Herzklopfen vor Aufregung, und das Adrenalin schien seine Muskulatur zu lockern. Er grinste. »Also los!«

Die Fahrt mit dem Transporter dauerte länger, als Derec erwartet hatte, aber die Strecke, die Mandelbrot zurücklegte, war sinnvoll. Fünfzehn Kilometer den Boulevard entlang waren für das Schiff praktisch gar nichts, selbst wenn es auf Landefähre eingestellt war. Mandelbrot bog mit dem Transporter in eine Seitenstraße ein und fuhr dicht an deren Kreuzung mit dem Boulevard heran. Dann brachte er das Gefährt zum Stehen und saß regungslos da.

»Ich nehme an, er konzentriert sich«, sagte Ariel.

»Diese Straße müßte umbenannt werden in Minneapolis Boulevard«, erklärte Jeff grinsend. »Insbesondere, wenn das klappt.«

Derec bebte vor Aufregung. »Wolruf, wenn du mit Mandelbrot drinnen sitzt, kannst du die Kiste fliegen, stimmt's?«

»Stimmt.« Ein Lichtstrahl fiel auf ihr Gesicht, als sie nickte und ihr kaninoides Grinsen aufsetzte.

»Da kommt es schon«, sagte Jeff.

Von fern kam ein hohe, gleichmäßiges Wimmern auf sie zu, das immer lauter wurde, während Derec lauschte. Sie saßen wie erstarrt da. Die Ecke das nächsten Gebäudes versperrte ihnen die Sicht. Nur Mandelbrot war zu sehen, und Derec beobachtete sein dunkles, regloses Profil, während das Geräusch deutlicher wurde.

Bald war es fast ohrenbetäubend laut. Das Schiff erschien

auf der Kreuzung, ragte im Dämmerlicht und den tiefen Schatten gigantisch und zugleich wunderschön über ihnen auf. Dann blieb es stehen.

Mandelbrot stand auf und drehte sich so, daß er Derec vom Transporter helfen konnte. Für die übrigen war dies das Signal, ebenfalls auszusteigen und auf das wartende Schiff zuzurennen.

Mandelbrot nahm Derec unter den Arm. Er wollte damit Zeit gewinnen, daß er ihn trug. Auf Befehl des Robots ging vor ihnen die Luke auf, und die Leiter glitt herab. Derec blickte zu Boden, während Mandelbrot mit ihm vorwärtspreschte.

In weiter Ferne eilte eine Schar von Robotern auf sie zu. Auf den beweglichen Gleitbahnen rannten die Jagdroboter. Funktionsroboter verschiedener Größe und Gestalt rollten oder schoben sich den Boulevard entlang.

Die Funktionsroboter hatten keine positronischen Gehirne, mit denen sie denken konnten, aber sie konnten den Befehlen der Jäger folgen, bestimmte Routen einzuschlagen und damit das Schiff und den Transporter entweder zu blockieren oder zu rammen. Die schnellsten unter ihnen holten rasch auf.

Mandelbrot setzte Derec auf der höchsten Sprosse der Leiter ab, die er erreichen konnte. Derecs Fuß glitt darauf aus. Als er sich festklammerte und einen nervösen Blick auf die anrückende Schar warf, spürte er, wie Mandelbrot ihn wieder unter den Arm nahm und hochhob. Mandelbrot erklomm die Leiter und hielt Derec so lange hoch, bis er ihn im Schiffsinnern absetzen konnte. Jeff und Ariel zogen ihn beiseite, während der Robot als letzter einstieg.

Wolruf hatte sich bereits auf dem Sitz des Navigators niedergelassen und studierte die Handsteuerung. Die Leiter wurde eingezogen, und die Luke schloß sich, während Mandelbrot auf dem Pilotensitz Platz nahm.

»Gerradeauss, den Boulevarrd entlang«, sagte Wolruf. »Iss genug Platzz zzum Sstarten.«

Mandelbrot griff nach der manuellen Lenkvorrichtung. »Das ist sicherer als die riskante Kontrolle über Komverbindung. Bitte anschnallen.«

»Wir sind längst alle angeschnallt«, sagte Jeff. »Ich bin heilfroh, daß du damit umgehen kannst. Ich kann bloß dem Computer sagen, was ich will.«

Als das Schiff gerade anfuhr, gab es am Heck eine dumpfen Schlag. Der Aufprall war schwach, aber deutlich spürbar.

»Kaum nennensswerrter Sschaden«, sagte Wolruf.

Sie nahmen Fahrt auf. Der nächste Aufprall am Heck des Schiffs ließ es einen Moment lang ausscheren, bis Mandelbrot es wieder geraderichtete. Das Objekt, das darauhin an der linken Schiffsseite entlangschrammte, erzeugte ein gräßlich schrilles Geräusch.

»Sie können uns nicht viel anhaben«, sagte Derec. »Das Erste Gesetz verbietet den Jägern, einen Befehl zu geben, der zum Zusammenstoß führen könnte. Inzwischen muß ihnen klarsein, daß sie das Schiff nicht zum Stehen bringen können, ohne uns kampfunfähig zu machen.«

»Hoffentlich hast du recht«, sagte Jeff grimmig, als ein weiterer Aufprall das Heck erschütterte.

Doch das sollte der letzte sein. Das Schiff hatte den letzten Funktionsrobot hinter sich gelassen und stieg in steilem Winkel auf.

Kapitel 11

Im Orbit

»Ich habe eine niedrige Umlaufbahn gewählt«, sagte Mandelbrot. »Dieses Schiff führt keine großen Mengen Treibstoff für den Betrieb als Raumfähre mit, und der vorhandene wird für die Landung und später für Jeffs Abflug von dem Planeten benötigt. Immerhin sind wir, solange wir keine Bodenberührung haben, vor den Robotern von Robot City in Sicherheit.«

»Was für eine Erleichterung«, sagte Derec. »Wenn sie nur nicht inzwischen ein Raumfahrtprogramm entwickelt haben, von dem wir nichts wissen.«

»Die Navigationssenssoren zzeigen nichtss derrgleichen an«, sagte Wolruf. »Sschlage vor, ich überrnehme jetzz' die manuelle Ssteuerung. Dann kann Mandelbrrot ssolange den Sschiffscomputer ansschließen.«

»Einverstanden«, sagte Mandelbrot.

»Das Erste Gesetz wird verhindern, daß sie uns abschießen«, sagte Ariel. »Aber sie können uns überwachen, nicht wahr? Und ein Empfangskomitee bereitstellen, wo immer wir landen?«

Mandelbrot hatte eine Deckplatte am Instrumentenpult abgenommen und studierte sein Innenleben. »Dieses Gefährt ist klein und bietet im Fährbetrieb hohe Manövrierfähigkeit. Es müßte uns gelingen, unsere Landung so schwer berechenbar zu machen, daß der Landeplatz bis zur letzten Sekunde unvorhersehbar ist.«

»Das hör' ich gern«, sagte Jeff. »Langweilig ist es auf diesem Planeten nie, stimmt's?«

»Nein«, sagte Derec, »aber es war nicht immer so gefährlich. Das eine Mal hatten wir den Mord an einem Menschen aufzuklären, das andere Mal den angeblichen Mord an einem Robot. Zur allgemeinen Zielscheibe sind wir erst seit kurzem geworden.«

Jeff lachte. »Als ich zuletzt hier war, haben sie mir das Gehirn aus dem Schädel geholt und in einen Robot gesteckt. *Mir* war das gefährlich genug.«

Ariel mußte ebenfalls lachen. Derec grinste nur. Er hätte gern mitgelacht, aber die Rippen taten ihm weh. Selbst Wolruf sah sich amüsiert nach ihnen um.

»Ich bin froh, daß du wieder der Alte bist«, sagte Ariel. »Und noch mal vielen Dank, daß du zurückgekommen bist, wenn auch unter falschen Voraussetzungen.«

Derec empfand einen Anflug von Eifersucht, sagte jedoch nichts. Nachdem die Krise vorüber war, wurde sein Körper wieder stief. Er ließ sich in seinen Sitz sinken und spürte, wie die Verspannungen in seinem Rücken einrasteten.

»Ich denke, dieser Anschluß wird halten«, sagte Mandelbrot. »Jeff, würden Sie bitte den Stimmbefehlsmodus ausprobieren?«

»Hayashi-Smith *Minneapolis* Schiffscomputer«, sagte Jeff. »Erbitte Meldung.«

»IN BEREITSCHAFT«, meldete der Computer.

»Kannst du den Flugbetrieb übernehmen?«

»WIRD BESTÄTIGT.«

»Dann tu das, unter Beibehaltung des derzeitigen Kurses.«

»FLUGBETRIEB ÜBERNOMMEN.«

»Nimm außerdem die folgenden Stimmen in deinen Befehlsmodus auf und sieh zu, daß du ihre Befehle befolgst.« Jeff nickte den anderen zu. Sie sprachen der Reihe nach mit dem Computer.

»Wie sieht unser nächster Schritt aus?« fragte Derec dann. »Im Augenblick droht uns keine Gefahr, aber Dr. Avery sind wir immer noch nicht nähergekommen, oder?«

»Wir wissen ein bißchen mehr über seine Zielvorstellungen in bezug auf Robot City«, sagte Ariel. »Gegründet auf Professor Leongs Bekanntschaft mit ihm.«

»Aber wir haben daraus keinen Hinweis auf seinen Aufenthaltsort gewonnen«, sagte Derec. »Mandelbrot, fällt dir was ein?«

»Ja, Derec«, sagte der Robot. »Computer, suche nach Anzeichen für ein Anbaugebiet oder eine Lagerstätte organischer Chemikalien.«

»SUCHE EINGELEITET«, meldete der Computer.

»Dr. Averys Nahrungsquelle ist möglicherweise nicht groß genug oder in einer Weise gelagert, um sie von hier aus entdecken zu können«, sagte Mandelbrot mit einem geradezu menschlichen Achselzucken. »Das ist nur eine Möglichkeit.«

»Werden Kohlenstoffverbindungen hier noch für etwas anderes eingesetzt?« fragte Jeff und sah die anderen der Reihe nach an. »Abgesehen von diesem Krankenhaus, in dem ich war, oder wie immer ihr es genannt habt.«

»Keine Ahnung«, sagte Derec.

»Wir können davon ausgehen, daß die Mengen, wenn überhaupt, recht klein sind«, sagte Mandelbrot. »Hinzu kommt, daß die Nahrungsmenge, die ein einzelner Mensch benötigt, auch gering ist. Wenn wir eine großangelegte Nahrungsquelle finden, dann nur, falls Dr. Avery seine kulturellen Interessen auf die Kochkunst erweitert hat.«

»Oder falls ihn einfach nach besserem Essen verlangt, als diese chemischen Prozessoren zustande bringen«, sagte Ariel. »Nach frischen Gemüse vielleicht.«

»Hey! Dabei fällt mir ein«, sagte Jeff, »wozu haben wir das Schiff eigentlich gekapert? Kommt, laßt uns essen. Ariel, die Kombüse ist dort neben dir.«

Jeff verteilte Rationen an alle mit Ausnahme von Mandelbrot und fand sogar etwas Eßbares für Wolruf.

»AUSGEDEHNTES LANDWIRTSCHAFTLICHES ANBAUGEBIET GEFUNDEN«, meldete der Computer. »DARSTELLUNG AUF SCHIRM.«

»Nahaufnahme«, befahl Mandelbrot. »Und nach Möglichkeit Identifikation.«

Alle betrachteten den Schirm. Ein winziger dunkler Fleck vergrößerte sich dort rasch zum grünen Rechteck. Gleich darauf war aus dem Rechteck eine Art Flickendecke mit zahlreichen unterschiedlichen Grünschattierungen geworden. Bei extremer Nahaufnahme waren sogar die Pflanzenformen zu erkennen.

»VIELE VERSCHIEDENE NUTZPFLANZEN VORHANDEN, DARUNTER MAIS, HIRSE, WEIZEN UND RÜBEN. BEI OBERFLÄCHLICHER ÜBERPRÜFUNG DOMINIEREN AURORANISCHE ABARTEN AUF DER ERDE HEIMISCHER PFLANZEN. ZAHLREICHE AUS DIESER HÖHE UND DIESEM EINSTELLUNGSWINKEL NICHT IDENTIFIZIERBARE ARTEN.«

»Vielleicht haben die Roboter selber welche gezüchtet«, sagte Ariel. »Oder sie waren hier heimisch.«

»Großaufnahme«, sagte Mandelbrot. »Zeige uns die Umgebung.«

Der Bildausschnitt wich zurück und zeigte den Kamm eines Gebirgszuges. Er war geologisch alt, die weichen Kanten und Rundungen zeugten von jahrelanger Erosion. Das Gebirge war durchweg bewaldet, nur gelegentlich zeigten sich Häuser. Die landwirtschaftliche Anlage schmiegte sich in ein hochgelegenes Tal eben dieses Gebirges.

»Das ist kein Stadtgebiet«, sagte Jeff, »die erste unbebaute Gegend, die ich seit meiner Ankunft zu sehen bekomme.«

»Uns geht's genauso«, sagte Ariel.

»Vermutlich nutzen die Roboter den Wald zur Holzgewinnung und die Steilhänge zur Erzeugung industrieller Energie oder so«, sagte Derec. »Verkommen lassen sie normalerweise nichts. Aber diese Nutzpflanzen sind alle eßbar. Ich glaube, das ist es, Mandelbrot?«

»Die Wahrscheinlichkeit ist extrem hoch, daß dies eine menschliche Nahrungsquelle ist. Wir müssen sie genauer untersuchen. Dürfte ich Sie jedoch darauf aufmerksam machen, daß Dr. Avery sich dort nicht unbedingt aufhalten muß.«

»Immerhin ein Anfang«, sagte Jeff. »Und nun?«

»Als erstes müssen wir einen Landeplatz finden«, sagte Mandelbrot. »Das Gebirge ist dafür ungeeignet. Zweitens schlage ich vor, daß Wolruf und ich die Gegend allein erkunden. Drittens wären die übrigen in der Luft am sichersten aufgehoben.«

»Leuchtet mir ein«, sagte Jeff. »Wenn nötig, kannst du uns über Komverbindung erreichen, und wir können dieses Ding jetzt auch wieder selber fliegen.«

»Derec?« fragte Ariel.

»Ja, okay.« Derec regte sich unbehaglich. Er war wütend, daß er nicht stärker teilhaben konnte. Dennoch, an dem Plan war nichts auszusetzen.

»Computer«, sagte Mandelbrot. »Suche nach Landeplätzen in größtmöglicher Nähe zum Anbaugebiet.«

»DERZEIT NICHTS IN SICHT«, meldete der Computer. »SUCHE WIRD BEIM NÄCHSTEN ORBITALEN VORBEIFLUG EINGELEITET.«

»Wir brauchen mehrere Landeplätze«, sagte Mandelbrot. »Die Jäger werden den ersten zweifellos absichern, nachdem wir ihn benutzt haben.«

»Computer«, sagte Derec mühsam. »Sieh zu, daß unser Interesse an der Gegend nicht aus unserer Umlaufbahn ersichtlich ist.«

»BESTÄTIGT.«

Derec fiel wieder in sich zusammen. Er war nicht eigentlich

schläfrig, nur erschöpft. Die kurze Aufregung hatte ihn wiederbelebt, nun jedoch mußte er dafür bezahlen.

Auch die anderen schienen sich zu erholen, nachdem die Flucht mit dem Schiff gelungen war. Derec lag mit geschlossenen Augen da und hörte, wie jemand die Lampe direkt über ihm ausschaltete. Die Dunkelheit war eine Linderung für seine Lider.

Einige Zeit wurde nicht gesprochen. Dann hörte er, wie der Computer leise meldete:

»IM BILD DIE LANDEPLÄTZE NAHE DEM ANBAUGEBIET; FÜNF IN EINEM RADIUS VON FÜNF KILOMETERN; WEITERE ZWEI INNERHALB VON ZEHN KILOMETERN; UND DREI WEITERE INNERHALB VON ZWANZIG KILOMETERN.«

»Sind darunter relativ unbewohnte Gebiete? Insbesondere ohne städtische Straßen?« erkundigte sich Mandelbrot.

»GEZEIGT WERDEN DIE FÜNF NÄCHSTGELEGENEN PLÄTZE. SIE SIND DIE EINZIGEN OHNE STÄDTISCHE BEBAUUNG.«

Derec zwang sich, die Augen zu öffnen. Er haßte es, nicht beteiligt zu sein.

»Ein Ozean«, sagte Jeff überrascht.

»Ein Strand«, sagte Ariel.

Auf dem Schirm hatte der Computer fünf verschiedene Strandzonen leicht eingefärbt.

»ES HANDELT SICH UM SANDSTRÄNDE, DIE LANG GENUG UND FEST GENUG SIND FÜR EINE SICHERE LANDUNG«, sagte der Computer.

»Wenn es darum geht, den Jägern auszuweichen, zählt das als ein Landeplatz«, sagte Mandelbrot. »Sobald sie einen davon gesehen haben, können sie auch die anderen entdecken.«

»Wir müssen das Risiko eingehen«, sagte Derec. »Wir setzen dich und Wolruf so schnell wie möglich ab und fliegen wieder los. Dann gehen wir erneut in die Umlaufbahn, bis wir von euch hören.«

»Oder bis Ihnen der Treibstoff ausgeht«, sagte Mandelbrot. »Ich werde den Computer anweisen, Ihnen Meldung zu machen, wenn Sie landen müssen.«

Derec machte wieder die Augen zu.

»Gut«, sagte Jeff.

»Computer«, sagte Mandelbrot. »Fliege beim nächsten Orbit auf nicht nachvollziehbarer Route den ersten Landeplatz an. Vermeide so lange wie möglich, unser Ziel zu verraten.«

»BESTÄTIGT.«

Die nächste Umlaufbahn verlief ereignislos, aber Derec fand die Ausweichmanöver extrem unangenehm. Das Schiff senkte sich, beschrieb eine möglichst scharfe Wendung, stieg wieder auf, drehte noch einmal ab. Jedesmal wurde Derecs Gewicht verlagert und Druck auf seine schmerzende Muskulatur ausgeübt. Die anderen schienen es nicht zu bemerken.

Dann kamen Änderungen der Geschwindigkeit hinzu, während das Schiff sich auf verschlungener Bahn auf den Planeten herabsenkte. Derec packte mit beiden Händen den Gurt, der ihn festhielt, und biß die Zähne zusammen, als immer neue Schmerzen seinen Rücken durchzuckten. Schließlich ging das Schiff zum weichen Anflug über, und ihm wurde klar, daß die Landung kurz bevorstand.

Das Schiff landete auf einer leicht nach links geneigten Fläche und blieb so plötzlich stehen, daß alle in ihren Sicherheitsgurten nach vorn schnellten. Die Luke öffnete sich automatisch, und die Leiter fuhr aus. Mandelbrot und Wolruf waren ausstiegsbereit. Gleich darauf ging die Luke wieder zu, und das Schiff wartete eine Weile ab, damit sie sich in sichere Entfernung bringen konnten.

»FERTIG ZUM START, WIE ANGEORDNET«, meldete der Computer. »ERBITTE BEFEHL.«

»Geh auf gleiche Höhe wie zuvor«, sagte Jeff. »Äh, fliege wieder Ausweichmanöver und nimm, wenn es soweit ist, eine andere Umlaufbahn.«

»BESTÄTIGT.«

Die Beschleunigung preßte Derec wieder gegen seinen Sitz. Er nahm es mit geschlossenen Augen hin und verhielt sich ruhig.

Kapitel 12

Verlassene Straßen

Mandelbrot und Wolruf rannten auf direktem Wege den Strand hinauf. Der Sand reichte blaßblau und festgebacken bis dorthin, wo der Bewuchs anfing. Dort angekommen kletterten sie zwischen zwei hohen, grasbewachsenen Dünen hoch.

»Vorsicht«, sagte Mandelbrot. »Die Jäger werden bereits hierher unterwegs sein.«

Wolruf nickte.

Sie erklommen vorsichtig die nächste Anhöhe, von wo aus Mandelbrot den Rand des Stadtgebiets ausmachte. Die Dünen wurden begrenzt von einer breiten, gewundenen Straße. Vor ihnen zweigte eine kleinere, zu beiden Seiten von Gebäuden umgebene Straße von ihr ab.

»Hier iss' niemand«, sagte Wolruf.

Beide Straßen waren verlassen.

»Dadurch sind wir sehr leicht zu entdecken«, sagte Mandelbrot. »Für mich gibt es keine Menge, in der ich mich verlieren könnte, und du stehst jetzt auch auf der Liste der Jäger.«

»Verrsschwinden wir halt.«

Mandelbrot sah zu den Bergen hinüber, die etwas weiter links emporragten. »Das Tal mag nicht weiter als fünf Kilometer entfernt sein, aber vorher müssen wir in die Berge. Die größte Gefahr droht uns, während wir das Stadtgebiet durchqueren, um dorthin zu gelangen.«

»Die grrrößte Gefahr drroht unss, ssolange wir hier ssind«, sagte Wolruf.

»Zugegeben. Also, gehen wir.« Mandelbrot betrat die breite Straße und trabte los, schnell, aber würdevoll.

Nirgends waren Roboter auszumachen. Bei den Gebäuden angelangt, hielten sie sich dicht an deren Mauern und spähten in sämtliche einsehbaren Türöffnungen und Fenster. Die Stadt funktionierte hier ohne humanoide Roboter.

»Verrssammlungsspunkte«, sagte Wolruf. »Die hiessigen Rrobotter ssind sschon forrt.« Sie sah sich über die Schulter um. »Die Jäger könnten von überrall kommen.«

»Eine Tunnelstation würde uns beträchtlich weiterhelfen«, sagte Mandelbrot. »Wenn wir auf dieser Straße bleiben, werden wir früher oder später eine finden, falls sie in diesem Gebiet in gleicher Zahl gebaut wurden wie dort, wo wir uns auskennen.« Er hielt kurz inne und blickte in ein Fenster. Drinnen gingen eifrig Funktionsroboter ihren Aufgaben nach.

»Kann ssein, daß ssie hier keine gebaut haben«, sagte Wolruf, die neben ihm hertrottete, um Schritt zu halten.

»Das wäre möglich. Falls dieser Stadtteil auf Sand gebaut ist, fällt das Ausheben von Tunneln schwerer. Allerdings scheinen diese Roboter nicht in ihre Überlegungen einzubeziehen, ob etwas schwerer oder leichter ist.«

»Dorrt«, sagte Wolruf eindringlich und zeigte nach vorn.

Dort verschwand soeben ein humanoider Robot um eine Straßenecke.

Mandelbrot nahm Wolruf auf den Arm und rannte los, immer noch nicht in vollem Tempo, aber schnell genug, um einigen Boden gutzumachen.

»Vorsicht«, sagte Wolruf und klammerte sich an seinem Hals fest.

»Ich gehe davon aus, daß ein Jäger, der uns so nahe ist, auf uns zugekommen wäre«, sagte Mandelbrot. »Andererseits will ich mit keinem Robot Kontakt aufnehmen, ohne zunächst die Situation sondiert zu haben. Verfolgung ist der einzige Ausweg.«

Gleich darauf bogen sie um die gleiche Ecke wie vor ihnen der andere Robot. Der stand jetzt auf einer Gleitbahn, die ihn parallel zu dem Gebirgszug davontrug. Mandelbrot eilte zu der Gleitbahn und ging darauf langsam dem Robot nach.

»Ich glaube, ich begreife die Situation«, sagte er leise. »Entweder kann dieser humanoide Robot nicht durch Funktionsroboter ersetzt werden, oder er ist einer der letzten, möglicherweise *der* letzte in diesem Gebiet, der seiner Migrationsprogrammmierung folgt.«

»Wenn dass sso iss', ssollten wir ihn verrgessen«, sagte Wolruf. »Ab in die Berrge und unss vor den Jägerrn verrsstecken. Und Averry ssuchen.«

»Es ist sicherer, wenn wir Ausweichmanöver ausführen, als einfach vor den Jägern her in die Berge zu hasten. Wir müssen nach Möglichkeit vermeiden, ihnen unser Ziel zu verraten. Nebenbei hoffe ich, auf eine Gruppe humanoider Roboter zu stoßen, deren Verhalten ich unbemerkt studieren und dann imitieren kann.«

»Zzu sspät«, sagte Wolruf, die über seine Schulter hinweg nach hinten blickte. »Da kommen sschon die Jäger.«

Mandelbrot sah sich um. Ein humanoider Robot, der Größe und sensorischen Ausstattung nach eindeutig ein Jäger, fuhr in der Ferne auf einer Gleitbahn in Richtung Landeplatz.

»Gut. Sie gedenken, am Strand unsere Spur aufzunehmen. Dadurch haben wir noch etwas Zeit.« Mandelbrot setzte Wolruf ab. »Ich werde versuchen, mich unter die Roboter zu mischen. Sieh zu, ob du das Anbaugebiet erreichen kannst. Wenn es geht, werde ich mich dort wieder mit dir treffen.«

Wolruf erklärte zischelnd ihr Einverständnis. Sie sprang von der Gleitbahn und stürmte davon.

Mandelbrot erwog mehrere Aktionsmöglichkeiten für sich und wählte eine davon aus. Er sandte dem Robot vor ihm über Komverbindung ein Notsignal.

»Ich brauche Hilfe«, sagte er.

Der andere Robot wandte sich ihm zu, dann trat er auf den stationären Damm, um auf Mandelbrot zu warten. »Was ist denn?«

»Ich bin einem physischen Zusammenbruch nahe.« Das stimmte; was Mandelbrot nicht verriet, war die Tatsache, daß er sich freiwillig in diesen Zustand versetzt hatte. »Bitte führe mich zur nächsten Reparaturwerkstatt und melde mich als defekten Robot, Schadensursache unbekannt.«

»Einverstanden.«

Mandelbrot erstarrte, hielt jedoch die Funktionen seines positronischen Gehirns aufrecht. Er hatte bewußt vermieden, sich zu identifizieren.

Der andere Robot fügte sich Mandelbrots Wünschen mit

kaum merklichem, aber eindeutigem Widerwillen. Das Dritte Gesetz der Robotik befahl den Robotern, aktiv oder durch Untätigkeit herbeigeführten Schaden für die eigene Existenz zu vermeiden, ohne ausdrücklich von ihnen zu verlangen, daß sie andere Roboter vor Schaden zu bewahren hätten. Mandelbrot hatte jedoch festgestellt, daß in der robotischen Gemeinschaft von Robot City Hilfsbereitschaft dieser Art üblich war. Vielleicht war sie sogar einprogrammiert. Jedenfalls wußte er, daß er sich auf die Hilfe des anderen Robots verlassen konnte, solange nicht dringendere Probleme anstanden.

Der Robot stellte sich neben ihn auf die Gleitbahn. Offenbar lag die nächstgelegene Werkstatt in dieser Richtung. Dies bot zumindest eine Möglichkeit, sich vor den Jägern zu verbergen, da er nicht länger allein herumzuwandern brauchte oder, schlimmer noch, in Begleitung eines leicht wiedererkennbaren kaninoiden Fremdwesens.

Er hoffte, daß Wolruf es bis in die Berge schaffen würde. Für die meisten Roboter war sie nach wie vor uninteressant. Sie konnten lediglich den Jägern als Zeugen ihres Hierseins und ihrer Fluchtrichtung dienen. In den bewaldeten Bergen stiegen dagegen Wolrufs Chancen.

Im Augenblick waren die Jäger sicherlich dabei, mit Hilfe ihrer Infrarotsensoren nach ihnen zu suchen. Hatten sie Mandelbrot und Wolruf erst bis zu dem Punkt verfolgt, an dem sie auf die Gleitbahn gestiegen waren, würden sie auf ihr fahren und dabei den Damm nach Stellen absuchen, wo ihr Wild wieder abgesprungen war. Mandelbrot fuhr einfach weiter.

Schließlich hob der andere Robot ihn von der Gleitbahn. Dadurch kam Mandelbrots Körperwärme nicht mit dem Boden in Berührung. Die Jäger würden nicht erkennen können, wo er abgestiegen war. Dagegen konnten sie Wolrufs Spur ohne weiteres verfolgen.

Wolruf trottete über das leere Pflaster und hielt witternd nach allen Seiten Ausschau, ob irgendwo humanoide Roboter zu sehen, zu hören oder zu riechen waren. Die Stadt war hier so beeindruckend wie überall; sie kam an einer gigantischen, facettenreichen Kuppel vorbei, die im Sonnenlicht glitzerte, an einem spiralförmigen, jadegrünen Wolkenkratzer, der im Herabfallen erstarrten, geschlungenen Bändern ähnelte, und an einer Vielzahl von Kombinationen pyramidaler, hexagonaler und konischer Formen. Das leise Summen von Maschinen und das gelegentliche Umherschwirren von Funktionsrobotern verrieten Wolruf, daß die Stadt auch hier noch lebendig war.

Das Fehlen der humanoiden Roboter war unheimlich. Die Stadt war zu groß und zu kompliziert, um mit verlassenen Straßen und fast leeren Gebäuden normal zu wirken. Wolruf fühlte sich exponiert.

Sie grinste vor sich hin, während sie um Ecken bog, Gebäude umrundete, die eigene Spur zurückverfolgte und dann weiterlief, jedesmal dichter an die einladend nahen Berge heran. Als Navigatorin waren ihr Ausweichmanöver nicht fremd, nur daß sie normalerweise nicht gezwungen war, sie zu Fuß auszuführen, oder sich auf zwei Dimensionen beschränken mußte.

Sie war nicht sicher, wie erfolgreich diese Manöver sein würden. Wenn die Jäger über Wärmesensoren verfügten, mit denen sie jeweils die wärmste Spur verfolgen konnten, würde es ihr nicht gelingen, sie dadurch zu verwirren, daß sie immer wieder die eigene Spur kreuzte, sondern nur Zeit vergeuden und zulassen, daß sie näher herankamen. Nachdem sie eine Weile so weitergemacht hatte, beschränkte sie sich darauf, im Zickzack ein wenig schneller auf die Berge zuzueilen.

Als sie den Stadtrand erreichte, verhielt sie, um ihre nächsten Schritte zu überdenken. Am Fuß des ersten Hügels verlief eine lange, breite Straße; dahinter begann der Wald. Sie überlegte, daß es sehr nützlich sein würde, wenn sie die Stelle verbergen konnte, an der sie in die Berge geflohen war.

Sie sprang auf die Gleitbahn, die neben der Straße herlief, und sah sich um. Die Jäger konnten direkt hinter ihr sein, oder weit weg; sie konnte es nicht feststellen, ohne das Risiko einzugehen, selbst gesichtet zu werden. Andererseits konnte sie davon ausgehen, daß sie mit ihrer unausweichlichen robotischen Logik und Zielstrebigkeit hinter ihr herwaren.

Aber sie konnte auch nicht ewig so weiterfahren; hier war sie für jeden, der die Straße herabblickte, deutlich zu erkennen. Sie sprang ab.

Was sie brauchte, war ein fahrbarer Funktionsrobot oder etwas Ähnliches, das sich weiter die Straße entlangbewegen würde, nachdem sie fort war, und die Spuren ihrer Körperwärme mitnahm. Sie warf noch einen besorgten Blick zurück, dann bog sie um eine Ecke und sah sich auf der Straße um.

Sie war leer.

Die Zeit wurde knapp. Sie mußte entweder einen Weg finden, ihre Spur zu unterbrechen, oder auf dem Weg in die Berge eine Fährte hinterlassen, die jeder Jäger verfolgen konnte.

Sie betrat die Nebenstraße und spähte dort in jedes Fenster, das sie erreichen konnte.

»UMLAUFBAHN ERREICHT«, meldete der Schiffscomputer. »ERBITTE INSTRUKTIONEN.«

»Bleib auf dieser Höhe«, sagte Jeff. »Variiere unsere Flugroute nach dem Zufallsprinzip.«

»BESTÄTIGT.«

Jeff wandte sich Derec zu. Der hing mit geschlossenen Augen und verspanntem Kiefer in seinem Sitz. Jeff schnallte sich los und trat zu ihm.

»Was ist denn?« erkundigte sich Ariel.

»Diese Sitze lassen sich zu Kojen ausfahren. Wenn du seinen Gurt löst, lege ich den Sitz flach. Außerdem können wir von oben flexible Trennwände herunterziehen.«

»Verstehe.«

Sie arbeiteten schweigend, ohne Derec aus den Augen zu lassen. Er war eindeutig wach, aber nicht gewillt, sich zu unterhalten. Als er bequem dalag, zog Jeff die Trennwände herunter, bis auf eine, damit Derec etwas sehen konnte, wenn er wollte.

Jeff und Ariel nahmen vorn auf den Pilotensitzen Platz.

»Können wir sonst noch was für ihn tun?« fragte Jeff.

»Nein«, flüsterte Ariel.

Er sah sie überrascht an.

Ihre Augen waren weit aufgerissen und starrten auf den leeren Sichtschirm am Bedienungspult.

»Ariel? Was fehlt dir?«

Sie reagierte nicht.

Er nahm sanft ihren Arm und schob sein Gesicht in ihr starres Blickfeld. »Ariel. Kannst du mich sehen?«

Ihre Augen standen offen und begannen nun zu tränen.

Jeff empfand ein ängstliches Prickeln im Nacken. Ariel hatte ihm von den Chemfets in Derecs Körper erzählt, und von ihrem Gedächtnisverlust und Neuaufbau. Er hatte jedoch den Eindruck gewonnen, daß es ihr wesentlich besser ging. Nun war er mit den beiden in der Umlaufbahn allein und wußte nicht, wie er ihnen helfen oder was er unternehmen sollte.

»Computer«, sage er. »Zeig mir noch mal die Landeplätze. Nicht die am Strand. Die werden bewacht sein.«

»LANDEPLÄTZE AUF DEM SCHIRM.«

»Welcher ist dem Anbaugebiet am nächsten?«

»DER MIT DER BLAUEN SCHRAFFIERUNG.«

»Kannst du ihn beschreiben?«

»ES HANDELT SICH UM EINE HAUPTDURCHGANGSSTRASSE DER STADT, GERADE UND BREIT GENUG FÜR EINE SICHERE LANDUNG. DAS SCHIFF KÄME UNGEFÄHR 6,4 KILOMETER VON DEM ANBAUGEBIET ENTFERNT ZUM STEHEN.«

»Wie hoch ist die Wahrscheinlichkeit, mit der die Jäger uns dort erwarten?«

»UNBEKANNT, ABER SEHR HOCH. SIE HALTEN SICH IN DER GEGEND AUF UND WERDEN DEN LANDEANFLUG DES SCHIFFS SEHEN UND HÖREN. WENN SIE NICHT SCHON WARTEN, WERDEN SIE BALD DORT ERSCHEINEN.«

»Schneller als beim letzten Mal?«

»DEFINITIV.«

Jeff warf erneut einen Blick auf Ariel. Sie hatte sich nicht gerührt. Derec, der hinter ihnen lag, schien zu schlafen. Diese beiden würden nicht weit kommen.

Kapitel 13

Der Weg ins Gebirge

Wolruf war eine Zeitlang die Gegend abgelaufen und hatte mit wachsender Verzweiflung nach einem irgendwie gearteten Fahrzeug gesucht. Im Innern der Gebäude arbeiteten die Maschinen selbst ohne Funktionsroboter reibungslos. Aber schließlich endeckte sie doch noch einen kleinen geräderten Funktionsrobot, der flink durch eine Nebenstraße rollte.

Sie hastete hinterher. Ohne sie zu bemerken, verschwand der Robot hinter einer Straßenecke. Bis sie dort angekommen war, hatte er sich ein gutes Stück von ihr entfernt und überquerte soeben eine breite Straße. Keine der Gleitbahnen war geeignet, seinen Weg zu verfolgen.

Wolruf wurde langsamer, wollte schon aufgeben, da wechselte der Robot abrupt die Richtung und steuerte auf ein Tor zu. Es öffnete sich automatisch, so daß der Funktionsrobot sein Tempo nicht verringern mußte. Wolruf zwang sich zur Eile.

Ihr Gesundheitszustand war nicht besonders gut. Seit sie sich Derec angeschlossen hatte, war sie mehrfach dem Hungertod nahe gewesen, dann wieder überfüttert worden, hatte sich verletzt und — wie alle anderen auch, ausgenommen Mandelbrot — gelegentlich überarbeitet und bis an die Leistungsgrenzen erschöpft. Sie war zwar nicht krank, doch hatte sie sich lange nicht mehr soviel bewegt.

Dann sah sie den Funktionsrobot wieder durch das Tor kommen und über die Straße huschen. Diesmal rollte er auf eine Gleitbahn und fuhr damit in ihre Richtung. Schwer atmend rannte sie in schrägem Winkel auf den Punkt zu, an dem sie und der dahinrollende Robot zusammentreffen würden.

Im Näherkommen konnte sie ihn sich genauer ansehen. Er war nur etwa einen Meter breit und zwei Meter hoch. Was sie zunächst als Räder zu erkennen geglaubt hatte, erwies sich als Kugellager, das ihn befähigte, ohne Körperdrehung die Richtung zu wechseln.

Der Rumpf des kleinen Robots war glatt und eben. Wolruf hatte in ihrem erschöpften Zustand keine Chance, ihn einzufangen, sollte er ihr wieder entwischen. Als sie nahe genug heran war, sprang sie ihn an, suchte verzweifelt nach Halt und schaffte es, sich festzuklammern.

Der Robot verlangsamte augenblicklich das Tempo. Er blieb jedoch nicht stehen, also hielt sie sich an ihm fest und wurde von ihm davongetragen. Wenigstens hatte ihre Körperwärme keinen Kontakt mehr mit dem Boden. Nun mußte sie Atem schöpfen und darauf hoffen, daß dieses Gefährt sie nicht einem Jäger direkt vor die Nase setzte.

Ihr wurde klar, daß sie nicht wußte, worauf der Funktionsrobot programmiert war. Seiner Größe und dem Gesehenen nach zu urteilen, handelte es sich wohl um eine Art Kurier, der kleine Ersatzteile und Werkzeuge beförderte. Das erklärte, warum ihr Körpergewicht seine Fahrt verlangsamt hatte, ohne daß er sonstwie reagiert hätte. Im Augenblick tat er nichts weiter, als sie von den Bergen wegzutragen, in die sie so dringend wollte.

Plötzlich rollte er auf den stationären Seitenstreifen, bremste und blieb stehen. Sie sah sich verwundert um, konnte jedoch nichts entdecken. Dann überquerte der Robot die Straße.

Sie richtete sich auf und blickte zur Seite, in die derzeitige Fahrtrichtung. Auf einer anderen Gleitbahn kam ein großer Jagdrobot auf sie zu. Als er ihrer ansichtig geworden war, hatte er offenbar den Funktionsrobot zu sich befohlen.

Wolruf sprang ab und rannte in die entgegengesetzte Richtung davon. Als sie die erste Straßenecke erreichte, bog sie ein. Die dortige Gleitbahn würde sie in die gewünschte Richtung bringen. Sie stieg darauf und verfiel in eine leichten Trab. An der nächsten Ecke sprang sie wieder ab und umrundete sie. Der Jäger war schneller als sie, und sie ermüdete rasch, trotz der allzu kurzen Rast auf dem fahrenden Kurier.

Ihr blieben nur noch wenige Augenblicke, sich etwas einfallen zu lassen.

Da ihr nichts anderes übrigblieb, eilte sie direkt auf die wenige Häuserblocks entfernten Berge zu. Eine weitere Gleitbahn kam ihr gerade recht, obwohl der Jäger sie natürlich auch benutzen konnte. Als die breite Straße am Fuß des ersten Hügels in Sicht kam, blickte sie zurück.

Der Jäger war deutlich zu erkennen. Er rannte die Gleitbahn entlang auf sie zu.

Wolruf sah sich rasch nach beiden Seiten um und überquerte die Straße. Soweit sie sehen konnte, war sie leer. Drüben angekommen, stürzte sie zwischen die Stämme hoher Bäume.

So schnell sie nur konnte, erklomm Wolruf den Hügel, wich niedrigen Ästen aus und Gestrüpp. Der Wald wirkte so sorgsam geplant wie Robot City: Die Baumarten und Büsche wiederholten sich in gewisser Regelmäßigkeit, ebenso ihre Größe. Er war in Hinblick auf Holzgewinnung und Bodennutzung langfristig angelegt worden.

Als sie sich bückte, um den gebogenen Ästen eines großen, wie ein simpler Springbrunnen aussehenden Buschs auszuweichen, wurde ihr klar, daß sie hier Boden gutmachen konnte. In dem dichten Buschwerk bedeutete ihre Größe einen eindeutigen Vorteil. Soviel sie gesehen hatte, gehörten die Jäger durchweg zu den größten und sperrigsten aller humanoiden Roboter.

Wenn sie nur genügend Zeit gewinnen konnte, um sich auszuruhen.

Derec erwachte in der Koje und fand sich zunächst nicht zurecht. Dann erinnerte er sich vage, daß Jeff und Ariel irgendwie seinen Sitz umgelegt hatten, so daß er bequemer ruhen konnte. Er lag eine Weile still da und starrte an die Decke.

Glücklicherweise hatte er schon länger keine Alpträume mehr gehabt. Ihre Seltsamkeit war beängstigend. Trotzdem fühlte er sich trotz des Schlafs wie zerschlagen.

Vielleicht hatte er ja doch geträumt und erinnerte sich nur nicht daran. Die Chemfets wuchsen in ihm heran wie ein organischer Parasit. Zugleich verstärkten sich die Symptome, die sie hervorriefen, wie bei einer Krankheit. Daß er keine Träume mehr hatte oder sich nicht an sie erinnerte, war ein weiteres

Zeichen dafür, wie weit sein Zustand schon über das Anfangsstadium hinaus war.

Er griff nach einer der Trennwände und ließ sie wieder in der Decke verschwinden. Als er sich aufrichtete und umherblickte, sah er vorn im Schiff die Umrisse von Jeff und Ariel. Beim Geräusch der hochfahrenden Trennwand drehten sie sich um.

»Derec?« sagte Ariel sanft. »Wie fühlst du dich?«

Er räusperte sich und schwang die Beine über den Kojenrand, wobei er die Schmerzen in seiner gesamten Muskulatur verbarg.

»Derec?« wiederholte sie und eilte an seine Seite.

»Ein wenig besser«, log Derec. Er schickte sich an, aufzustehen, dann beschloß er, lieber nicht das Risiko eines Sturzes einzugehen.

»Ich hatte wieder mal so eine . . . eine Gedächtnisepisode.«

»Wirklich? Wie schlimm war's denn?« Er sah überrascht zu ihr auf. »Eine ganze Zeit hattest du doch keine mehr.«

»Ich weiß nicht, wie schlimm sie war.«

»Wie bitte?«

»Jeff hat mir erzählt, daß ich nur ins Leere gestarrt habe. Und ich kann mich an gar nichts erinnern.«

»Vielleicht war das ein Rückfall in die Zeit, bevor ich die Entfaltung deiner neuen Erinnerungen eingeleitet habe. In die Periode völliger Leere. Jedenfalls hast du's überstanden.« Er seufzte. »Was mich angeht, haben sich die Symptome . . . geändert.«

Sie sah ihn wortlos an.

Derec wußte, sie hatte verstanden, daß es ihm schlechter ging.

»Wir müssen landen«, sagte Jeff und trat zu ihnen. »Ich kann nichts für euch tun, wenn . . . wenn so was noch mal passiert.«

»Demnach hast du von Mandelbrot gehört?« fragte Derec.

»Das nicht. Aber unser Treibstoff wird knapp.«

»Wir verbrauchen doch nur soviel, wie für die Lebenserhaltung notwendig ist«, wandte Ariel ein.

»Und für die Ablenkungsmanöver. Außerdem brauchen wir eine Menge für Landung und Start.« Derec nickte. »Schon gut. Hast du einen Plan?«

»Ja, aber der ist nicht sehr gut. Ich dachte, wir landen auf einem der breiten Boulevards, die der Schiffscomputer als Landeplatz identifiziert hat, und fahren bis an den Rand des Gebirges. Dann rennen wir drauflos.«

»Ich . . . werde nicht sehr schnell rennen können.«

Jeff nickte.

»Und der Zentralcomputer kann unseren Anflug verfolgen und den Jagdrobotern Bescheid geben, wo wir höchstwahrscheinlich landen werden.«

»Die Jäger werden uns am Landeplatz erwarten«, meinte nun auch Ariel. »Andererseits können wir Boden gutmachen, indem wir mit dem Schiff bis ins Vorgebirge fahren.«

»Und dann?« fragte Derec mit Nachdruck.

Jeff und Ariel sahen einander nur an.

»Also gut«, sagte Derec. »Hier oben können wir nicht bleiben. Wir müssen das Risiko eingehen.«

Wolruf hechtete unter einen der springbrunnenförmigen Büsche und ruhte sich aus. Zweimal hatte sie weiter unten am Hang ihre Verfolger gesichtet; inzwischen waren mindestens zwei Jäger hinter ihr her. Obwohl die vielen Umwege, die sie gemacht hatte, die Entfernungsberechnung erschwerten, glaubte sie nicht, daß die Jäger zu ihr aufgeholt hatten.

Sie fuhr fort, in ihrer Umgebung den Boden abzusuchen, wie sie es bereits auf der Flucht getan hatte. Schließlich entdeckte sie, wonach sie die ganze Zeit gesucht hatte. Die Roboter waren zu tüchtig und wohlorganisiert, um einen Wald ohne solche Geräte anzulegen.

Vor ihr ragte ein kleiner Metallknopf aus dem Boden. Wolruf betrachtete ihn aufmerksam, befühlte ihn mit kurzen, dicken Fingern. Dann sah sie sich erneut auf dem Boden um.

Ein schrilles Wimmern erregte ihre Aufmerksamkeit. Zunächst war es leise, gewann jedoch schnell an Lautstärke, bis es vom Himmel dröhnte. Menschliche Ohren konnten es auf diese Entfernung natürlich noch nicht ausmachen, aber sie hörte es, und somit auch die Roboter. Vom Waldboden aus hatte sie keine freie Sicht nach oben, aber das Geräusch der *Minneapolis* im Atmosphärenbetrieb war für ihre sensiblen Ohren unverkennbar.

Sie wartete, zitternd vor Spannung. Sie hörte, wie das Schiff irgendwo im Stadtgebiet sicher landete. Dann wurde das Geräusch so leise, daß sie nicht wußte, ob es noch da war oder nicht. Einen Moment später wurde es wieder lauter.

Sie begriff, daß die Menschen das Risiko einzugehen beschlossen hatten, auf welche Weise auch immer zum Anbaugebiet vorzudringen. Und das hieß, daß sie ihnen helfen konnte, falls die Jäger sie nicht allzu bald einholten. Sie entdeckte einen kleinen Stein vor sich auf dem Boden und schlug damit kraftvoll gegen den kleinen Metallknopf.

Zunächst traf sie ihn nicht im richtigen Winkel. Dann brachte sie zwar den einen oder anderen Funken zustande, doch sie flogen allesamt von dem Metall weg. Am Ende traf jedoch ein winziger Funke direkt auf den Knopf.

Augenblicklich reagierte einer der leistungsfähigen Sensoren von Robot City auf die Hitze, indem er einen feinen Wasserstrahl aussandte, kaum einen Meter hoch. Größere Hitze hätte zweifellos einen mächtigeren Strahl hervorgerufen, aber dieser hier genügte für ihre Zwecke. Die Berieselungsanlage würde hinter ihr den Boden anfeuchten und die Körperwärme beseitigen, der die Jäger gefolgt waren.

Sie sah sich blinzelnd im Nieselregen um. Soweit der Blick reichte, waren noch andere Sprinkler ausgelöst worden. Wie immer hatten diese Roboter ihr System wirksam konstruiert.

Die *Minneapolis* war, dem Geräusch nach zu urteilen, ein Stück weiter links am Fuß des Vorgebirges zum Stillstand gekommen. Sie hätte sich gern wieder zu den Menschen gesellt, wagte es jedoch nicht. Sie konnte jetzt in der berieselten Zone ihre Verfolger abhängen, aber die Jäger hinter ihr waren zu dicht herangekommen. Es bestand die Gefahr, daß sie sie direkt zu den anderen führen würde.

Sie atmete tief ein und verließ das Gebüsch, wobei sie nach Steinen, Wurzeln und anderen harten Flächen Ausschau hielt, auf die sie treten konnte. Zwar hatten die Jäger nun keine Möglichkeit mehr, ihrer Körperwärme zu folgen, aber sie konnten Fußspuren erkennen. Sie eilte den Hang hinauf und entfernte sich dabei von dem Anbaugebiet.

Wie Wolruf angenommen hatte, war die *Minneapolis* sicher gelandet, an einer Stelle auf dem Boulevard, die von Jagdrobotern umzingelt war, und hatte sich mit Erfolg durch die Menge geschoben, bis sie auf dem Boulevard den Fuß des Gebirges erreicht hatte. Sobald sie angehalten hatte, waren die Luke aufgegangen und die Leiter ausgefahren. Jeff und Ariel waren dabei, Derec aus der Luke zu helfen, als er auf der höchsten Sprosse der Leiter stehenblieb.

»Moment mal«, sagte Derec. »Schiffscomputer!«

»IN BEREITSCHAFT.«

»Du hast doch Aufzeichnungen über alle Roboter, die vor einer Minute am Landeplatz auf uns gewartet haben?«

»BESTÄTIGT. ALLE DORT ANWESENDEN ROBOTER WURDEN AUF DEN SICHTSCHIRMBÄNDERN FESTGEHALTEN.«

»Mach dich auf die Jagd nach ihnen«, sagte Derec. »Solange das ohne Gefährdung des Schiffs möglich ist. Verfolge sie entlang der Boulevards, die groß genug für dich sind.«

»ERBITTE KLARSTELLUNG.«

»Mach sie glauben, du wolltest sie überfahren — beziehungsweise, tu es, wenn du kannst. Das Dritte Gesetz verlangt von ihnen, daß sie sich schützen, deshalb sollst du so viele von ihnen wie möglich ablenken, damit sie nicht in die Berge kommen. Verstanden?« Derec gönnte sich ein Lächeln.

»BESTÄTIGT.«

»Gehen wir.«

Jeff und Ariel gingen neben ihm her. Sie hatten seine Arme über ihre Schultern geschlungen und eilten, so gut es ging, den bewaldeten Hügeln entgegen. Sie waren alle drei gezwungen, ständig auf die Bodenbeschaffenheit und ihre Füße zu achten, damit sie wenigstens nicht ins Stolpern kamen.

»Was für ein Wahnsinn«, sagte Derec mit zusammengebissenen Zähnen. »Wir könnten ja nicht mal einem auroranischen Streifenhastifer davonlaufen. Wie wollen wir da den Jägern entkommen?«

»Besser als eine Bruchlandung ohne Treibstoff für den Fährbetrieb«, keuchte Jeff.

»Das wird ja immer schlimmer«, sagte Ariel. »Igitt. Ich werde naß. Offenbar regnet es hier.«

Derec riß den Kopf hoch und betrachtete die umgebenden Büsche und Bäume. »Wirklich? Nein, es regnet nicht . . . Seht doch — Sprinkler!« Er grinste. »*Sprinkler!*«

»Was —« Ariel unterbrach sich, um sich an einem Baumstamm vorbeizuzwängen, denn sie hielt immer noch Derecs Arm. »Was findest du daran so lustig?«

»Die Jäger haben doch Wärmesensoren eingesetzt, um uns zu verfolgen. Nun haben wir eine echte Chance.«

»Schlamm«, sagte Jeff. Er legte den Kopf schief und duckte sich unter einem Ast hindurch. »Da haben wir schon unser nächstes Problem. Wir müssen auf unsere Fußspuren aufpassen, sonst folgen die Jäger ihnen.«

Derec entzog Ariel seinen Arm. »Und bei mir strömt wieder das Adrenalin. Ich werde lockerer. Kommt — solange ich richtig aufgeregt bin, kann ich mich allein bewegen.« Er riß sich auch noch von Jeff los und versuchte die extremen Schmerzen zu verbergen, die er nach wie vor empfand.

Jeff sah ihm prüfend ins Gesicht. »Wie du willst. Aber wenn du wirklich Hilfe brauchst, sagst du Bescheid, ja?«

»Ja, ja. Los jetzt.«

Jeff ging voraus den Hang hinauf. Der Wald wurde schnell dichter, danach blieb er immer gleich, vermutlich das Resultat präziser robotischer Planung. Derec folgte Jeff und gab sich unendliche Mühe, nicht zu zeigen, wie schwer ihm das fiel. Dennoch rückte Jeff immer wieder von ihm ab, während Ariel immer wieder zu ihm aufholte.

Während Derec sich vorwärtskämpfte, beschäftigten sich seine Gedanken immer wieder mit dem einen Thema. Dr. Avery hatte ihm das angetan — ohne daß Derec ihm je etwas angetan hätte. Seine Wut spornte ihn an, hielt ihn auf Trab, zwang ihn zum Weitergehen. Dr. Avery konnte ihm nicht entkommen.

Jeff stieg auf einen Grat aus weißlichem Gestein und blieb schweratmend stehen. Derec kam heran und gesellte sich zu ihm, mußte sich jedoch gleich hinsetzen. Ariel stellte sich neben ihn.

»Dieses Anbaugebiet, oder wie du es nennen willst, liegt dort drüben«, sagte Jeff und wies mit dem Kopf schräg zu den Bergen hinüber. »Dem Sichtschirm zufolge gibt es von uns aus auf jeder Seite einen Paß.«

Derec blickte zu ihm auf, war jedoch zu atemlos, um etwas zu sagen. Er nickte nur.

»Wie es aussieht, reichen diese Felsen noch weit hinein ins Vorgebirge«, fuhr Jeff fort. »Sie führen auf beide Pässe zu. Ich finde, wir sollten auf dem Grat bleiben, solange wir können, damit wir keine Fußspuren hinterlassen.«

»Vielleicht hat ja das Schiff wirklich ein paar Jäger aufgehalten«, sagte Ariel, als sie wieder bei Atem war.

»Wir können's nur hoffen«, sagte Jeff. »Trotzdem sollten wir jetzt aufbrechen.«

Derec bemühte sich, aufzustehen. »Okay«, sagte er heiser.

Sie gingen weiter, nun jedoch wesentlich langsamer.

Kapitel 14

Das Anbaugebiet

Dämmerung hüllte den Gebirgspaß ein, als Derec ihn im Gefolge von Jeff und Ariel endlich mühsam überwunden hatte. Sie warteten, bis er zu ihnen aufgeholt hatte. Dort angekommen, legte er den Arm um Ariels Schultern. Gemeinsam blickten die drei hinab auf das vor ihnen liegende grüne Tal.

Das Tal war in viele verschiedene Felder aufgeteilt, um deren Bewuchs sich Funktionsroboter kümmerten. Die Bodenhacker waren eindeutig zu erkennen, selbst auf diese Entfernung.

Dazwischen bewegten sich andere, die die Pflanzen zurechtstutzten und besprühten. Die unteren Hänge des Tals waren terrassenförmig angelegt und ebenfalls bebaut.

»Hier muß es sein«, sagte Derec. »Roboter brauchen dieses Zeug nun einmal nicht.«

»Ich bin derselben Meinung«, sagte Jeff. »Das ist Averys Lebensmittelladen. Oder mindestens sein Gemüseladen. Falls er auch noch Vieh hält, dann irgendwoanders.«

»Vieh verlangt andere Pflege und Verarbeitung.« Derec nickte. »Und diese Roboter sind zu wohlorganisiert, um das alles hier anzulegen und Avery eintausend Kilometer entfernt unterzubringen. Ich wette, er hält sich irgendwo in der Nähe auf.«

»Und wir haben es geschafft, herzukommen«, sagte Ariel. »Zumindest bis hier.«

»Wir waren gezwungen, gelegentlich ein paar Fußspuren zu hinterlassen«, sagte Jeff. »Und diese Jagdroboter haben möglicherweise Sensoren, von denen ich keine Ahnung habe. Außerdem müssen sie nachts keine Pause einlegen.«

»Sie werden alles mögliche entdecken, was wir hinterlassen haben«, sagte Derec. »Abgebrochene Zweige und so was. Es will mir zwar nicht gefallen . . . aber wir gehen wohl besser weiter.«

»Einige sind sicherlich zu dem anderen Paß gegangen«, warf Ariel ein. »Dadurch haben wir nicht mehr so viele hinter uns.«

»Der andere Paß führt auch zu diesem Tal«, sagte Jeff. »Vielleicht treffen wir ja unterwegs auf sie.«

Ariel schüttelte den Kopf. »Du bist so was von optimistisch. Also, los.«

Sie machten sich den Hang hinab auf den Weg und erreichten bald die geordneten Reihen einer Pflanze, die keiner von ihnen identifizieren konnte. Sie wuchs als gerader Stengel mit steifen, schmalen Blättern steil nach oben, ungefähr drei Meter hoch. Die Stengel standen dicht, so daß sie gezwungen waren, im Gänsemarsch ihren Reihen zu folgen.

Jeff sah sich nervös um. »Wir hinterlassen eine Spur, die selbst ich verfolgen könnte. Seht nur.«

Derec sah es sich an. Der Boden war frisch gehackt und feucht. »Offenbar wird hier von den Robotern ständig gejätet und gegossen.«

»Es ist gar nicht dunkler geworden«, sagte Ariel. Sie blickte zum Himmel auf. »Eigentlich müßte es jetzt Nacht sein.«

»Da haben sich wohl Lampen eingeschaltet«, sagte Derec. »Aber das kann ich von hier aus nicht feststellen. Die hiesigen Funktionsroboter brauchen möglicherweise eine Art Arbeitslicht. Oder es handelt sich um wachstumsförderndes Licht für die Nutzpflanzen.«

Jeff zwängte sich probeweise zwischen zwei Stengel einer Reihe hindurch. »Kommt mit. Wir können hier durch. Wir müssen unsere Spur ein bißchen aufbrechen.«

Die anderen kamen ihm nach. Die nächste Reihe sah genauso aus wie die vorherige, soweit Derec erkennen konnte. Sie folgten ihr eine Weile, dann entdeckten sie wieder eine Stelle, an der sie sich in die übernächste Reihe durchzwängen konnten, die sie weiter hinab ins Tal führte.

»Da drüben«, sagte Derec und zeigte mit dem Finger. »Den müssen wir fangen. Los!«

Ein Stück weiter vorn entfernte sich ein Funktionsroboter in gemäßigtem Tempo von ihnen. Sein Körper bestand aus einem Würfel von annähernd zwei Metern Seitenlänge. Er schien sich auf einem Lager mit vertikalen Dornen vorwärtszubewegen, die sich in den Boden bohrten und dadurch auflockerten. Hin und wieder blieb er stehen und sandte zu beiden Seiten Tentakel aus, die die Erde zwischen den Nutzpflanzen hackten, kleine Pflanzen ausrissen und sich mit ihnen wieder in den Körper zurückzogen.

Jeff rannte hinterdrein. Während Ariel Derec weiterhalf, warf er im Vorbeigehen einen Blick auf die aufgereihten Pflanzen. Offenbar durchtrennte dieses Hacken die Wurzeln unerwünschter Kräuter, die zwischen den Kulturpflanzen gewachsen waren. Das Unkraut wurde ins Innere des Funktionsrobots befördert, zermahlen, unten wieder ausgeschieden und als Schnellkompost zurückgelassen. Nun, da er genauer hinsah, konnte er hier und da die kleingemahlenen Teile am Boden erkennen.

»Ich hab' ihn, weiß aber nicht, wie ich ihn stoppen soll«, rief Jeff. Er saß ihnen zugewandt auf dem Häcksler.

»Blödes Ding«, sagte Ariel. »Ich wünschte, er hätte ein positronisches Gehirn, dann könnten wir ihn rumkommandieren.«

»Nein«, sagte Derec und mühte sich ab, ihr zu folgen. »In dem Fall könnte er uns auch an die Jäger verraten.«

Der Häcksler wartete zwar nicht auf sie, aber jedesmal, wenn er innehielt, um zu jäten, holten sie ein Stück auf. Schließlich konnten sie zu Jeff hinaufklettern, wo sie in unbequemer Haltung beengt auf der flachen Oberseite kauerten.

»Nun fehlt uns nur ein wenig Glück«, sagte Jeff. »Wenn dieses Ding vor den Jägern verborgen bleibt, bis es ein paarmal abgebogen ist, können sie uns so leicht nicht aufspüren. Nachdem diese Dinger durch sind, sehen alle Reihen gleich aus.«

»Ich kann die Rast gebrauchen«, sagte Derec. »Aber wir müssen so bald wie möglich feststellen, wo Avery ist. Bei unserer Ankunft habe ich in diesem Tal keine Gebäude gesehen.«

»Ich auch nicht«, sagte Jeff und schüttelte den Kopf.

»Vielleicht erinnerst du dich noch an was?« fragte Ariel. »Von deinem Vater her? Egal, was.«

»Ich hab' beim Aufstieg in die Berge darüber nachgedacht«, sagte Jeff. »Nur hat mir der Atem gefehlt, davon zu erzählen. Wißt ihr noch, wie ich euch gesagt habe, daß Avery sich nach bestandsfähigen Kulturen erkundigt hat?«

Ariel nickte. Derec hörte zu, war jedoch zu müde, um zu antworten.

»Mein Vater hat ihm mitgeteilt, daß es davon im Weltraum gegenwärtig zwei Gruppen gibt und daß sie in direkter Linie auf die Erdantike zurückzuführen sind. Beide haben sich in den Spacergemeinschaften immer wieder herausgebildet, aber es war ihre Langlebigkeit, die Avery besonders beeindruckt hat.«

»Was sind das für Kulturen?« fragte Ariel.

»Die eine ist die Spacer-Minderheitenkultur, die ursprünglich aus China stammt und mehrere Völkerwanderungen auf der Erde überstanden hat. Die andere umfaßt die jüdischen Gemeinden der Spacer.«

»Was wollte er über sie wissen?« Ariel schnitt eine Grimasse.

»Ich wüßte nicht, wie uns das helfen soll, ihn hier aufzuspüren.«

Jeff zuckte die Achseln. »Ich entsinne mich, daß es ihm nicht um Details ging. Mein Vater hat versucht, ihm nahezubringen, daß sich beide Kulturen im Weltraum weiterentwickelt haben. Er hat sogar gesagt, ihre Herkunft von den Erdkulturen sei überhaupt nicht mehr zu erkennen. Aber Avery wollte nur wissen, wie sie als spezifische Einheiten überlebt hatten.«

Typisch, dachte Derec. *Der Kerl war nur an seinem eigenen Projekt interessiert und daran, was er verbessern konnte.*

»Er war Robot City zuliebe auf der Suche nach Hinweisen«, sagte Ariel, »wie er dafür sorgen konnte, daß es Jahrhunderte überdauert. Das hat er zusammen mit Professor Leong erforscht. Er mußte der Stadt kulturelle Werte einprogrammieren. Allerdings haben wir davon nicht viel zu sehen bekommen.«

Derec zwang sich zu sprechen. »Ich bin sicher, daß er die Stadt umprogrammiert hat, während wir auf der Erde waren. Ich nehme an, nach den Vorfällen um die *Hamlet*-Inszenierung hat ihm die robotische Kreativität angst gemacht. Er konnte nicht zulassen, daß seine Roboter untereinander zu Verbrechern wurden.«

»Die Künste sind nicht das einzige, was Kultur ausmacht«, sagte Jeff.

»Was meinst du damit?« fragte Ariel.

Derec regte sich ein wenig, damit er Jeff besser zuhören konnte. Der Häcksler blieb in Bewegung, er fuhr fort, zu hacken und zu jäten. Der Himmel über ihnen war inzwischen dunkel, aber von irgendwoher erhellte warmes Licht die Pflanzenreihen.

»Mein Vater hat Avery zwei Gründe für das Überleben der beiden kulturellen Gruppen angegeben, als sie noch auf der Erde angesiedelt waren. Einmal hatten die ursprünglichen Kulturen sehr starke familiäre Einheiten, die Werte vermitteln konnten. Zum anderen wurden beide Gruppen auf der Erde außerhalb ihrer Heimatländer nur begrenzt als Minderheit assimiliert und wurden oft mit Vorurteilen der kulturellen Mehrheit konfrontiert.«

»Nur auf der Erde?« fragte Ariel.

»Ja. Moderne Spacerfamilien stehen sich persönlich nicht so nahe, wie es früher üblich war, denke ich. Hinzu kommt, daß die ethnischen Unterschiede jetzt von einem Planeten zum anderen auftreten, beziehungsweise zwischen Spacern und Erde.«

»Meine Mutter hatte was gegen Solarier«, sagte Ariel. »Die programmieren ihre Roboter nicht richtig oder so.« Sie lächelte. »Einmal hat sie mir einen Witz erzählt, in dem es um . . .«

»Wie kann Avery diese Informationen verwendet haben?« fragte Derec mit Nachdruck und unterbrach sie, indem er ihr die Hand auf den Arm legte.

»Wenn ich mir's recht überlege«, sagte Ariel, »fragt sich, wie diese Minderheiten weiter existieren können, wenn ihre Existenzgründe weggefallen sind? Das ergibt keinen Sinn.«

»Genau weiß ich es nicht«, sagte Jeff. »Aber auf Aurora falle ich jedenfalls immer noch auf. Mein Aussehen hat mich immer hervorstechen lassen. Und mein Vater hat mehr Interesse an mir gezeigt, als bei den Vätern meiner Freunde üblich war. Immerhin hat er mich mitgeschleppt, um Dr. Avery kennenzulernen, entsinnt ihr euch?«

»Ich glaube, ich verstehe«, sagte Ariel. »Einige dieser Tendenzen sind in gewissem Ausmaß erhalten.«

»Zumindest im Vergleich zu den planetaren Mehrheitskulturen«, sagte Jeff nickend.

Sie mußten sich alle drei an dem Häcksler festklammern, als dieser eine Querreihe erreichte und sich, ohne langsamer zu werden, nach rechts wandte. An der nächsten Reihe vollführte er wieder eine Wendung nach rechts und machte sich wieder auf in die Richtung, aus der er soeben gekommen war. Sie konnten weit vorausblicken.

Die Jäger allerdings auch, wenn sie die richtige Reihe entlang blickten.

Derec fühlte sich bei dem Gerede von Familien und Vätern und Söhnen unbehaglich. Seit er mit Gedächtnisschwund aufgewacht war, hatte er sozusagen keine Familie mehr.

»Es geht immer noch darum, daß wir Avery in diesem Tal

oder diesem Gebirgszug oder wo auch immer finden«, sagte er ärgerlich. »Was unternehmen wir im Hinblick darauf?«

»Nur eines noch«, sagte Jeff. »Mein Vater hat Avery erzählt, daß in alter Zeit zwei einschneidende Ereignisse diese Kulturen modifiziert haben. Eines davon war die Auswanderung von der sogenannten Alten Welt in die Vereinigten Staaten.«

»Na und?« fragte Ariel. »Sie waren doch immer noch auf der Erde.«

»Er hat gesagt, daß dort die Vorurteile zwar nicht verschwunden sind, aber daß diese beiden Kulturen dort erstmals einer Nation von Emigranten und deren Nachkommen angehört haben. Sie waren fundamentale Bestandteile der dortigen Gesellschaft, selbst wenn sie ihre Identität aufrechterhielten.«

»Und was ist das zweite Ereignis?« fragte Ariel.

»Die Raumfahrt. Bei der Besiedelung der Spacerwelten hat sich die gleiche Situation ergeben. Beispielsweise wird heute auroranische Abstammung wichtiger genommen als die irdischen Vorfahren. Das beweist die Einstellung deiner Mutter gegenüber den Solariern.«

Ariel nickte nachdenklich.

»Und was schließen wir daraus?« verlangte Derec zu wissen. »Die Roboter haben eine derartige Identität nie besessen. Was hat das mit Robot City zu tun? Und der Tatsache, daß wir Dr. Avery finden müssen?«

»Also, hör mal!« Jeff drehte sich entrüstet nach ihm um. »Du hast doch damit angefangen, zu fragen, woran ich mich erinnere. Das habe ich euch jetzt erzählt. Wenn du es nicht hören willst, brauchst du nicht erst zu fragen.«

Ariel packte sie an den Armen. »*Roboter*«, flüsterte sie.

In der Ferne bewegten sich die Silhouetten humanoider Roboter von rechts nach links ins Tal hinab, quer zu ihrer offenen Reihe.

Wolruf spannte die Beinmuskulatur an und sprang von einem kleinen Felsbrocken auf einen gefallenen Ast, der groß genug war, um darauf zu stehen. Sie landete auf allen vieren und hielt sich fest, bis sie ihr Gleichgewicht gefunden hatte. In diesem Wald gab es wenig gefallene Äste oder sonstige herumliegende Objekte.

Offensichtlich räumten die Roboter des öfteren den Waldboden auf. Wolruf hatte von fern mehrere Funktionsroboter gesehen, war ihnen jedoch ausgewichen. Sie wollte vermeiden, daß die Jäger noch einmal Befehle an sie aussandten, um sich bei ihrer Gefangennahme helfen zu lassen.

Immerhin hatte sie es geschafft, kaum Spuren zu hinterlassen. Der von ihr ausgelöste Sensor hatte ein relativ kleines Gebiet berieselt, und das hatte sie hinter sich gelassen, noch ehe die Sprinkler sich abschalteten. Sie fragte sich, wie lange sie die Berieselung fortgesetzt haben mochten.

Wolruf hoffte, daß sie noch einige Zeit gelaufen waren. Dadurch wären nicht nur die Reste ihrer Körperwärme ausgelöscht, sondern auch alle sichtbaren Spuren davongespült worden.

Das und die Schwierigkeiten, die das Durchqueren des dichten Waldes den Jägern bereitete, würde dafür sorgen, daß sie immer weiter zurückblieben. Wenn sie ihre Spur verloren hatten, mußten sie eine Rastersuche einleiten, um sie neu aufzunehmen, und das kostete Zeit.

Wolruf blieb auf dem Ast stehen, um wieder zu Atem zu kommen. Sie erinnerte sich deutlich, wie das Terrain auf dem Sichtschirm des Schiffs ausgesehen hatte, war jedoch nicht ganz sicher, wo sie sich im Augenblick befand. Außerdem war sie nicht sicher, was sie tun sollte.

Bisher war sie schräg den Hang hinaufgelaufen und hatte sich dabei von dem Paß entfernt, in dessen Nähe die Menschen gelandet waren und dem sie inzwischen sicherlich zustrebten. Was immer sie tun konnte, die Jäger von ihnen fernzuhalten, war ein wertvoller Beitrag. Dann erinnerte sie sich, daß irgendwo in dieser Gegend ein zweiter Paß ins Tal hinabführte.

Sie war hin- und hergerissen, wußte nicht, welche Alternative die bessere war, Derec an Avery herankommen zu lassen, ehe Averys Roboter ihn fassen konnten. Wenn sie den Paß erreichte und wieder zu den Menschen fand, konnten sie als

Team zusammenarbeiten und möglicherweise mehr erreichen. Andererseits würde das bedeuten, die Jäger, die ihr folgten, direkt in ihre Richtung zu führen.

Sie kam nicht weiter.

Wolruf konnte sich selbst jetzt noch nicht leisten, irgendwo lange halt zu machen. Nachdem sie so weit wie möglich auf dem gefallenen Ast entlangbalanciert war, sprang sie ab auf ein Stück Boden, das einen festen Eindruck machte. Von dort aus stieg sie auf eine freigelegte Baumwurzel, packte einen niedrigen Zweig und schwang sich auf einen kleinen Stein.

Dann blieb sie stehen, warf eine Blick zurück und fragte sich, ob das alles der Mühe wert war. Falls die Jäger schnell aufholten, würden ihre Wärmesensoren ihnen mitteilen, wo sie gewesen war. Sie konnte nur hoffen, daß sie zu weit zurück waren, um ihre Sensoren mit Erfolg zu gebrauchen. Falls die Spuren ihrer Körperwärme verblaßten, ehe sie sie erreichten, kam es tatsächlich darauf an, ihre sichtbare Fährte möglichst klein zu halten.

Also machte sie so weiter. Es war ein Spiel mit hohem Risiko, das sich möglicherweise auszahlen würde. Wenn es ihr wirklich gelingen sollte, die Jäger abzuhängen, konnte sie im Tal nach den Menschen suchen, ohne sie noch mehr zu gefährden. Um sich dessen zu vergewissern, hätte sie allerdings irgendwann die eigene Spur zurückverfolgen und die Jäger in Aktion beobachten müssen.

Das war jedoch wahrscheinlich zu riskant. Immer noch unentschieden, eilte sie den Hang hinauf, mehr oder weniger direkt auf den anderen Paß zu. Dort angekommen, konnte sie sich endgültig entscheiden, ob sie ihn nehmen sollte oder nicht.

Kapitel 15

Überfälle

Da der Häcksler zwischen den Pflanzreihen direkt auf die humanoiden Roboter zufuhr, hatten seine Passagiere keine andere Wahl, als abzuspringen und die umgekehrte Richtung einzuschlagen. Derec war überrascht, daß die Roboter sie nicht längst bemerkt hatten, doch so war es offenbar. Wie gehabt folgte er Jeff, und Ariel kam hinterdrein. Nun jedoch krochen sie am feuchten Boden dahin, damit sie der Körper des Häckslers vor Entdeckung bewahrte.

Bald darauf erreichten sie die Querreihe, die sie als letzte gesehen hatten. Sie verlief parallel zu jener, die die Roboter benutzten, um im Gänsemarsch weiter ins Tal vorzudringen. Derec hielt schwer atmend inne. Er konnte nicht mehr.

»Derec?« Ariel schob sich neben ihn. »Jeff, warte mal.«

Jeff warf einen Blick über die Schulter, dann kam er zurückgekrochen. Er beobachtete Derec eine Weile und schüttelte den Kopf. »Ich weiß nicht, was wir tun sollen. Wir können doch jetzt nicht einfach anhalten.«

Derec hustete und warf verzweifelt den Kopf herum. Er wollte etwas sagen, war aber noch nicht wieder zu Atem gekommen. Statt dessen zeigte er mit Nachdruck auf die humanoiden Roboter.

Ariel drehte sich um. »Noch kommen sie nicht. Wenigstens sehe ich keinen.«

»Nein«, keuchte Derec. »Das meine ich nicht.« Er verfiel erneut in Schweigen und atmete schwer. In seinem Kopf drehte sich alles.

»Wir könnten versuchen, dich wieder zwischen uns zu nehmen«, sagte Jeff. »Aber das geht nur, wenn wir aufstehen.«

»Nun wartet doch mal.« Derec holte tief Luft und sah zu ihnen hoch. »Das sind keine Jäger. Da bin ich ganz sicher.«

»Wirklich?« Ariel rutschte näher an ihn heran. »Derec, bist du wirklich sicher? Dein Zustand ist nicht gerade der beste.«

»Jäger würden niemals vorbeigehen, ohne auch nur einen Blick zu riskieren. Das können keine Jäger sein.«

»Stimmt irgendwie«, sagte Jeff bedächtig. »Aber wer sind sie dann? Und was haben sie in diesem Tal zu suchen?«

»Auch dazu hab' ich mir was einfallen lassen«, sagte Derec. »Ich glaube, sie migrieren. Sie folgen dieser rätselhaften Migrationsprogrammierung, von der wir dir erzählt haben.«

»Demnach droht uns von ihnen weiter keine Gefahr«, sagte Jeff, »außer sie entdecken uns und werden von den Jägern danach gefragt. Sonstwie belästigen werden sie uns nicht?«

»So ist es«, sagte Derec. »Und wir können herausfinden, wohin sie unterwegs sind — wo ihr Versammlungspunkt ist. Und wozu das Ganze dient.«

»Jetzt?« sagte Ariel und schnitt eine Grimasse. »Derec, uns bleibt nicht mehr viel Zeit, Avery zu finden. Wir können nicht einfach vom Weg abweichen . . .«

»Nein! Verstehst du denn nicht? Die Sache mit der Migration geht auf Avery zurück. Wenn wir rauskriegen, worum es geht, finden wir ihn vielleicht auch. Er steckt dahinter, und offensichtlich ist ihm sehr daran gelegen.«

»Das hört sich ziemlich riskant an«, sagte Jeff.

»Na, hör mal! Riskant? Ich habe nicht mehr viel Zeit!« Derec sprach eindringlich, war nun jedoch zu schwach, um entsprechend laut zu werden. »Ich meine, wir hätten lange genug diskutiert. Also, was sollen wir tun?«

»Dort in der Reihe wimmelt es von Fußspuren der Roboter«, sagte Ariel. »Die unseren wären schwerer zu erkennen.«

»Klingt vernünftig«, sagte Jeff zögernd.

»Wenn nur Mandelbrot hier wäre«, sagte Ariel. »Und die arme Wolruf, die mit ihm in Robot City herumrennen muß. Ich frage mich, wo sie sind. Hoffentlich geht's ihnen gut.«

»Um die beiden können wir uns jetzt keine Sorgen machen«, sagte Derec. »Direkt helfen können wir ohnehin nicht. Wenn wir zu Avery vordringen, können wir ihn veranlassen, die Suche nach ihnen einzustellen. Wir müssen uns auf Avery konzentrieren.«

»Stimmt«, sagte Jeff. »Wahrscheinlich können sie besser auf

sich selbst aufpassen als wir, insbesondere Mandelbrot. Derec scheint der einzige zu sein, auf den es Dr. Avery abgesehen hat.«

»Ich hab' mir einiges überlegt«, sagte Derec. »Während wir vorhin durch den Schlamm gekrochen sind.«

»Na«, sagte Jeff, »dann laß mal hören. Wenn sie wirklich nicht hinter uns her sind, haben wir ein paar Minuten Zeit.«

»Es sei denn, die Jäger holen auf«, ergänzte Ariel.

»Also, hört zu«, sagte Derec. »Avery hat von Professor Leong erfahren, daß die beiden wichtigsten Triebkräfte kultureller Langlebigkeit die Weitergabe von Werten und der Erhalt einer eindeutigen Identität sind. Stimmt's?«

»Klar«, sagte Jeff.

»Die Vermittlung von Werten ist bei Robotern kein Problem; sie werden einfach programmiert. Sie können Informationen wesentlich schneller aufnehmen und bereithalten als Menschen.«

»Soweit keine Bedenken«, sagte Jeff.

Ariel nickte. »Wir wissen längst, daß diese Avery-Roboter sich von allen anderen Typen unterscheiden. Sie verhalten sich anders. Ihre Programmierung muß von Anfang an was Besonderes gewesen sein.«

»Genau«, sagte Derec. »Beide Tatsachen passen genau ins Schema. Und die isolierte Position von Robot City verhindert, daß von außen kulturelle Veränderungen herangetragen werden.«

Jeff nickte. »Die Koordinaten sind nach wie vor geheim.«

»Avery hat sich also diese zwei Lektionen zu Herzen genommen und sie benutzt, um Robot City zu gestalten«, sagte Ariel.

»Eine wichtige Frage bleibt zu klären«, sagte Derec. »Was für Werte hat er ihnen einprogrammiert?«

»Tüchtigkeit«, sagte Jeff.

»Harmonie«, sagte Ariel. »Beides. Eine Art Idealismus. Weißt du noch, wie sie uns ihren Entwurf zu Gesetzen der Humanik vorgelegt haben, in denen es um menschliches Idealverhalten geht? Robot City war als eine Art Utopia gedacht. Das wußten wir bereits.«

»Aber jetzt wissen wir, von welcher Art — auf welcher

Grundlage.« Derec nickte aufgeregt. In ihm stieg frische Energie auf und belebte ihn noch einmal.

»So langsam komme ich dahinter«, sagte Jeff. »Und was willst du dagegen unternehmen?«

»Das System herausfordern«, sagte Derec. »Es zu Fehlern zwingen, oder es zumindest als fehlerhaft hinstellen.«

»Du willst Avery aus der Reserve locken«, sagte Ariel. »Gut. Ich hab' verstanden. Aber . . . wie?«

»Wir müssen dem System — das heißt, dem Zentralcomputer — irrationale Ereignisse präsentieren«, sagte Derec. »Nur als Beispiel — als wir damals hier ankamen, haben uns die Überwacher gebraucht, um den Mord an einem Menschen aufzuklären. Das ist eine Schwachstelle des Systems.«

»Wir haben doch auch nie feststellen können, wer das Opfer war«, sagte Ariel. Sie fröstelte. »Der Mann sah genauso aus wie du. Mich packt bei dem Gedanken heute noch das Grausen.«

Derec sagte nichts. Als er Averys Büro zum ersten Mal betreten hatte, war er auf mysteriöse Informationen über den Toten gestoßen, von denen er Ariel nie etwas erzählt hatte. Das Thema jetzt aufzugreifen, war jedoch keine Zeit.

Jeff sah sie überrascht an. Diesen Aspekt der Geschichte hatte sie ihm vorenthalten.

»Also, vergessen wir das zunächst einmal«, sagte Derec gereizt. »Immer eine Krise nach der anderen. Die *Hamlet*-Aufführung haben wir arrangiert, um etwas in Gang zu setzen, mit dem die Roboter selbst noch nicht umgehen konnten.«

»Ich verstehe, worauf du hinauswillst«, sagte Jeff. »Auch das ist eine Schwachstelle des Systems. In Utopia darf es keine Verbrechen geben, und diese Avery-Roboter werden nicht allein mit ihnen fertig.«

»Genau«, sagte Derec. »Ich denke, wir müssen ein paar Verbrechen an humanoiden Robotern begehen. Wir sind nicht an die Gesetze der Robotik gebunden, und Mandelbrot ist nicht da, um sich einzumischen, falls eine Situation entsteht, in der die Gesetze zum Tragen kämen.«

Jeff grinste schelmisch. »Okay . . . werden wir kriminell. Was liegt als erstes an, Boß?«

Derec grinste ebenfalls, trotz seiner Beschwerden. »Wir müssen einen Robot betriebsunfähig machen.«

»Ihn ermorden?« Ariel schüttelte den Kopf. »Ich wüßte nicht wie. Ihre Köpfe sind so hart wie eine Schiffshülle. Wir könnten ihnen die Schädel anhauen, ohne daß sie es auch nur merken.«

Alle drei brachen sie in nervöses Gelächter aus. Die Hoffnung, endlich in die Offensive gehen zu können, löste ein wenig die Spannung.

»Ihre Körper auseinandernehmen können wir auch nicht«, sagte Jeff, immer noch grinsend. »Kein Werkzeug. Sonst könnten wir uns anschleichen, die Geräte anwerfen und nachher einen kleinen Schrotthaufen hinterlassen.«

»Und später könnten wir in den Handel mit gebrauchten Ersatzteilen einsteigen«, sagte Ariel. »Avery-Robotteile im Sonderngebot, echt billig.«

»Schon gut, schon gut.« Derec schüttelte den Kopf. »Wir brauchen keine körperliche Gewalt anzuwenden. Als erstes müssen wir in diese andere Reihe überwechseln und nach einem vereinzelten Robot Ausschau halten. Laßt uns rüberkriechen.«

Es dauerte lange, bis sie kriechend dort ankamen. Derec mußte unterwegs mehrfach haltmachen, um sich auszuruhen. Jedesmal machte er sich Sorgen, daß die Jäger sie einholen würden, ehe sie etwas erreicht hatten.

Schließlich hatten sie die letzten hohen, blättrigen Stengel vor dem Durchgang zwischen den Pflanzreihen erreicht. Dort kauerten sie am Rand der Reihe, wo Derec sich vorbeugen und den Hang hinaufspähen konnte. Jeff und Ariel saßen hinter ihm und sahen sich besorgt nach Jägern um, die natürlich auch aus einer anderen Richtung kommen konnten.

»Bisher ist nichts zu sehen«, sagte Derec. »Ich habe also Zeit, euch zu erklären, was ich mir vorgestellt habe.«

»Hoffentlich kommen überhaupt noch welche«, sagte Ariel. »Was passiert, wenn sonst keine zum Versammlungspunkt unterwegs sind?«

»Guter Einwand«, sagte Derec. »Vielleicht sollten wir ihnen folgen. Und einfach nach hinten Ausschau halten . . .«

»Funktioniert nicht«, sagte Jeff. »Diese Reihen sind absolut gerade. Wenn die Jäger kommen, müssen sie nur gleich am Ende des Passes den Hang runterschauen, um uns zu entdecken.«

»Wir bleiben besser hier.« Ariel machte es sich bequem. »Derec, verrate uns, was du vorhast, solange wir noch die Chance haben, uns abzusprechen.«

»Du hast doch die Gesetze der Humanik erwähnt«, wandte sich Derec an Ariel.

»An den genauen Wortlaut erinnere ich mich nicht, aber das vorläufige Erste Gesetz lief darauf hinaus, daß Menschen ihre Mitmenschen nicht verletzen dürfen oder durch Untätigkeit zu Schaden kommen lassen.«

»Die haben ja bloß die Gesetze der Robotik umformuliert.« Jeff zuckte die Achseln.

»Das Zweite Gesetz der Humanik könnte uns weiterhelfen«, sagte Derec. »Es besagt, daß Menschen einem Robot nur vernünftige Befehle erteilen und nichts von ihnen verlangen dürfen, was sie verstört. Aber das Dritte Gesetz der Humanik eignet sich am besten für uns. Es besagt, wir dürften keinem Robot Schaden zufügen oder ihn durch Untätigkeit zu Schaden kommen lassen, es sei denn, solcher Schaden wäre erforderlich, um einem Menschen zu helfen oder die Ausführung eines lebenswichtigen Befehls zu bewirken.«

»Wie willst du nun davon Gebrauch machen?« fragte Ariel.

»Wir müssen gegen das Dritte Gesetz der Humanik verstoßen, und vielleicht auch noch gegen das Zweite, um zu beweisen, daß hier selbst für Roboter kein Utopia vorliegt.« Derec sah sie nacheinander an. »Kapiert?«

»Bisher, ja«, sagte Jeff.

»Und wie fangen wir das an?« fragte Ariel.

»Wir müssen unser Opfer überzeugen, daß mein schlechter Gesundheitszustand seine Schuld ist.«

»Verstehe.« Jeff nickte. »Mit anderen Worten, du willst ihn zwingen, sich selbst abzuschalten, weil er meint, er hätte gegen das Erste Gesetz verstoßen. Das erscheint mir vernünftig. Es könnte eher gelingen als jeder Versuch, ihn niederzubringen.«

»Aber wie?« hakte Ariel nach. »Die sind doch nicht dumm. Die werden doch wissen, ob sie dich verletzt haben oder nicht?«

»Wir müssen so tun, als ob«, sagte Derec. »Ich hab' es mir noch nicht in allen Einzelheiten ausgedacht. Vielleicht können wir ihm weismachen, daß er euch beide veranlaßt hat, mich anzugreifen, oder so ähnlich.«

»Ich höre Schritte«, sagte Jeff.

Derec duckte sich und spähte vorsichtig hangaufwärts um die nächste Pflanze herum. Ein einzelner humanoider Robot kam zwischen den Reihen auf sie zu. Derec ging in die Hocke und wartete ab.

»Sag endlich: Was sollen wir tun?« flüsterte Ariel.

»Wir müssen wohl alle improvisieren«, flüsterte er und legte den Finger an die Lippen. »Ruhig jetzt.«

Als der Robot sie erreichte, warf sich Derec nach vorn und umschlang seine Beine.

»Halt!« rief Derec heiser und blickte zu dem Robot auf. Er brauchte nicht so zu tun, als habe er Schmerzen, sorgte jedoch dafür, daß sie an seinem Gesicht abzulesen waren. »Du hast mir weh getan.«

Der Robot blieb stehen und sah nach unten. »Wenn ja, dann ist das unabsichtlich geschehen. Ich bitte um Verzeihung.« Der Robot bückte sich, um Derec unter die Arme zu greifen und ihn hochzuziehen.

Bei der Berühung stieß Derec einen Schrei aus und erschlaffte. Er entglitt dem Zugriff des Robots und blieb mit dem Gesicht nach oben liegen.

»Du hast ihn umgebracht!« schrie Ariel und sprang auf. »Du Mörder, du hast ihn auf dem Gewissen!«

Derec bemühte sich, angesichts ihrer Vehemenz nicht zu lächeln. Er lag mit offenen Augen da, um verfolgen zu können, was passierte.

»Sieht ganz danach aus«, sagte Jeff. »Wie wär's, wenn du dich abschaltest, Freund. Du kannst doch nicht frei rumlaufen und weiter gegen das Erste Gesetz verstoßen.«

Der Robot bebte sichtlich. »Ich habe ihm keinen Schaden zugefügt. Unsere Berühung war minimal und von niedriger Intensität. Es liegt ein Mißverständnis vor. Ich werde ihm helfen, sich in angemessene Pflege zu begeben.«

»Nein! Rühr ihn nicht an!« kreischte Ariel und ruderte wild mit den Armen. »Du willst es wohl noch mal tun.«

»Menschen können nicht mehr als einmal sterben«, sagte der Robot. »Außerdem ist er gar nicht tot.«

»Er ist in sehr schlechter Verfassung«, sagte Jeff. »Durch deine Schuld. Ist dir das klar?«

Derec begann das Gesicht zu verziehen und sich vor Schmerzen zu winden, und mußte sich dazu kaum verstellen.

»Ich . . . kann . . . ihn nicht verletzt haben«, beharrte der Robot. »Mein Kontakt . . . mit ihm . . . dürfte ihm nicht geschadet haben.«

Das Stottern des Robots verriet, daß er von Zweifeln geplagt wurde. Derec fühlte sich ermutigt. Sie brauchten nur so weiterzumachen.

»Und keine Meldung an den Zentralcomputer«, sagte Jeff plötzlich. »Das hatte ich beinahe vergessen. Du hast doch noch keine Meldung gemacht, oder?«

»Nein . . . ich war . . . abgelenkt.«

»Dann laß es. Das ist ein Befehl. Zweites Gesetz. Verstanden?« bedrängte Jeff ihn mit ausgestrecktem Zeigefinger.

»Jawohl . . .«

»Findest du nicht auch, du solltest dich abschalten?« fragte Ariel eindringlich, die Hände auf die Hüften gestützt. »Nachdem du ihm das angetan hast?«

»Ich bin . . . nicht . . . überzeugt.«

»Wenn du nicht bereit bist abzuschalten«, sagte Jeff, »müssen wir ihn eben selbst zusammenschlagen. Das ist dann definitiv deine Schuld.«

»Das . . . ist doch unlogisch.«

»Schaltest du nun ab oder nicht?« erkundigte sich Ariel.

»Nein . . . ich werde nicht . . .«

»Moment mal«, keuchte Derec und versuchte, sich wie ein Verletzter anzuhören. »Du gibst doch zu, daß du diesbezüglich im Zweifel bist?«

»Ja.«

»Dann solltest du dich zumindest bereiterklären, mit uns an einen Ort zu gehen, wo wir weiter darüber diskutieren können.«

»Stimmt«, sagte Jeff. »Dagegen kannst du nichts einzuwenden haben, oder?«

»Gute Idee«, sagte Ariel und spähte den Hang hinauf. »Wir, äh, wollen doch nicht gestört werden.«

»Trage mich«, sagte Derec zu dem Robot. »Übrigens, wer bist du? Und was ist deine Funktion?«

»Ich . . . bin Pei«, sagte der Robot etwas weniger zögernd. »Ich bin Architekt.« Er bückte sich und hob Derec behutsam auf. »Wo . . . gehen wir hin?«

»Wir wollen diese Reihe entlang nicht mehr zu sehen sein«, sagte Jeff. »Aber auch nicht allzu weit weg. Äh, begeben wir uns doch hier durch die Pflanzenreihe auf die andere Seite.«

»Sehr wohl«, sagte Pei. »Allerdings sind wir dann entlang dieser Reihe immer noch zu sehen, es sei denn, wir entfernen uns ein Stück. Ich sehe weiter vorn eine leichte Senke im Gelände, die möglicherweise genügt, wenn wir uns alle auf den Boden setzen.«

»Ausgezeichnet«, sagte Ariel. »Kommt, beeilen wir uns.«

Da Pei Derec mitschleppte, kam die Gruppe zum ersten Mal, seit sie die *Minneapolis* verlassen hatte, zügig voran. Im Gehen entspannte sich Derec ein wenig und schloß die Augen. Es war eine Erleichterung, sich wieder einmal ausruhen zu können, und sei es nur ein paar Augenblicke, bis sie wieder haltmachten.

Pei setzte ihn mit extremer Vorsicht ab. Dann ließen sich die anderen um ihn herum auf dem feuchten weichen Boden nieder.

»Erklären Sie . . . meine Übertretung . . . des Ersten Gesetzes«, sagte Pei. Er begann wieder ein wenig stärker zu zittern.

Derec, der mit geschlossenen Augen dalag, bekam Schuldgefühle, daß er den Robot so in die Enge trieb. Er führte sich jedoch vor Augen, daß eben dieser Robot von Avery programmiert worden war. Sollten der Zentralcomputer oder die Jäger dahinterkommen, daß er mit ihnen zusammen war, und ihn entsprechend instruieren, würde er sie alle drei ausliefern.

Außerdem ließ er sich später ohne bleibenden Schaden reparieren oder neu programmieren. *Ich kann nicht anders,* dachte Derec. Er machte die Augen auf.

»Du hast mir weh getan«, versicherte Derec, so nachdrücklich er konnte. »Schalte dich ab.«

»Wenigstens ein Weilchen, weißt du, bis du überprüft worden bist«, sagte Ariel. »Das ist doch die übliche Prozedur, nicht?«

Ihre Wortwahl kam Derec lahm vor. Er erkannte, daß auch sie von Schuldgefühlen geplagt wurde.

»Erst . . . muß ich . . . überzeugt sein«, sagte Pei.

Kapitel 16

Angriff auf Utopia

Plötzlich kam Derec auf eine neue Idee. Er rollte mühsam auf die Seite und zog die schmerzenden Beine an. Dann stürzte er sich ohne Vorwarnung auf Jeff und packte seine Kehle, als wolle er ihn erwürgen.

Sobald er seine Hände um Jeffs Hals gelegt hatte, ergriff Pei auch schon sanft seine Handgelenke. Obwohl er nicht fest zudrückte, schrie Derec und wich aus, riß seine Arme los und ließ die Hände schlaff herabhängen. Dann brach er mit geschlossenen Augen auf dem Boden zusammen.

»Du kannst es wohl nicht lassen!« brüllte Jeff, wenn auch nicht allzu laut.

»Diesmal hast du ihm wirklich weh getan«, sagte Ariel.

»Das war eine akzeptable Handlung«, sagte Pei. »Ich habe größeren Schaden von diesem Menschen abgehalten, indem ich mit einer weniger schädlichen Handlung den anderen Menschen abgehalten habe, ihn anzugreifen. Ein Verstoß gegen das Erste Gesetz liegt nicht vor.« Er sprach mit größerer Zuversicht.

Derec machte die Augen auf, rührte sich jedoch nicht.

»Äh . . .« Jeff warf einen hilfesuchenden Blick auf Ariel.

»Du hast es übertrieben«, sagte Ariel aufgeregt. »Sieh ihn doch an. Das war wirklich nicht nötig!«

»Das stimmt«, verkündete Jeff. »Ihn mit angemessener Gewalt davon abzuhalten, wäre in Ordnung, aber so geht's nicht!«

Pei blickte auf Derec herab. »Ich . . . kann . . . ihm nicht weh getan haben. Ich . . . habe . . . sanft zugepackt.«

»Nicht sanft genug«, schrie Ariel. »Nun hast du ihn schon zum zweiten Mal verletzt. Du begreifst einfach nicht, wie empfindlich Menschen sind.«

»So ist es«, ereiferte sich Jeff. »Da liegt das Problem. Wenn du noch nie Kontakt mit Menschen hattest, würde das alles erklären. Ich schlage vor, du schaltest dich ab, bis dein Urteilsvermögen richtig eingestellt ist. Oder so ähnlich.« Er wandte sich mit einem lahmen Achselzucken erneut Ariel zu.

»Ja, dein Urteilsvermögen«, stimmte Ariel zu, »es ist sozusagen im Kern defekt. Du darfst nicht riskieren, deswegen einen Menschen zu verletzen, stimmt's?«

»Vielleicht . . . haben Sie . . . recht.« Peis Stimme verklang, und er erstarrte.

»Pei, bist du bei Bewußtsein?« fragte Ariel vorsichtig.

»Pei, wenn du mich hören kannst, dann sag Bescheid, ich befehle es dir«, sagte Jeff.

Als Derec nichts hörte, richtete er sich auf einen Ellbogen gestützt mühselig auf. »Heh, es hat also doch noch geklappt.«

»Ich denke schon«, sagte Ariel.

»Dann wird es wieder klappen«, sagte Jeff. »Nachdem wir jetzt wissen, wie, können wir unsere Technik verfeinern.«

»Gehen wir dorthin zurück, wo sie vorbeikommen«, sagte Derec. »Könntet ihr mir wohl aufhelfen?«

Wieder einmal halfen ihm Jeff und Ariel auf die Beine und legten sich seine Arme um die Schultern. Dann schleppten sie sich zu dritt zu jener Reihe zurück, die von den humanoiden Robotern als Weg ins Tal hinab benutzt wurde. Dort angekommen, ließ sich Derec wieder zu Boden sinken.

Nun gingen Jeff und Ariel nervös zwischen den hohen Stengeln zu beiden Seiten der Furche auf und ab.

»Wie wär's, wenn wir jetzt weitergingen?« sagte Ariel. »Ist nicht ein überfallener Robot genug? Immerhin haben ein ermordeter Mensch und ein ermordeter Robot in Robot City jeweils größere Krisen ausgelöst.«

»Ein guter Einwand«, sagte Jeff. »Vielleicht können wir ihn hier herüberschleppen, wo ihn der nächste migrierende Robot mit Sicherheit findet. Dann könnten wir weitergehen, damit die Jäger uns nicht einholen.«

»Ich kann euch nicht helfen, ihn zu holen«, sagte Derec. »Und er ist ziemlich groß. Ich bezweifle, daß ihr zwei ihn allein herholen könnt.«

Jeff fuhr sich mit der Hand durch das gerade schwarze Haar und seufzte. »Du hast recht. Der Tag war anstrengend genug, und wir haben möglicherweise einen weiten Weg vor uns.«

»Nur noch ein Robot«, sagte Derec. »Mehr brauchen wir nicht.«

»Wovon redest du?« wollte Ariel wissen. »Wenn wir hierbleiben und auf die Jäger warten, ist ohnehin alles umsonst. Wir müssen hier weg.«

»Nur noch ein Robot. Statt ihn zu überfallen, werden wir sicherstellen, daß er Pei dort drüben sieht. Dann machen wir uns wieder auf den Weg.«

»Also . . . gut«, sagte Ariel. »Wir warten noch ein Weilchen. Aber wenn nicht bald einer kommt, brechen wir trotzdem auf. Einverstanden?«

»Von mir aus«, sagte Derec. »Aber denkt dran. Es muß ein einzelner Robot sein. Ich bin ziemlich sicher, daß es schwieriger wäre, mehr als einen in die Irre zu führen, weil die anderen aufpassen und womöglich den Betrug aufdecken würden. Das Risiko wollen wir nicht eingehen.«

Es kamen binnen kürzester Zeit tatsächlich mehrere Roboter an ihnen vorbei, die alle insofern allein migrierten, als sie nicht zu einer Mannschaft oder einem Arbeitsteam gehörten. Allerdings waren sie häufig in Sichtweite des nächsten Robots hinter ihnen, und Derec wagte es nicht, unter diesen Umständen ihre Scharade durchzuführen.

»Denkt dran«, sagte Derec, »daß für die Jäger soviel Zeit noch gar nicht vergangen ist, um aufzuholen. Es kommt uns nur so lange vor, weil wir verängstigt sind.«

»Da kommt wieder einer«, sagte Ariel und spähte um den blättrigen Stengel am Rand der Pflanzreihe herum. »Sieht gut aus. Ich kann hinter ihm bisher niemanden entdecken.«

Jeff schob sich neben sie, um selbst einen Blick zu riskieren. »Hey, Derec. Ich glaub', das ist es. Wir haben wieder einen erwischt.«

»Endlich. Also gut. Kurz bevor er hier ankommt, werfe ich mich zu Boden, und du greifst mich an.« Er lächelte kläglich. »Nicht zu hart, ja? Ich bin so schon halbtot.«

»Derec, sag so was nicht —« hob Ariel an.

»Hey — Moment mal«, sagte Jeff. »Den Robot kenne ich. Das ist . . . wie hab' ich ihn genannt? Ach, ja, hallo, Blechschädel!« Jeff trat dem Robot in den Weg.

Der blieb abrupt stehen und sah ihn irgendwie überrascht an. »Sprechen Sie mit mir?«

»Identifiziere dich«, sagte Jeff.

»Ich bin Vorarbeiter 3928 Energiepackreparatur«, sagte der Robot. »Ich folge meiner Migrationsprogrammierung. Bitte erlauben Sie, daß ich weitergehe.«

»Das kommt mir bekannt vor. Ich bin sicher, du bist es.« Jeff nickte, wobei er den Augenschlitz des Robots und seine Gestalt musterte.

»Jeff, was soll das?« fragte Derec.

»Ich kenne diesen Typen«, sagte Jeff. »Ich hab' ihm sogar einen Spitznamen verpaßt. Er war damals sehr hilfsbereit.«

»Die sind doch alle umprogrammiert«, sagte Ariel mit Nachdruck. »Das wissen wir mit Sicherheit, stimmt's? Er wird von deinem früheren Aufenthalt nichts mehr behalten haben. Laß uns weitermachen.«

»Komm schon, Freund, erinnere dich«, grinste Jeff. »Du hörst außerdem auf den Namen Blechschädel, nicht wahr?«

»Ja. Ich höre auf den Namen Blechschädel.«

Ariel verbarg ihr verblüfftes Auflachen hinter vorgehaltener Hand.

»Na also!« Jeff wandte sich grinsend an sie und Derec.

Derec zuckte die Achseln.

»Ich bin der Mensch, der früher in einem Robotkörper

gesteckt hat«, sagte Jeff zu Blechschädel. »Ich habe dir deinen Namen verpaßt, und jetzt habe ich weitere Instruktionen für dich. Erstens, du sollst dem Zentralcomputer keine Meldung hiervon machen. Kapiert?« Er blinzelte Derec zu. »Das hab' ich bei meinem letzten Aufenthalt auch immer gesagt.«

»Verstanden«, sagte Blechschädel.

»Erinnerst du dich an mich?« fragte Jeff.

»Nein.«

»Wirklich nicht?« fuhr Jeff auf. »Warum hörst du dann immer noch auf Blechschädel?«

»Ich hab's«, sagte Derec. »Alle Roboter von Robot City wurden über den Zentralcomputer umprogrammiert, aber ihre Identität und ihre Bezeichnung wurde nicht geändert. Das wäre unproduktiv im Sinne Averys, weil der Zentralcomputer weiterhin in der Lage sein muß, die verschiedenen Roboter zu kontaktieren und darum auch wiederzuerkennen.«

»Kann sein«, sagte Jeff. »Ich bin enttäuscht. Ich dachte, ich hätte einen alten Freund wiedergefunden.«

»Das ist noch gar nichts«, sagte Derec. »Du hättest die Begrüßung sehen sollen, die wir von Euler bekommen haben, auch einem alten Freund von uns. Er war es, der die Jäger auf uns gehetzt hat.«

»Jedenfalls ist er hilfsbereit«, sagte Jeff. »Vielleicht können wir auf unser Drehbuch verzichten.« Er wandte sich an Blechschädel. »Wir müssen dir was zeigen. Bevor wir das tun, erbitten wir jedoch deine Hilfe — nein, wir *verlangen* gemäß dem Ersten Gesetz deine Hilfe.«

»Wie kann ich Ihnen behilflich sein?« fragte Blechschädel.

»Dieser Mensch ist Derec, und er ist schwer krank. Wir . . .«

»Das sieht man«, sagte Blechschädel.

»Ein Komiker«, murrte Derec.

»Du mußt ihn eine Weile für uns tragen«, sagte Jeff.

»Warum?«

»Wir . . . werden von jenen verfolgt, die ihm weiteren Schaden zufügen wollen«, sagte Ariel langsam, um die richtige Formulierung bemüht.

»Genau«, sagte Derec.

»Wer sind jene?« fragte Blechschädel.

»Das können wir dir nicht sagen«, erklärte Jeff. »Aber darauf kommt's nicht an, oder? Schaden ist gleich Schaden, wenn es um das Erste Gesetz geht.«

»Ich bin einer Programmierung von hoher Priorität unterworfen, zu migrieren«, sagte Blechschädel. »Um dagegen anzukommen, muß ich die Dringlichkeit des potentiellen Schadens verstehen.«

»Augenblick«, sagte Derec. »Wir können beides miteinander vereinbaren. Siehst du — dort drüben die Stelle, wo sich der Boden absenkt?«

»Ja.«

»Dort liegt ein inaktiver humanoider Robot. Nachdem du uns in Sicherheit gebracht hast, mußt du ihn dem Zentralcomputer melden, vorher aber nicht. Hast du verstanden?«

»Soweit schon«, sagte Blechschädel.

»Erst mußt du mich tragen, und die anderen beiden auf Umwegen zu eurem Versammlungspunkt führen. Dadurch werden deine Programmierung und unsere Bedürfnisse gemäß dem Ersten Gesetz vereinbar. Kannst du das tun?«

»Meine Programmierung verlangt, daß ich auf direktem Wege migriere«, sagte Blechschädel. Er wandte sich der Senke zu. »Dort soll ein humanoider Robot einen Defekt erlitten haben?«

»Mehr oder weniger«, sagte Derec. »In Wahrheit ist er überfallen worden.«

»Überfallen? Im Sinne von krimineller Gewaltanwendung?«

»Ja, so hatt' ich es gemeint.«

Blechschädel richtete seinen Augenschlitz direkt auf Derec. »Steht dieser Vorfall in direkter Verbindung zu der Gefahr, in der Sie schweben?«

»Äh — ja! Es besteht eine direkte Verbindung«, sagte Derec. »Wie, steht jetzt nicht zur Debatte. Wirst du uns nun helfen oder nicht?«

»Ich denke, das genügt als Grund, Sie auf Umwegen in die Richtung meines Versammlungspunkts zu führen.« Blechschädel bückte sich und hob Derec mit selbst für einen Robot überraschender Sanftheit auf. »Folgen Sie mir«, sagte er zu Jeff und Ariel.

Derec stieß einen Seufzer der Erleichterung aus. Solange sie den Jägern voraus blieben, hatten sie eine Chance, und Umwege, die ein Roboter machte, waren der Fähigkeit der Jäger, dahinterzukommen, zumindest ebenbürtig — jedenfalls besser als ihre eigenen Täuschungsmanöver.

Er hatte vor, Blechschädel anzuweisen, daß er ihn vor Erreichen des Versammlungspunkts absetzte und seinen Kontakt mit ihnen geheimhielt. Dann, dachte Derec schläfrig, konnte er ihm außerdem eine Erklärung bezüglich der Migrationsprogrammierung entlocken. Jetzt war er dafür zu müde . . .

Die kraftvolle rhythmische Gangart Blechschädels und Jeffs und Ariels Schritte direkt hinter ihnen lullten ihn ein. Die Nachricht von ihrem Überfall auf den Robot würde Dr. Avery mit Sicherheit erreichen. Was Derec jetzt brauchte, war Mandelbrot. Mandelbrot konnte den Zentralcomputer anrufen, und man konnte sich anders als bei Blechschädel und den anderen Avery-Robotern bei ihm darauf verlassen, daß er ohne komplizierte Diskussionen über die Gesetze helfen würde.

Mandelbrot . . . und Wolruf. Er schlief über dem Gedanken ein, was wohl aus ihnen geworden sei.

Mandelbrot stand bewegungslos in einer Reparaturwerkstatt. Sie hatten lange gebraucht, um hierherzugelangen, hatten eine erstaunlich weite Strecke zurückgelegt. Erst vor wenigen Augenblicken war er von einem hilfsbereiten Robot hier abgestellt worden.

Mit Hilfe zweiter Maßnahmen war es ihm gelungen, die Jäger abzuhängen. Erstens hatte er sich von einem Robot tragen lassen, um seine Wärmespur zu eliminieren, zweitens hatte er sich als defekter Robot ausgegeben. Offenbar gingen die Jäger, die ja keinen Grund zu der Annahme hatten, daß er reparaturbedürftig sei, weiter davon aus, daß er vor ihnen auf der Flucht war. Er mußte nur verschwinden, ehe sie auf den Gedanken kamen, hier Nachforschungen anzustellen.

Außerdem mußte Mandelbrot hier weg, ehe die Reparaturroboter Beweise für seine Identität verlangten, und damit war demnächst zu rechnen.

Zunächst hatte ihn überrascht, daß man ihn abgestellt hatte und warten ließ. Wegen der Tüchtigkeit der Avery-Roboter hatte er erwartet, sofort dranzukommen. Doch als er sich den Betrieb in der Werkstatt angesehen hatte, wurde ihm klar, daß Robot City wie üblich mit ureigener Effizienz funktionierte.

Die Werkstatt hatte die Reparatur einer großen Zahl beschädigter oder defekter Roboter zu bewältigen. Mandelbrot entnahm den Gesprächen, die er über Komverbindung belauschte, daß die Migrationsprogrammierung im wesentlichen abgeschlossen war. Offenbar war in ganz Robot City nur noch Stammpersonal tätig.

Deshalb waren auch die meisten Reparatureinheiten geschlossen worden. Die Roboter, die hier instandgesetzt wurden, waren entweder Angehörige des Stammpersonals, oder sie wurden umprogrammiert. Wer mit aktivierter Migrationsprogrammierung eingeliefert wurde, bekam sie gelöscht und wurde als Reserve für die Rumpfmannschaften dabehalten.

Demnach gedachte Robot City, längere Zeit ohne die migrierenden Roboter auszukommen. Und jedem Robot, der nicht schnell seinen Versammlungspunkt erreichte, wurden neuen Aufgaben zugewiesen. Mandelbrot schloß daraus, daß er es sich nicht leisten konnte, hier noch länger zu warten, da sonst die Gefahr bestand, daß er umprogrammiert und als Helfer der Menschen unbrauchbar gemacht wurde.

Mandelbrot stand neben vier weiteren Robotern. Zwei davon saßen, da mechanische Defekte sie beim Stehen oder Gehen behinderten. Die beiden anderen standen, und das Ausmaß ihrer Defekte war nicht zu erkennen. Sie alle hatten es geschafft, die Werkstatt zu erreichen, solange sie noch eben funktionsfähig waren.

Mandelbrot sah sich einen Moment lang im Raum um. Einige wenige humanoide Roboter, die dieser Einrichtung zugeteilt waren, überwachten eine große Zahl von Funktionsrobotern, welche die eigentliche Reparaturarbeit leisteten. Ein Funktionsrobot rollte soeben an Mandelbrots Warteschlange entlang und nahm mit einem Auge an einem langen, flexiblen Tentakel Seriennummern und ähnliche Daten auf.

Mandelbrot machte kehrt und verließ eilig das Gebäude. Draußen bestieg er eine Gleitbahn und rannte darauf in Richtung der Berge, die von hier aus nicht mehr zu erkennen waren. Er wußte, in welcher Richtung sie lagen, mußte sich jedoch wegen der geeignetsten Route auf das verlassen, was er dem Sichtschirm im Schiff entnommen hatte.

»Halt«, rief ein Robot ihn über Komverbindung auf. »Du bist defekt und in Gefahr, noch einschneidendere Defekte zu riskieren. Das ist ein Verstoß gegen das Dritte Gesetz, der deine sofortige Abschaltung . . .«

Mandelbrot brach den Empfang ab. Da er in gutem Zustand war, betraf ihn das alles nicht. Er hatte gewußt, daß sie seinen Abgang bemerken würde, und verließ sich darauf, daß sie seine Gefangennahme nicht mit so hoher Priorität behandeln würden wie die Jäger. Schlimmstenfalls würden sie einen Jäger beauftragen, ihn als defekten Ausreißer zu fangen, nicht aber als Eindringling in Verbindung mit Derec.

Ein Stück voraus sah er eine Tunnelstation. Ohne sich noch einmal umzusehen, sprang er von der Gleitbahn und rannte die bewegliche Rampe hinab zur Einstiegszone. Gleich darauf stand er bereits in einer Plattformkabine und hatte sie programmiert, ihn in größtmögliche Nähe des Gebirges zu befördern.

Die Fahrt würde einige Zeit in Anspruch nehmen. Er schaltete seine Komverbindung wieder ein, um ein wenig zu spionieren.

Der Zentralcomputer sendete gegenwärtig zwei Alarmmeldungen von hoher Priorität aus.

Die eine war, daß die Jäger nun nach einem defekten Robot suchten, der offenbar gegen das Dritte Gesetz verstoßen hatte, indem er aus einer Reparatureinrichtung geflohen war. Weil es um die Gesetze ging, waren alle humanoiden Roboter aufgefordert, nach ihm Ausschau zu halten. Es folgte eine Aufzählung der physischen Merkmale Mandelbrots. Da er aus der Werkstatt entkommen war, ehe man ihn untersucht hatte, mußten sie sich darauf beschränken, aber er unterschied sich auch optisch genug von den Avery-Robotern.

Der zweite Alarm bezog sich darauf, daß man im Anbaugebiet einen unter mysteriösen Umständen abgeschalteten humanoiden Robot aufgefunden hatte. Über die Ursache war nichts bekannt. Die Überwacher gaben den dringenden Befehl aus, alle Roboter mit Informationen über diesen Vorfall sollten sich augenblicklich melden.

Solche Totalschäden waren in Robot City außerordentlich selten. Mandelbrot war sicher, daß dieser hier in den Köpfen der Überwacher, wenn nicht gar bei Avery selbst, Erinnerungen an den Robotermord wachrufen würden, den Derec hier aufgeklärt hatte.

Mandelbrot war an diesen Befehl natürlich nicht gebunden. Er war sicher, daß seine Menschenfreunde in irgendeiner Weise damit zu tun hatten, und ebenso sicher war er, daß die Jäger darauf kommen würden. Beweise hatten sie allerdings nicht.

Außerdem rechnete er mit der Erkenntnis der Jäger, daß der ausgerissene Robot derjenige sein mußte, hinter dem sie ohnehin her waren. Nicht, daß es darauf angekommen wäre, denn er mußte ihnen so oder so aus dem Weg gehen. Mandelbrot merkte, wie der Impuls des Ersten Gesetzes ihn immer stärker vorantrieb, da die Jäger den Menschen nun wahrscheinlich näher waren als er.

Die Plattformkabine raste weiter durch den Tunnel auf die Berge zu. Sie war das schnellste Transportmittel, das ihm zur Verfügung stand, doch es kam ihm viel zu langsam vor.

Kapitel 17

Jeffs Gefälligkeit

Derec hörte Ariel seinen Namen rufen. Der Ruf erklang aus der Finsternis, aus dem Nebel, aus frostiger Luft . . . bis er endlich die Augen öffnete und zu ihr aufblickte. Hinter ihr schwankte eine dichte, hohe Gräserart im Dämmerlicht, von dem das gesamte Tal durchflutet war. Zunächst sagte er nichts, versuchte sich zu erinnern, wo sie waren. Die Umgebung war ihm völlig fremd.

»Derec, *bitte* wach doch auf. Wir müssen weiter«, sagte sie flehentlich.

»Komm, ich helf' dir.« Jeff schob den Arm unter Derec und half ihm, sich aufzusetzen.

»Wo sind wir?« fragte Derec und sah sich um. Seine Stimme klang trocken und heiser. »Was ist passiert?«

»Du bist eingeschlafen, während Blechschädel dich getragen hat«, sagte Ariel. »Jetzt ist er fort.«

»Du hast lange geschlafen«, sagte Jeff. »Es muß inzwischen Mitternacht sein. Und kälter wird's auch.«

Derec nickte, verschränkte die Arme und rieb sie sich. »Bestimmt hat Blechschädel dem Zentralcomputer den überfallenen Robot sofort gemeldet, nachdem er uns verlassen hatte.«

»Was unseren Standort angeht«, sagte Ariel, »hat Blechschädel uns im Zickzack am Boden des Tals entlanggeführt und am anderen Ende wieder ein Stück den Hang hinauf. Ich glaube, wir sitzen in einem Weizenfeld.«

Widerstrebend ließ Derec zu, daß Jeff ihn auf die Beine stellte. Sein ganzer Körper schmerzte. Er lehnte sich schwer atmend gegen Jeffs Schulter und versuchte, sein Gleichgewicht wiederzufinden.

»Wir haben dich geweckt, weil wir weitermüssen«, sagte Ariel. »Die Jäger werden während der Nacht nicht anhalten.«

»Fällt dir noch was ein, Derec?« fragte Jeff. »Avery hat inzwischen sicher von dem Überfall gehört.«

Derec schüttelte den Kopf. Er hatte vollauf damit zu tun, richtig aufzuwachen. »Ich weiß nicht, womit wir zu rechnen haben. Ich weiß auch nicht, wie lange die Nachricht braucht, um Wirkung zu zeigen.« Er richtete sich auf. »Ich wollte Blechschädel doch nach der Migration fragen. Wißt ihr, wo sein Versammlungspunkt ist?«

»Nicht genau«, sagte Jeff. »Als er ging, hat er sich schräg zum Hang bewegt, aber ich stelle mir vor, daß er unterwegs zu dem einen Durchgang war, den sie alle benutzen.«

»Da können wir uns nicht hinwagen«, murmelte Derec.

Plötzlich ergriff Ariel seinen Arm. Sie wies schweigend mit dem Kopf auf etwas, das sie über seine Schulter hinweg gesehen hatte.

Derec und Jeff drehten sich um. Am Hang kam eine auf die Entfernung kaum als solche erkennbare humanoide Gestalt auf sie zu.

»Nichts wie los«, sagte Derec und spürte einen Anflug von Erregung. »Dieser Robot ist nicht auf Migrationsroute, also muß er ein Jäger sein, und er hat uns bestimmt gesehen. Ich fürchte, er wird uns bald eingeholt haben.«

Die drei machten sich in entgegengesetzter Richtung auf den Weg, aber Derec kam vor lauter Stolpern kaum voran. Wie gehabt stützten Jeff und Ariel ihn, indem sie sich seine Arme über die Schultern legten. Derec erkannte mit Bestürzung, daß sein Zustand so weit fortgeschritten war, daß ihn nicht einmal mehr ein Adrenalinstoß beleben konnte.

Als sie die Grenze zwischen dem Weizen und einem Feld mit ihm unbekannten niedrigen, buschigen Pflanzen erreichten, blieb Jeff stehen und ließ Derecs Arm fallen.

»Wißt ihr was, wir müssen uns aufteilen.« Er sah sich nach dem Jäger um, der immer noch weit weg, aber nun deutlich nähergekommen war.

»Warum uns die Mühe machen?« sagte Derec niedergeschlagen.

»Vielleicht gelingt es mir, ihn abzulenken. Und selbst wenn sie mich als ersten fangen, droht mir wohl am wenigsten Gefahr von Avery. Gegen mich wird er nichts haben.«

»Er ist verrückt«, wandte Ariel ein. »Du kannst nicht von ihm erwarten, daß er vernunftgemäß handelt.«

»Das mag ja sein. Aber wenn wir uns aufteilen, erhöht das die Chancen, daß wir ihm Derec noch eine Weile entziehen. Vielleicht wird sich Avery in der Zeit, die wir dadurch gewinnen, sogar zeigen.«

Derec blickte prüfend zu ihm auf. »Bist du sicher, daß du ein so großes Risiko eingehen willst?«

Jeff grinste ihn an und zuckte die Achseln. »Hey, hab' ich nicht gesagt, daß ich euch einen Gefallen schulde?«

Derec legte ihm einen Moment lang dankbar die Hand auf den Arm, dann wandte er sich ab und machte sich hangaufwärts auf den Weg. Ariel schlang kurz die Arme um Jeff, dann eilte sie hinter Derec her. Jeff lief ein paar Meter den Hang hinab und ließ sich dann auf alle viere nieder, um durch das niedere Gestrüpp des angrenzenden Feldes zu kriechen.

Derec klammerte sich haltsuchend an Ariel, während sie sich langsam entlang der Furche zwischen den beiden Feldern den Hang hinaufschleppten. Gleich darauf verbarg sie der hohe, grüne Aurora-Weizen vor den Blicken des Jägers, aber er hatte ihre Manöver mit Sicherheit beobachtet und an die übrigen Jäger weitergegeben, wo immer die sein mochten.

Mandelbrot stand am Ausgang von einem der ins Tal führenden Pässe und beobachtete das Anbaugebiet. Er war nur schwach beleuchtet, aber er konnte mit seinem überlegenen robotischen Gesichtssinn eben noch die winzigen Gestalten erkennen, die sich in der Ferne bewegten. Er hielt inne, um das ganze Tal in Augenschein zu nehmen.

Einige der höheren, dichteren Pflanzen nahmen ihm die Sicht, aber er konnte mehrere humanoide Roboter erkennen, die in gerader Linie den gegenüberliegenden Hang erklommen. Sie benahmen sich nicht wie Jäger, deshalb nahm er an, daß sie migrierten. Drunten am Boden des Tals sah er zwei große Roboter systematisch die Pflanzreihen durchkämmen, und er war sicher, daß es sich um Jäger handelte.

Dann entdeckte er an anderer Stelle am gegenüberliegenden Hang eine menschliche Gestalt, die sich durch ein Feld robbte. Mandelbrot mußte hilflos mitansehen, wie ein vereinzelter Jäger von hinten darauf zugerannt kam und den Menschen hochzerrte. Dem lebhaften Widerstand nach, den er nun zu sehen bekam, konnte dieser Mensch nicht Derec sein, und Ariel, meinte er, war kleiner.

Ein Stück oberhalb des Gerangels sah Mandelbrot Derec und Ariel, die sich schmerzhaft langsam zwischen niedrigen Bäumen vorwärtsschleppten.

Mandelbrots Programmierung und seine Kenntnis der Gefahren, die von Dr. Avery drohten, setzten Derec an erste Stelle seiner Prioritäten. Während den Jägern eine enggefaßte Definition ihrer Pflichten einprogrammiert war, die ihnen erlaubte, Menschen festzunehmen, solange sie ihnen nicht weh taten, hatte Mandelbrot eine weitgespanntere Denkperspektive und sah die Festnahme durch die Jäger als ersten Schritt auf dem Weg zu praktisch sicherem Schaden. Im Augenblick mußte er daher Jeffs Gefangennahme ignorieren und Derec und Ariel helfen, wenn er konnte. Er merkte sich Position und Richtung der Jäger, die er sehen konnte, und eilte den Hang hinab.

Derec und Ariel stolperten am anderen Ende des Obstgartens auf einen ausgetretenen Pfad, der geradewegs den Hang hinaufbeziehungsweise hinabführte.

»Ich weiß nicht mehr, wo wir sind«, keuchte Derec. Er blieb stehen, beugte sich vor und stützte die Hände auf seine Knie. »Das muß wieder der Migrationsweg sein. Sieh dir die vielen Roboterfußspuren an. Dieses Tal hat wohl normalerweise nicht viel Fußgängerverkehr. Sonst wäre dieser Weg gepflastert.«

Ariel nickte und schob ihn den Hang hinauf, dessen weicher Schlammboden vom vielen Hin und Her aufgewühlt war. Offenbar wurde hier in regelmäßigen Abständen die Berieselung eingeschaltet. »Komm schon«, murmelte sie atemlos.

Sie hatten sich soeben wieder auf den Weg gemacht, als direkt über ihnen eine hochgewachsene Gestalt zwischen den

Pflanzen hervortrat. Sie warf einen massiven Schatten, als sie den Hang herab auf sie zukam. Derec blickte zu dem vierschrötigen Jäger auf, der vorsichtig näherkam und bemüht war, auf dem unsicheren Boden sein ohnehin wackliges Gleichgewicht zu halten.

»Komm!« Ariel zerrte ihn seitwärts zurück in den Obstgarten. »Beeil dich.«

»Ich kann nicht«, flüsterte er kläglich. »Ich bin zu schwach, um mich zu beeilen.« Doch er folgte ihr, bis sie einen Moment später abrupt haltmachte.

Vor ihnen wartete ein weiterer Jäger zwischen den Bäumen, eine düstere Silhouette vor dem gedämpften Licht.

Sie machten erneut kehrt und entdeckten noch zwei Jäger, die sich zwischen den Bäumen durchkämpften und dabei abgeknickte Zweige und rauschende Blätter zurückließen. Sie kamen auf direktem Wege den Hang herauf, ohne sich die Mühe zu machen, einer Reihe oder Furche zu folgen. Ihr Schweigen und ihre gleichgültigen Mienen nahmen Derec und Ariel jeden Mut.

Derec lehnte sich erschöpft gegen Ariels Schulter, unfähig, den Kampf aufzunehmen. Sie legte die Arme um ihn, mehr um seinetwillen, nahm er an, als aus Angst. Er starrte in hilfloser Wut dem Jäger entgegen, der ihnen am nächsten war.

Als dieser Jäger soeben nach ihnen greifen wollte, entdeckte Derec einen seltsam flexiblen Robotarm, der sich von hinten um den Hals des Angreifers schlang und einige rasche Bewegungen ausführte, worauf der Jäger erstarrte. Er war komplett abgeschaltet worden.

Derec kniff die Augen zusammen, viel zu verblüfft, um zu reagieren.

»Schnell!« rief Mandelbrot und kam hinter dem Jäger hervor. Sein zellularer Arm, den Derec ihm vor langer Zeit eingesetzt und dann befohlen hatte, ihn als normalen Robotarm zu tarnen, nahm gerade wieder seine übliche steife Form an.

»Los, komm!« Ariel schob Derec an Mandelbrot vorbei, um ihren Beschützer zwischen sich und die Jäger zu bringen.

Sie schlugen sich erneut durch die Bäume, nachdem ihnen

Mandelbrot neue Hoffnung gemacht hatte. Ariel führte ihn in Schlangenlinien zwischen den Obstbäumen hindurch. Sie bewegten sich so unbeholfen und laut, daß von Heimlichkeit nicht die Rede sein konnte. Einmal verfing sich Derec in einem belaubten Zweig und mußte stehenbleiben, um wieder freizukommen. Er nutzte den Augenblick und sah sich nach Mandelbrot um.

Ursprünglich waren vier Jäger hinter ihnen hergewesen. Mandelbrot hatte sich offenbar am Instrumentarium des ersten zu schaffen gemacht und ihn neutralisiert. Dann hatte er die anderen drei Jäger angegriffen. Dadurch hatte er das Dritte Gesetz ins Spiel gebracht, das die Jäger zwang, sich zu verteidigen. Dieser Imperativ setzte selbst die stärkste Programmierung außer Kraft, so daß sie erst wieder die Verfolgung aufnehmen konnten, wenn sie mit Mandelbrot fertig waren.

Sie waren Mandelbrot zahlenmäßig überlegen, doch er hatte den Vorteil, nun seinen zellularen Arm einsetzen zu dürfen. Außerdem waren die Jäger zwischen den engstehenden Bäumen durch ihre Größe behindert. Der Kampf ging weiter, und Derec und Ariel gewannen wertvolle Zeit zur Flucht.

Ariel ging weiter, bis Derec sie schließlich festhielt, zu sehr außer Atem, um etwas zu sagen. Sie wartete geduldig, bis er soweit war, und sah sich immer wieder ängstlich um.

»Wo wollen wir eigentlich hin?« keuchte er.

»Keine Ahnung. Irgendwo hin. Weg von hier.«

»Mandelbrot kann diesen Kampf nicht gewinnen. Er kann sie nur aufhalten. Dann fängt alles wieder von vorn an.«

»Hast du eine bessere Idee?« wollte sie wissen.

Er nickte und ließ sich zwischen den Bäumen zu Boden fallen. »Ich hab' über das Anbaugebiet nachgedacht. Über die Art und Weise, wie der Pfad von den Füßen der Roboter zertrampelt ist. Das heißt, daß dieses Tal normalerweise kein Erosionsproblem hat.«

»Ja, und?«

»Die Pflanzen brauchen Wasser, das ihnen mit der üblichen Effektivität auch zugeführt wird. Wenn dieses Tal mit Hilfe unterirdischer Röhren bewässert wird, sind wir verloren. Aber ich glaube nicht, daß die Roboter darauf zurückgegriffen haben, weil Blätter nun einmal Feuchtigkeit von außen brauchen.«

»Komm gefälligst auf den Punkt, ja? Oder laß uns gleich weitergehen.«

»In diesem Tal muß es eine irgendwie geartete Bewässerungsanlage geben. Wenn wir die einschalten, werden unsere Wärmespuren beseitigt.«

»Also . . .« Sie ging neben ihm in die Knie. »Die Auslässe können überall sein. Obendrein ist es dunkel. Und, Derec, wir haben es mit einem Gebirgstal zu tun. Vielleicht sorgt hier der natürliche Nebel und Regen für ausreichend Wasser.«

»Das hieße, zuviel dem Zufall zu überlassen. Wir müssen es einfach rauskriegen.«

»Aber wie?«

Er lehnte sich zurück und sah sie an. Seine Beine taten ihm nicht mehr weh; sie waren nahezu taub. »Also gut. Statt blind herumzusuchen, gehen wir die Sache logisch an, wie es die Roboter tun würden. Wo würdest du, um den größten Effekt zu erzielen, deine Bewässerungsauslässe plazieren?«

»Woher soll ich das wissen?«

»Also, ich kann praktisch gar nicht mehr klar denken!«

»Schon gut, schon gut. Ich muß mich konzentrieren. Wir befinden uns an einem Hang . . . Derec, komm. Hier entlang.«

Er nickte und zwang sich, ihr hinterherzustolpern, auf Beinen, die er kaum noch spüren konnte.

Nach einer Strecke, die ihm viel weiter vorkam, als sie sein konnte, blieben sie an einer Lücke zwischen den Bäumen stehen, die horizontal über den Hang lief. Nun war es Derec, der sich nach den Jägern umschaute, die aus jeder nur möglichen Richtung kommen konnten.

»Bestimmt nutzen sie diese Furchen als Teile einer Art von Terrassenanlage«, sagte Ariel. »Ich glaube, wir sind hier genau in der Mitte der vertikalen Reihen. Wenn sie hier in der Nähe ihre Bewässerungsdüsen anbringen, verlieren sie am wenigsten durch Abfluß den Hang hinab. Das ist für die Brandsicherung wichtig.«

»Klingt gut«, sagte Derec und ließ sich wieder zu Boden fallen. »Machen wir uns auf die Suche.«

»Wenn sie überhaupt hier zu finden sind«, sagte Ariel und ging neben ihm in die Hocke.

»Ich hab' was.« Derecs Hand war gegen einen kleinen Zylinder gestoßen, der etwa fünfzehn Zentimeter weit aus dem Boden ragte. Er ging nahe heran, um ihn im Dämmerlicht betrachten zu können.

»Und jetzt?« flüsterte Ariel und schob sich neben ihn. »Da sind keine Schaltknöpfe dran, gar nichts. Wenn nun die Sensoren ganz woanders angebracht sind?«

»Möglich wär's«, sagte Derec bedächtig. »Aber sieh nur, wie hoch das Rohr ist. Welchen Sinn sollte es haben? Hier wird nicht schlampig gearbeitet, oder ohne guten Grund. Und Material verschwenden sie auch nicht.«

»Derec, wir können hier nicht rumsitzen und unsere geistige Überlegenheit zu beweisen versuchen. Weißt du was?« Sie schüttelte den Kopf. »Wir sollten lieber weiterrennen, meinst du nicht auch?«

Er schüttelte ebenfalls den Kopf. »Das ist die einzige echte Chance, die uns bleibt. Komm, hilf mir das Rohr zugraben.«

»Wie bitte?«

»Beeil dich! Warum sollten sie sonst so hoch sein? Das ganze Ding fungiert gleichzeitig als Sensor. Vermutlich berechnet es Luftfeuchtigkeit und Niederschlagszahl und was weiß ich alles.«

»Wie bist du darauf gekommen?«

»Ich hab' mir überlegt, daß sie es so hoch konstruiert haben, damit es beim Aufhacken und anderen Arbeiten nicht durch kleinere Verwerfungen im Boden zugedeckt wird. Wenn wir es mit Erde bedecken, wird es als Sensor unbrauchbar. Komm!« Er war bereits dabei, die weiche dunkle Scholle zusammenzukratzen, die von den Funktionsrobotern offenbar ständig umgegraben wurde, und häufte sie um den Zylinder herum auf.

Sie half ihm widerspruchslos. Die Erde war feucht genug, um am Zylinder festzukleben, wenn sie sie nur genügend andrückten, und bald darauf war er ganz bedeckt. Derec wischte sich die Hände an ein paar Blättern ab.

»Und jetzt?« fragte sie und säuberte ebenfalls ihre Hände. »Erst mal passiert überhaupt nichts.«

Kapitel 18

Hinab in die Tiefe

Am anderen Ende des Tals hockte Wolruf frierend in der Kälte. Sie hatte sich oben am Berg in eine vertikale Felsspalte gekauert. So sah der Kompromiß aus, den sie bezüglich ihrer Ungewißheit erreicht hatte: Sie befand sich im Tal, wo sie versuchen konnte, die Menschen oder gar Mandelbrot auszumachen, sobald es Tag wurde. Gleichzeitig war sichergestellt, daß sie die Jäger, die hinter ihr her waren, nicht direkt zu ihnen führte.

Im Augenblick konnte sie im Dämmerlicht drunten im Tal gar niemanden erkennen. Nur in den näheren Regionen unter ihr waren Funktionsroboter sichtbar, die zwischen den Pflanzen ihren Routineaufgaben nachgingen. Wolrufs Physiologie sorgte dafür, daß ihr auf dieser Höhe warm genug war, um eine Weile dazubleiben, aber behaglich war ihr nicht. Zudem hatte sie keine Kraft mehr, um weiterzurennen.

Sie wartete geduldig, überdachte noch einmal die Schritte, die sie unternommen hatte, um ihre Spur zu verwischen. Keine ihrer Maßnahmen konnte gegen die systematische Suche der Jäger etwas ausrichten, sobald sie nahe genug waren, ihre Körperwärme wahrzunehmen. Außerdem hatten die Jäger sicher irgendwann den Paß überprüft, weil sie an dieser engen Stelle leicht feststellen konnten, ob sie im Tal war oder nicht.

Falls ihre Wärmespur verblaßt war, ehe sie sie erreicht hatten, gab es immer noch sichtbare Spuren, denen sie nachgehen konnten. Sie war so vorsichtig gewesen, wie sie konnte, aber der robotische Gesichtssinn der Jäger konnte selbst kleinste Einzelheiten entdecken. Nun war es an ihnen.

Wolrufs Ohren richteten sich auf, als unter ihr auf der Geröllhalde Schritte zu hören waren. Da ihr die Energie fehlte, zu fliehen, wartete sie geduldig. Die hünenhafte Gestalt eines Jägers tauchte aus der Finsternis auf, als Silhouette vor dem fernen

Glühen, das von den Pflanzen im Tal ausging. Sie wußte, daß er sie nicht verletzen würde, aber er würde sie gefangennehmen und möglicherweise Dr. Avery ausliefern, der ihr gewiß Schaden zufügen würde, wenn es ihm gefiel. Sie zitterte, als der Jäger sich nach ihr bückte.

Derec starrte verzweifelt den zugeschütteten Sensor an, als dieser plötzlich einen unregelmäßigen Strahl von sich gab und damit ein wenig Erde wegspülte. Ariel und er zuckten zusammen.

Um sie herum sprühten andere Auslässe feine Wasserschleier in die Luft.

»Geschafft!« Derec streckte die Arme nach ihr aus. »Gehen wir. Könntest du mir aufhelfen?«

Ariel nahm seine Arme und zog. Seine Beine gaben unter ihm nach. Sie war nicht kräftig genug, um ihn ganz hochzuhieven.

Sie begann wieder zu ziehen.

»Ich kann nicht mehr laufen.« Er hatte keinerlei Gefühl mehr in den Unterschenkeln und Füßen.

»Du kannst überhaupt nicht mehr laufen?« Sie ließ die Schultern hängen.

»Aber ich kann kriechen. Los.«

»Derec . . .?«

»Komm schon!«

Er begann über den weichen Boden zu kriechen, der sich rasch in Schlamm verwandelte.

Sie blieb aufrecht und ging neben ihm her. »Das ist doch Wahnsinn. Wir kommen kaum voran.«

»Wir haben jetzt wesentlich mehr Zeit. Die Jäger können unserer Wärmespur nicht mehr folgen, deshalb müssen sie zur Rastersuche übergehen. Und wenigstens einer von ihnen wird Mandelbrot tragen müssen, nachdem sie ihn ausgeschaltet haben.«

»Derec, du hast gerade erst zwei Meter zurückgelegt!«

Er hielt seufzend inne und spähte voraus. Sie hatte recht. Er konnte sich kaum noch bewegen. »Heh — was ist das für ein Ding?«

»Was denn?« Sie folgte seinem Blick.

Aus dem Boden unter den Bäumen ragte ein großes rechteckiges Objekt mit wenigstens einem Kubikmeter Fassungsvermögen hervor.

»Dieses . . . Ding dort. So was haben wir bisher noch nicht gesehen.« Er kroch darauf zu.

»Hinter uns ist auch eins«, sagte sie. »Und dahinter noch eins. Sie tauchten jetzt überall auf. Bis jetzt waren sie vollständig verborgen.«

»Wir müssen sie zusammen mit der Bewässerung in Gang gesetzt haben. Sieh doch mal nach, worum es sich handelt.«

Sie eilte voraus und blieb in gebückter Haltung vor dem Objekt stehen. Einen Moment später kam sie zurück und ging neben Derec in die Knie. »Ich glaube, da können wir rein. Sieht wie ein Abzugsschacht aus oder etwas Ähnliches.«

Derec nickte. Er hatte aufgehört, zu kriechen, um wieder zu Atem zu kommen. In seinem Kopf drehte sich alles.

Als sie sich auf alle viere niederließ und sich unter ihn schob, ließ er sie gewähren. Sie legte seine Arme um ihren Hals und rückte ihn zurecht. Dann begann sie mit ihm auf dem Rücken wesentlich schneller zu kriechen als er es gekonnt hätte, wobei sie soviel wie möglich von seinem Gewicht auf sich nahm.

Er hielt sich fest und verschloß gegen den Sprühregen die Augen.

»Wir sind da«, sagte sie gleich darauf.

Er machte die Augen auf und sah eine gähnende, dunkle Öffnung ohne erkennbare besondere Merkmale. Als sie unter ihm hervorgekrochen war, streckte er die Hand aus, um das Objekt zu befühlen.

»Der Schacht führt nicht senkrecht nach unten.« Sie half ihm hinein.

»Man kann nur spüren, wie er allmählich abfällt.«

Derec zögerte. Er war zu desorientiert, um etwas zu sagen,

zögerte aber immer noch, sich in die unerforschte Öffnung fallen zu lassen.

»Los, steig rein, ehe uns die Jäger entdecken.«

Er war dabei, jede Wahrnehmung seiner Umgebung zu verlieren. Ariels Anweisungen zu folgen war leichter als dagegen zu argumentieren. Er kämpfte sich in den Schacht hinein. Dann geriet er plötzlich und mit zunehmendem Tempo ins Rutschen.

Es war stockfinster. Er spürte Zugluft, spürte im Vorbeigleiten den sanften Druck der Schachtdecke an seinem Rücken, spürte Ariel, die mit ihm zusammenstieß, als sie hinter ihm herrutschte. Undeutlich wurde ihm klar, daß er zu erschöpft war, um Angst zu haben.

Er hätte beispielsweise Angst haben müssen, zwischen den Rotorblättern eines eingeschalteten Ventilators zu landen, oder im Geläuf einer unbekannten Robotererfindung, die sie beide zu Düngemittel verarbeiten würde. Aber offenbar war er dafür schon zu lange in Robot City. Die Roboter konnten nicht zugelassen haben, daß es hier derartige Gefahren für einen Menschen gab.

Nein, das war es auch nicht. Der Grund, warum er keine Angst hatte, war noch einfacher. Nichts auf diesem Planeten war beängstigender als die Chemfets, die in diesem Augenblick seinen Körper von innen heraus verzehrten.

Das Gefühl, zu fallen, hielt an, während sie um mehrere graduelle Kurven rutschten. Dann verlief der Schacht plötzlich nach oben.

Der kurze Anstieg nahm ihnen die Beschleunigung, und dann rutschten sie wieder zurück. Derec lag bewegungslos da. Ihm war bewußt, daß sie am Grund dieses Dings gelandet waren, was immer es sein mochte. Hier drang keinerlei Licht zu ihnen herab.

Er spürte, wie Ariel sich regte. Vermutlich rappelte sie sich auf.

»Derec?« sagte sie leise. »Bist du verletzt?«

Ein Augenblick verging, ehe er soweit zu Atem gekommen war, um ihr antworten zu können. »Nein«, flüsterte er. »Aber mir reicht's trotzdem.«

»Wir sind jetzt in Sicherheit«, sagte sie und tastete nach ihm, um sein Haar zu streicheln. »Jedenfalls vor den Jägern. Da bin ich mir ganz sicher. Sie müssen das ganze Tal absuchen, und jeden dieser Schächte. Und die sind alle paar Meter zum Vorschein gekommen, sah aus wie . . . na ja, mindestens alle fünfzig bis sechzig Meter. Ohne eine Wärmespur, der sie folgen könnten, werden sie ewig brauchen.«

»Ich kann nicht mehr.«

»Aber wir haben ihn doch fast erwischt! Avery meine ich. Auch da bin ich mir ganz sicher.« Sie rumorte herum, wohl um aufzustehen. »Weißt du, diese Aufwärtskurve am Ende unseres . . . kleinen Ausflugs? Ich hab' sie gefunden, und sie ist nicht sehr hoch. Der Schacht verläuft dahinter eben. Und weißt du, was noch? Wo wir abgeglitten sind, gibt es auf der gegenüberliegenden Seite so was wie Handgriffe.«

»Vielleicht für Wartungsroboter, damit sie hier unten Reparaturen durchführen können.« Er dachte einen Moment nach. Die Versuchung, weiterzumachen, war stark. Nach allem, was er erlitten hatte, dem verrückten Doktor gegenübertreten zu können . . . aber er konnte sich nicht bewegen. Er wollte nichts anderes als schlafen.

»Ich denke, du hast recht«, sagte er schließlich. »Es handelt sich um Ventilationsschächte. Ihrer Größe und Zahl nach zu urteilen, müssen sie zu einem Wohnquartier von immenser Größe führen.«

»Averys Quartier. Roboter würden so was nicht brauchen, auch nicht die Pflanzen im Tal. Komm, brechen wir auf. Ich helf' dir auf.«

»Du mußt allein gehen. Ich kann mich wirklich nicht mehr rühren.«

Sie schwieg einen Moment. »Willst du wirklich, daß ich ohne dich weitergehe?«

»Ja.«

»Na gut«, sagte sie zögernd. Sie wartete, versuchte sich wahrscheinlich noch etwas einfallen zu lassen, was sie sagen konnte. Dann legte sie die Arme um ihn und hielt ihn fest umschlungen, ganz fest.

Derec war zu schwach, um zu reagieren. Gleich darauf spürte er, wie sie losließ und sich aufrichtete. Dann kletterte sie los, und er hörte, wie sie sich durch den Ventilationsschacht von ihm entfernte.

Er schloß die Augen und schlief ein.

Ariel tastete sich langsam mit beiden Händen vor und kroch erst weiter, wenn sie wußte, was vor ihr war. Sie steckte immer noch bei völliger Dunkelheit in einem gigantischen Rohr, das bislang horizontal geradeaus verlief. Nachdem Derec sich nun nicht mehr bewegen konnte, war ihr schmerzlich bewußt, daß sie die letzte ihrer Gruppe war, die eine Chance hatte, Dr. Avery ausfindig zu machen.

Man hätte nicht behaupten können, daß sie selbst in Topform war. Ihre Hände und Füße schmerzten vor Kälte, und sie war von den Sprinklern durchnäßt. Außerdem war sie erschöpft, wenn auch nicht krank wie Derec. Der Aufstieg ins Gebirge und dann der Weg ins Tal hatten viel von ihrer Energie aufgezehrt.

Sie hoffte mit vorsichtigem Optimismus, daß ihr Gedächtnis dabei war, sich zu stabilisieren. Diese seltsamen Erinnerungsepisoden traten nicht mehr so häufig auf, und sie wünschte sich von Herzen, daß sie keine bekommen würde, während sie allein in diesem unbekannten Ding hockte.

Sie stieß unterwegs immer wieder auf Abzweigungen und Kreuzungspunkte. Ohne jede Möglichkeit, der einen gegenüber der anderen Richtung den Vorzug geben zu können, versuchte sie, nach Möglichkeit geradeaus zu kriechen. Wenn sie annähernd die Richtung beibehielt, ließ sich zumindest verhindern, daß sie sich sinnlos im Kreis bewegte. Sie hatte den Verdacht, daß diese Querschächte die anderen Auslässe waren, die sie droben an der Oberfläche gesehen hatten.

Nach einer Weile glaubte sie, eine gewisse Regelmäßigkeit entdeckt zu haben. Ihr Tastsinn sagte ihr, daß links von ihr des öfteren kleine Schächte zusammenführten und sich größere bildeten. Sie begann nach links auszuscheren und stellte fest, daß die Schächte nun hoch genug waren, um in gebückter Haltung darin zu stehen.

In dieser neuen Richtung führten ringsum immer mehr Schächte zusammen. Dann begannen sie sich erneut zu verzweigen, manche davon über ihr an der Decke. Schließlich merkte sie, daß sie wieder etwas erkennen konnte: dunkle Stellen, die Öffnungen darstellten, oder anderswo einen schwachen Schimmer an einer Innenfläche.

Sämtliche Lichtspuren kamen aus ein und derselben Richtung.

Sie ließ sich auf alle viere nieder, um dem Licht zu folgen. Dabei ging es eher darum, keinen Lärm zu machen, als um die Höhe des Schachts.

Hinter einer Biegung erreichte sie etwas, das sie identifizieren konnte: eine bedeckte Öffnung in einen Raum hinein. Sie wagte kaum zu atmen, als sie so leise wie möglich darauf zukroch, bis sie hindurchspähen konnte.

Die Deckplatte war nahezu undurchsichtig.

Der Raum dahinter war erleuchtet, aber sie konnte nicht viel erkennen, nur daß er mit braunem Teppich ausgelegt war. Hören konnte sie ebenfalls nichts.

Als weiterhin Stille herrschte, entschied sie, daß sie das Risiko eingehen mußte, in den Raum einzudringen. Sie sah sich den Rand der Deckplatte an, um festzustellen, ob er sich aufstemmen ließ. Bald darauf entdeckte sie, daß sich in der Mitte ein Loch öffnete, wenn man gegen die Platte selbst drückte. Die Decksubstanz zog sich von dem Loch aus in die Wand zurück, bis der Schacht ganz geöffnet war.

Sie stieß einen erleichterten Seufzer aus: Der Raum war leer. Außerdem herrschte nach wie vor Stille. Nachdem sie sich umgedreht hatte, um mit den Füßen voran auszusteigen, ließ sie sich einfach fallen und sah sich um.

Der Raum war klein, ein Würfel von kaum drei Metern Seitenlänge. Der braune Teppich setzte sich an den Wänden fort und an der Decke. Das Licht ging von einer Kugel aus, die dicht unter dem Deckenmittelpunkt schwebte.

Sie betrachtete erst noch einmal die Decke, dann die Wände. Der ganze Raum war leicht schiefwinklig gebaut.

Auf dem Boden stapelten sich einige Computerbänder. In einer Ecke lag ein kleines Stofftier unbekannten Typs auf der Seite. Welchem Zweck der Raum diente, war für sie nicht zu erkennen.

Das war jedenfalls nicht, was Ariel von Dr. Avery erwartet hatte.

Die Tür war geschlossen. Sie hielt den Atem an und drückte auf den Wandknopf neben ihr. Sie glitt lautlos auf.

Ariel blieb abwartend stehen. Als nichts passierte, streckte sie behutsam den Kopf vor. Draußen erstreckte sich ein Gang etwa sechs Meter in die eine und vier Meter in die andere Richtung. Auch der Gang kam ihr seltsam vor, wenn auch vertraut — dann wurde ihr alles klar. Sie stand in einer innen hohlen, dreidimensionalen Nachbildung des Schlüssels zum Perihelion.

Sie betrat den Gang. Die geschlossenen Türen an beiden Enden waren ebenfalls den Schlüsseln nachgebildet. Sie suchte sich eine aus und ging darauf zu.

Diesmal öffnete sich die Tür, sobald Ariel sie erreicht hatte. Sie zögerte, überquerte leise die Schwelle. Dann blieb ihr vor Überraschung der Mund offen.

Der dahinterliegende Raum erinnerte sie an antike Historiengemälde, die sie einmal gesehen hatte. Die gewölbte Decke war mindestens zwei Stockwerke hoch und mit Vorhängen aus burgunderrotem Samt geschmückt. Imitierte Renaissance-Gemälde in grellgoldenen Rahmen schienen dem zu entsprechen, was sie über diese Periode wußte . . . oder etwa doch nicht? Dagegen waren die Möbel . . . nach Art der auroranischen Klassik gestaltet . . . die sich erst Jahrhunderte später herausgebildet hatte. Sie blickte nach oben, versuchte sich zu orientieren . . . und taumelte zur Seite, um ihr Gleichgewicht wiederzufinden.

Auch dieser Raum war schiefwinklig. Schlimmer noch, sie vermutete, daß er ohne Rücksicht auf Ebenmaß gebaut worden war. Obwohl die Übergänge von Decke und Wänden teilweise durch Vorhänge verborgen waren, wirkte der gesamte Raum seltsam gerundet beziehungsweise verdreht, als habe er rechteckig begonnen und sei dann geschmolzen und wieder erstarrt.

Sie trat in den Raum hinein, um sich das Mobiliar genauer

anzusehen. Nach vier Schritten gab der Boden unter ihr nach. Sie fiel hin und glitt über eine kurze gewundene Rutsche nach unten. Sie hörte, wie sich über ihr zischend eine Falltür schloß. Dann traf sie unsanft auf.

Der Raum, in dem sie sich nun befand, war winzig, bot ihr kaum genug Platz, um aufzustehen. Auch er war den Schlüsseln nachgebildet. In jeder Wand, die dafür groß genug war, befand sich eine Tür, sonst nichts. Die Wände strahlten Licht aus, wie im Kompaßturm. Sie drückte auf den Knopf neben einer der Türen.

Sie glitt auf, und dahinter kam eine feste, schimmernde Wand zum Vorschein. Ariel öffnete die nächste Tür. Sie führte auf einen dunklen, engen Gang hinaus. Ehe sie ihn betrat, probierte sie noch einen Knopf aus.

Aus einer archaischen roten Ziegelwand starrte ihr ein merkwürdig behauenes Gesicht entgegen. Es hatte spitze Ohren, war selber lang und spitz und lachte. Ariel verzog das Gesicht, machte die Tür zu und versuchte es mit der nächsten.

Vor ihr lag ein weiterer unbeleuchteter Gang.

Da sie schließlich irgendwo hin mußte, warf sie noch einen Blick auf die andere offene Tür, dann schob sie sich nach draußen. Hier leuchteten die Wände nicht, und sie tastete sich mit den Füßen langsam vor, ehe sie sie mit ihrem Gewicht belastete. Nach wenigen Schritten begann der Gang eine Kurve zu beschreiben.

Und wenig später hatte sie wieder den kleinen Raum mit den Türen erreicht.

Kapitel 19

Die Leiche

Ariel schloß die Türen, die zu dem Rundgang führten, und blieb mitten im Raum stehen. Es erschien ihr denkbar, daß es hier gar keinen Ausgang gab; das war das Werk eines Paranoiden, dessen Tendenzen sich hier offenbarten. Der Raum war möglicherweise nichts anderes als ein Gefängnis.

»Also, was nun?« fragte sie laut.

Hinter einer der Türen erklang gedämpft eine Antwort. Sie drückte auf den entsprechenden Knopf und stellte fest, daß sie es wieder mit dem grotesk behauenen Gesicht zu tun hatte. All seine Züge waren übertrieben.

»Was hast du gesagt?« fragte sie.

»Zieh mich an der Nase«, sagte das Gesicht.

»Wer bist du?«

»Zieh mich an der Nase.«

»Was passiert, wenn ich es tue?«

»Zieh mich an der Nase.«

»Ist das alles, was du sagen kannst?«

»Zieh mich an der Nase.«

Sie beobachtete es einen Moment. »Eins, zwei, drei.«

»Zieh mich an der Nase.«

Da kam sie dahinter: Das Gesicht war ein Funktionsrobot ohne positronisches Gehirn. Es konnte nur einen Satz sprechen, und der wurde vom Klang der menschlichen Stimme ausgelöst.

Ariel hielt den Atem an und zog.

Die lange, schmale Nase dehnte sich in ihre Richtung, dann entglitt sie ihr und schnappte zurück. Augenblicklich fiel die gesamte Skulptur in sich zusammen und wölbte sich in die entgegengesetzte Richtung. Dann zerbrach die Ziegelwand in vier Teile, die sich seitlich zurückzogen und dabei das invertierte Gesicht mitnahmen.

Ariel blickte eine kurze Rampe hinunter in einen weiteren Gang. Seine Wände bestanden aus schimmernden schlüsselförmigen Steinen, die jedoch keine ebene Fläche bildeten. Ihre Ecken ragten in unregelmäßigen Abständen aus der Wand und verliehen ihr eine rauhe Struktur. Außerdem war, von ihrem Standpunkt an der Tür aus gesehen, der ganze Gang wie ein Schlüssel geformt.

Nach wie vor behutsam auftretend ging sie die Rampe runter. Bald darauf merkte sie, daß ihr kälter war als zuvor . . . ein Luftzug strich über ihre durchnäßte Kleidung. Verblüfft drehte sie sich um — und stellte fest, daß Wände, Decke und Fußboden sich hinter ihr verengten und den Korridor abschnitten, sobald sie vorbei war.

Sie beeilte sich trotz aller Vorsicht ein wenig und traf am Ende auf eine Steinwand. Obwohl nun Panik aufkam, fuhr sie mit der Hand über die Steine und hielt Ausschau nach einem wie auch immer gearteten Bedienungsgerät. Sie konnte nichts entdecken und wirbelte herum, um nachzusehen, wie weit der Korridor bereits geschrumpft war.

Plötzlich fiel direkt vor ihr etwas von der Decke herab. Sie preßte sich gegen die Abschlußwand und versuchte das Objekt zu erkennen, das vor ihrem Gesicht hin- und herpendelte. Sie erkannte es als Wolrufs Kopf, der an einem langen Seil baumelte und mit einem altertümlichen Henkersknoten daran festgemacht war.

Als sie es entsetzt anstarrte, merkte sie, daß es sich um einen realistisch und detailgetreu nachgebildeten Funktionsrobot handelte.

»Warrum bisst du hier?« fragte der Robot mit Wolrufs Stimme.

Ariel lief es bei dem Klang kalt den Rücken herunter. Sie spähte um den baumelnden Kopf herum. Der Korridor hatte aufgehört, sich zusammenzuziehen, und sie in einem sehr engen kerkerartigen Raum zurückgelassen.

»Falssche Antworrt«, sagte der Robot, obwohl sie gar nichts gesagt hatte.

Plötzlich hob sich unter Ariels Füßen der Boden und beförderte sie in Richtung Decke. Gleichzeitig verkürzte sich das Seil, so daß Wolrufs Kopf, während sie hochgehoben wurde, auf gleicher Höhe blieb. Die Decke öffnete sich, dann kam der Boden, auf dem sie stand, im Stockwerk direkt über dem Steingang zum Stillstand.

Bei dem abrupten Halt verlor sie das Gleichgewicht und fiel auf einen üppigen goldenen Teppich. Über ihr leuchteten funkelnd fünf reich verzierte Kronleuchter von einer überraschend niedrigen Balkendecke herab. Ariel stützte sich auf die Ellbogen und sah sich ängstlich um.

Sie befand sich in einer Bibliothek. An allen Wänden standen Regale voller antiker Bücher, nicht etwa Computerbänder, hinter einem transparenten Schutzschild. Ariel drehte sich um und brachte sich vor dem Wolruf-Kopf in Sicherheit.

Auf einem Gestell diesseits der transparenten Barriere stand eine Art Kandelaber schief in einer blauweißen Schale. Der Leuchter hatte einen runden Fuß, einen zentralen Arm mit einer einzelnen Kerze und auf jeder Seite vier aufwärts gebogene Arme, so daß es insgesamt neun waren. Ariel hatte so ein Objekt noch nie gesehen und fand, daß es ziemlich deplaziert wirkte, als sei es dort abgestellt und dann vergessen worden.

Sie trat einen Schritt zurück und betrachtete die Schale. Sie war groß genug, um darin genug Essen für vier bis fünf Personen zu servieren. Außen tanzten vor weißem Hintergrund blaßblaue Muster. Sie war auf keinen Fall dazu gedacht, einen Leuchter aufzunehmen. Jemand hatte alle beide achtlos zurückgelassen.

»Wass iss' dass?« fragte der Wolruf-Kopf.

Ariel zuckte zusammen und blickte zu dem Kopf hinüber. »Offenbar ein Kerzenleuchter oder was Ähnliches.«

»Sschon wieder verrkehrrt.«

Eine der Regalwände glitt lautlos beiseite. Ariel blieb stehen, wo sie war, und spähte in die dunkle Öffnung, die dahinter zum Vorschein kam. Ein Tier — nein, höchstwahrscheinlich ein Funktionsrobot — trat ins Licht eines Scheinwerfers. Es besaß Wolrufs Hundekörper und Ariels eigenes Gesicht.

»Wenn du auf dem Planeten Erde in Webster Groves, Missouri, stehst«, sagte der Ariel-Robot, »in welcher Richtung liegt dann Robot City?«

Sie starrte ihn ratlos an. »Ich bin kein Navigator. Jedenfalls nicht ohne konkrete Informationen.«

Der Ariel-Robot legte den Kopf schief und trottete davon.

Die Regalwand schob sich wieder vor die Öffnung.

Ariel sank zu Boden und empfand sowohl Erleichterung als auch Verzweiflung. Sie konnte nicht ewig in der lebensgroßen Manifestation des Wahnsinns eines einzelnen Mannes herumlaufen. Wenn es hier einen Ausgang gab, mußte sie ihn finden. Wenn nicht, konnte sie gleich hierblieben, anstatt weiterzugehen und womöglich in einem Verlies oder an einem noch schlimmeren Ort zu landen.

Wie zuvor war ihr Wissen über Dr. Avery die einzige Hilfsquelle, der sie Hinweise entnehmen konnte, nur daß ihr jetzt Jeffs Erinnerungen oder Derecs Geschick im Umgang mit Robotern fehlten. Also gut. Was wußte sie über ihn?

Sie wußte, daß er Genie und zugleich Paranoiker war, daß er die perfekte Gesellschaft hervorbringen wollte. Was aber hatte dieser verrückte Ort mit Ordnung und Vernunft zu tun?

Was hatte er überhaupt in Robot City verloren?

Alles, was sie über Robot City wußte, lief darauf hinaus, daß dieser Ort nicht hierhergehörte. Je länger sie darüber nachdachte, desto klarer wurde ihr, daß all ihre Überlegungen nur die eine Schlußfolgerung zuließen. »Das ist es«, flüsterte sie vor sich hin. »Er ist durchgedreht. Er ist noch verrückter geworden als ohnehin.«

Inmitten einer auf Logik und Tüchtigkeit gegründeten planetaren Stadt hatte ihr Schöpfer den Verstand verloren.

Sie lächelte angesichts dieser Ironie. Eigentlich war es nicht komisch, aber doch irgendwie . . . komisch. Irgendwie.

Erschöpfung und Angst machten sie benommen. Sie begann zu kichern. Sie besann sich auf all ihre Diskussionen über die Gesetze der Robotik, auf ihre komplizierten Bemühungen, den positronischen Gehirnen der Roboter Vernunft beizubringen — und nun *dies hier* . . . Nun fing sie richtig zu lachen an. Sie fiel rücklings zu Boden und lachte, allein mit sich in dem kleinen unterirdischen Raum. Wieder glitt die Regalwand beiseite, offenbar ausgelöst durch ihr Gelächter.

Ariel war sofort auf der Hut, kam hoch und blickte sich um. Der Funktionsrobot, der ihr Gesicht trug, war zurückgekehrt.

»Wenn du auf dem Planeten Erde in Webster Groves, Missouri, stehst«, wiederholte der Ariel-Robot, »in welcher Richtung liegt dann Robot City?«

Ariel kicherte erneut. »Oben, natürlich.« Sie lachte — und unter ihr gab der Boden nach.

Sie fiel in einen weiteren Schacht, der in engen Spiralen nach unten führte. Als er endlich weniger steil wurde, schob sich vor ihr die Dunkelheit auseinander, und es wurde Licht. Ariel rutschte hinaus auf poliertes Parkett.

Von der Fahrt benommen, blieb sie einen Augenblick liegen und starrte zur hochgelegenen Balkendecke empor, die sich beinahe in den Schatten verlor. Sie drehte den Kopf beiseite und sah Wände aus grauem Gestein, das wiederum nach dem Vorbild des Schlüssels zum Perihel präzise behauen und zusammengefügt war. Dieser Raum war groß und bot auf allen Seiten meterweise Platz.

Sie stützte sich auf, war noch damit beschäftigt, ihre Fassung wiederzugewinnen. Vor ihr stand ein mächtiger, reich mit Schnitzereien versehener Tisch. Seine Beine waren einem klauenbewehrten Pelztier nachgebildet, das sie nicht kannte. Er bestand aus dunklem, poliertem Holz.

Um wieder auf die Beine zu kommen, hielt Ariel sich an der Tischkante fest. Sie zog sich hoch und lehnte dagegen, dann erstarrte sie vor Überraschung. Am anderen Tischende, meterweit von ihr entfernt, saß ein Mann auf einem Stuhl mit hoher, gerader Rückenlehne. Hinter ihm loderte ein gigantisches Feuer in einem steinernen Kamin, der doppelt so hoch war wie sie.

»Willkommen, Ariel. Ich bin Dr. Avery.«

Sie starrte ihn an und wußte nichts zu sagen. Nachdem sie sich solche Mühe gegeben hatte, ihn zu finden, kam diese Landung so unerwartet, daß sie sich keinen Angriffsplan zurechtgelegt hatte, keine Argumente, die sie gegen ihn einsetzen konnte. Sie war noch nicht soweit, ihm gegenüberzutreten.

»Sie dürfen sich getrost am Feuer wärmen«, sagte ihr Gastgeber.

Sie hatte nichts dagegen, zu frieren, wenn sie sich dadurch von ihm fernhalten konnte. Sie wollte gern alles eine Weile verzögern, ohne ihm zu nahe zu kommen.

Langsam kam sie um die Tischkante herum und ging an der Längsseite auf Avery zu. Der wirkte entspannt, geradezu sorglos, und spielte mit einem kleinen Objekt, das vor ihm auf dem Tisch lag.

Der lange schmale Tisch enthielt alles mögliche: Blumen, Geschirr, Schmuckstücke, kleine Skulpturen. Ariel wagte nicht, sich die Zeit zu nehmen und alles zu betrachten. Ihre Augen blieben auf Dr. Avery gerichtet.

Er wirkte klein, insbesondere in dem hochlehnigen Stuhl. Sein Körperbau war untersetzt. Welliges weißes Haar umrahmte sein Gesicht, das obendrein ein buschiger Schnurrbart zierte. Er blickte freundlich und gütig.

Sein Mantel war ihm zu groß, daran erinnerte sie sich von früheren Begegnungen her, und er trug immer noch ein weißes Hemd mit Rüschenkragen.

Verrückt sah er nicht aus.

Ariel blieb gute vier Meter entfernt stehen und beobachtete ihn. Wie hatte denn ein Verrückter auszusehen?

»Ich hatte keinen Besuch erwartet, Ariel«, sagte Dr. Avery. Er war nach wie vor mit dem kleinen Objekt beschäftigt, das vor ihm lag. »Obwohl man mir gewisse, äh, sagen wir, Unregelmäßigkeiten in dieser Gegend gemeldet hat.«

Er hörte sich auch nicht verrückt an.

»Ariel, Sie erinnern sich doch an mich, oder?« Sein Blick blieb auf den Tisch gerichtet.

»Ja«, sagte sie furchtsam.

»Nein, nicht richtig. Sie erinnern sich an mich von der *Hamlet*-Aufführung her, und aus Anlaß ihrer Gefangennahme durch die Jäger in den Tunnels unter der Stadt. Sie erinnern sich, wie Sie mir vorgeführt wurden. Das ist alles.«

»Da haben wir uns kennengelernt.«

Er lächelte und hob das kleine Objekt auf. »Heute nacht wurde automatisch Alarm ausgelöst. Gleich mehrfach hintereinander. Wenn ein Mann, der seine Privatsphäre zu schätzen weiß, das Gefühl hat, er könnte gestört werden, läßt er gern Alarmsysteme anbringen. Haben Sie sie etwa ausgelöst?«

Ariel beobachtete ihn schweigend und verblüfft, daß er so schnell das Thema wechseln konnte.

»Nicht weit von hier hat sich unter mysteriösen Umständen ein humanoider Robot selbst abgeschaltet. Dann wurde eine Bodenverschiebung gemeldet. Waren Sie das, Ariel?«

»Sozusagen. Ich denke schon.«

»Sie denken. Ich denke auch. Verstöße gegen die im Entwurf vorliegenden Gesetze der Humanik? Vielleicht. Ich habe mich noch nicht im einzelnen damit auseinandergesetzt. Aber wie sind Sie in meinen Wohnsitz eingedrungen?«

Derec lag dort nach wie vor hilflos herum. Sie wagte nicht, Averys Frage zu beantworten.

»Eine der wenigen Schwachstellen meiner hiesigen Sicherungsmaßnahmen ist das System der Notventilation. Es öffnet sich nach außen, wenn es im Tal zu unerklärlichen Fehlfunktionen kommt.« Er seufzte. »Ich hätte die Roboter veranlassen können, es einbruchssicher zu gestalten, nur leider dient es mir zugleich als Fluchtweg. Wenn niemand dort hineingelangen kann, kann ich auch nicht hinaus, nicht wahr?«

»Was wollen Sie?« fragte sie in der Hoffnung, ihn vom Thema abzubringen. »Was soll das überhaupt alles?«

»Natürlich habe ich noch das Labyrinth, das überwunden werden muß. Vielleicht haben Sie sich dort durchgefunden.«

Sie bebte vor Anspannung, da es ihr nicht gelingen wollte, ein Gespräch in den Griff zu bekommen, das von einem Thema zum nächsten sprang.

»Übrigens, ich habe mehrere Gegenstände verlegt. Haben Sie sie gesehen? Der eine ist eine antike Menora, hergestellt im alten irdischen Weltreich der Zaren. Der andere ist eine Schale aus der Ming-Dynastie.«

Ariel starrte ihn an, dachte flüchtig an die geschmackvoll gemusterte Schale.

»Sie erinnern sich tatsächlich nicht an mich, nicht wahr, Ariel?«

»Warum sagen Sie das immer wieder?«

»Sie haben jetzt eindeutig neue Erinnerungen. Sie sind nicht mehr die Ariel, die ich zuletzt sah. Sie wären wieder die echte Ariel, wenn Sie nur Bescheid wüßten. Ein paar genauere Erinnerungen würden den Rest schon auslösen, dessen bin ich mir sicher.«

»Wovon reden Sie?«

»Ihre derzeitigen Erinnerungen sind exakt. Es sind Ihre ureigenen. Jene, die Sie für die Ihren hielten . . . nein. Sie haben nie einen Spacer gekannt, der Sie angesteckt hat. Sie waren nie krank. Sie werden sich leider noch an den Namen erinnern . . . David Avery.« Nun sah er zum ersten Mal hoch und begegnete ihrem Blick.

David Avery. David. Derec . . .?

Plötzlich flutete die Erinnerung zurück. »David! Derec ist David! Und Sie haben mich gehaßt!«

»Sachte, sachte. Was ich an Ihnen ausprobiert habe, ist fehlgeschlagen. Aber das ist vergeben und vergessen, oder etwa nicht?«

»Sie . . . was haben Sie getan?« Sie war entsetzt, aber dennoch fasziniert. Endlich, nach so langer Zeit, sollten sich alle Rätsel aufklären. »O nein. Augenblick. Ist Derec wirklich David . . . und die Leiche? War das David? Haben Sie ihn umgebracht?« Ariel war der Hysterie nahe, teilweise hervorgerufen durch ihre schockierenden Erkenntnisse.

»Nein, nein, natürlich nicht.« Er tat ihr Ansinnen mit einer Handbewegung ab. »Die Leiche, wie Sie es nennen, war nur eine synthetische Imitation von David. Natürlich eine gute, unter Verwendung von echtem Menschenblut. Ich habe sie in einem Versuch zur Vorbereitung von Davids Begegnung mit Robot City benutzt.«

Ariel, die immer noch vor Anspannung zitterte, sich jedoch wieder in der Gewalt hatte, lehnte sich haltsuchend an den Tisch. »Demnach haben Sie mir vor langer Zeit Chemfets und das damit verbundene Leiden implantiert, um mir falsche Erinnerungen zu geben. Erinnerungen an Ereignisse, die nie stattgefunden haben, anstelle meiner Erinnerungen an das Leben, wie es wirklich war. Und . . . Derec ist David.«

»Und Sie waren seine Geliebte. Ach, übrigens, haben Sie sich nie gefragt, was aus der Leiche geworden ist? Die Reinigungsroboter haben sie als Abfall erkannt und einfach abtransportiert.«

»Sie haben mein Gedächtnis zerstört«, wiederholte sie langsam. »Und das seine. Die amnemonische Pest war künstlich, von Chemfets hervorgerufen. Das war Ihr Werk. Um David und mich auseinanderzubringen. Ihm haben Sie sicher aus dem gleichen Grund seine Amnesie beigebracht.«

»Ich wußte immer, daß Sie intelligent sind. Mein Sohn hat nun einmal einen ausgezeichneten Geschmack.«

»Und seit auf der Erde meine Erinnerungen wieder eingesetzt wurden, mußte ich Derec die Wahrheit vorenthalten, weil ich befürchten mußte, daß diese Erinnerungen nicht korrekt sind. Die ganze Zeit hätte ich ihm seine Last von der Seele nehmen können, wenn ich nur meinen Erinnerungen getraut hätte.«

»Ein Kompliment. Betrachten Sie mein Handeln als Kompliment. Ihren Einfluß auf den Willen meines Sohnes zu brechen, verlangte nach extremen Maßnahmen. Schließen Sie daraus auf das Ausmaß seiner Zuneigung zu Ihnen.« Er lehnte sich im Stuhl zurück, wobei er das kleine Objekt festhielt, mit dem er gespielt hatte. »Einstige Zuneigung, sollte ich sagen. Er erinnert sich natürlich auch jetzt noch nicht . . . aber er scheint sich von neuem in Sie vernarrt zu haben, der Art und Weise nach zu urteilen, wie Sie als Team zusammengeblieben sind.«

»Sie haben zwei Menschen praktisch vernichtet, nur um sie auseinanderzubringen.« In ihre Wut mischte sich schiere Verblüffung.

»Äh, nein. Tut mir leid. So wichtig, wie Sie denken, sind Sie nicht. Mein zweites Motiv war, die Findigkeit meines Sohnes zu testen. Verstehen Sie, wenn es ihm gelingen wollte, Robot City in den Griff zu bekommen, war er der Sache wert, die ich letztlich für ihn im Sinn habe.«

»Letztlich . . .? Wollen Sie damit sagen«, erwiderte Ariel, »daß Sie sein Gedächtnis gelöscht und ihn auf dem Asteroiden abgesetzt haben, um ihn zu *testen*?«

»Genau das wollte ich sagen und habe es gesagt.« Avery richtete sich auf, und zum ersten Mal zeigte sich Enthusiasmus in seinem Gesicht. »Verstehen Sie, Robot City ist fertiggestellt. Nun hat jeder der hiesigen humanoiden Roboter als Implantat . . . ein bis zwei Duplikate des Schlüssels zum Perihel erhalten. In eben diesem Augenblick sind sie unterwegs zu bestimmten Orten auf diesem Planeten, von wo aus sie in verschiedene Galaxien aufbrechen werden. In jeder Galaxis werden sie damit beginnen, sich selbst zu replizieren und neue Robot Citys zu bauen. Und David, mein Sohn, der sich das Recht erworben hat, als mein Sohn aufzutreten, wird jeden einzelnen Robot in allen Robot Citys beherrschen . . . was ihn zum mächtigsten Mann des Universums macht!«

»Beherrschen? *Wie* denn?«

»Die Chemfets, meine Liebe. Die Erinnerungschemfets in seinem Körper. Verstehen Sie, ein winziges Robot City, das in ihm heranwächst . . . und wenn es herangereift ist, werden seine Gedanken genügen, jeden Avery-Robot im Universum zu beherrschen.«

»O nein . . . Sie sind *wirklich* wahnsinnig. Sie wissen ja nicht, was er durchgemacht hat!«

»Natürlich weiß ich es. Die Chemfets entwickeln sich langsam und verursachen gewisse physische Behinderungen. Das weiß ich wohl. Sie verhalten sich wie eine Krankheit und können sogar die Bildung von Antikörpern im Blut hervorrufen.«

»Sie bringen ihn um! Er ist jetzt schon halbtot!«

»Ach, Unsinn. Die Chemfets haben Sie doch auch nicht umgebracht, nicht wahr? Ich will ihn doch nicht umbringen, nicht wahr? Nach alledem? Warum sollte ich meine Anstrengungen derart vergeuden?«

»Aber Sie irren sich! Die Chemfets, die Sie mir verpaßt haben, waren viel schwächer. Er *liegt im Sterben*!«

»Wo ist er?«

Sie schwieg, denn plötzlich wurde ihr das Dilemma klar, das Derec und sie nie hatten lösen können. Sie konnten Dr. Avery nicht zwingen, ihnen zu helfen. Er mußte überzeugt werden.

»Der Zentralcomputer ruft. Schon seit einiger Zeit. Ich habe das kleine Licht hier auf meinem Tisch übersehen. Ich habe es übersehen, weil ich zu wissen glaube, was es bedeutet. Sie entschuldigen mich doch einen Augenblick, nicht wahr?«

Ariel starrte ihn an, ebenso erschüttert von seiner Gefaßtheit wie von seiner Weigerung, ihr zu glauben.

Vor Dr. Avery klappte ein kleiner Ausschnitt der Tischplatte hoch. An der Unterseite war eine Computertastatur eingelassen. »Möchten Sie gerne mithören?« Er drückte auf einen Knopf. »Ich schalte auf Stimmwiedergabe, obwohl ich das normalerweise als lästig empfinde. Erstatte Bericht«, sagte er zu der Konsole.

»JÄGER MELDEN FESTNAHME DES MENSCHEN NAMENS DEREC.«

»Dacht' ich's mir doch«, sagte Dr. Avery vergnügt. »Berichte vom Stand des Jägerprojekts.«

»FOLGENDE PERSONEN WURDEN VERHAFTET UND AM NORDHANG DES TALS IN GEWAHRSAM GENOMMEN: DEREC, JEFF LEONG, MANDELBROT, WOLRUF. NOCH AUF DER FLUCHT: ARIEL.«

Dr. Avery lachte fröhlich. »Nun, wer hätte gedacht, daß ich meinem eigenen Trupp von Jagdrobotern überlegen bin?«

Ariel hatte Herzklopfen vor Anspannung. Wenn Derec Avery bereits in die Hände gefallen war, bestand kaum noch ein Risiko. »Dr. Avery. Wären Sie einverstanden mit einem Test?«

»Wie? Was für ein Test? Ist hier nicht für eine Weile genug getestet worden?«

»Lassen Sie die Roboter Derec untersuchen und feststellen, ob ihm von seiten der Chemfets Gefahr droht. Sie werden Ihnen die Wahrheit sagen.«

»Ein geselliges Beisammensein«, sagte Dr. Avery. »Ausgezeichnete Idee. Ich werde die Jäger veranlassen, alle hierherzubringen. Wir werden ein Fest feiern.« Er warf das Objekt in seiner Hand über die Schulter hinweg ins Feuer.

Ariel konnte es nun zum zweiten Mal deutlich erkennen. Es war das Miniaturmodell eines humanoiden Robots.

Kapitel 20

Herrschaft über Robot City

Ariel sah zu, wie sich die vermeintlichen grauen Steine der Wand einen Augenblick in Luft auflösten und die Jäger ihre Gefangenen durch die entstandene Öffnung hereinbrachten. Der erste trug Derec sanft in seinen Armen, als sei er ein zu groß geratenes Baby, allerdings schlaff und ohne Bewußtsein. Der zweite brachte Jeff, dessen Oberarm er im Gehen mit festem Griff festhielt. Der dritte hatte Wolruf in der Armbeuge sitzen, und der vierte kam mit dem vollständig abgeschalteten Mandelbrot auf der Schulter anmarschiert.

Hinter ihnen bildete sich erneut die Steinmauer.

»Macht den Tisch frei«, sagte Dr. Avery. »Egal, wohin mit dem Zeug.«

Der Jäger, der Mandelbrot herbeigeschleppt hatte, legte ihn auf den Boden. Er fuhr über dem gegenüberliegenden Tischende seinen Arm auf volle Länge aus. Als er daraufhin mit ausgestrecktem Arm am Tisch entlangging, fiel alles zu Boden, was darauf gestanden hatte. Bis er am anderen Ende angekommen war, hatte Dr. Avery bereits alles heruntergefegt, was in seiner Reichweite war.

Ariel beobachtete es mit Entsetzen. Sie hatte noch nie gesehen, daß sich ein humanoider Robot auf einen beiläufigen Befehl hin so achtlos, wenn nicht gar destruktiv verhielt. Dieser Robot mußte gewußt haben, daß Dr. Avery gern wörtlich genommen wurde und nicht wollte, daß er die Gegenstände auf dem Tisch mit Sorgfalt behandelte.

»Leg ihn dahin.« Dr. Avery nickte dem Jäger zu, der Derec im Arm hielt. Dann winkte er dem, der Mandelbrot getragen hatte. »Und schalt ihn wieder ein, ja? Wenn so viele Leute unpäßlich sind, wird das kein richtiges Fest.«

Ariel empfand einige Erleichterung, als der Jäger sich Mandelbrots Schaltung zuwandte und ihn wieder aktivierte. »Mandelbrot, sag es ihm. Sag Dr. Avery, was mit Derec los ist.«

Mandelbrot sah sich flink im Raum um. Sein Beobachtungsvermögen ließ ihn wahrscheinlich soviel von der derzeitigen Lage erfassen, wie Ariel wußte. »Dr. Avery«, sagte er mit deutlicher Stimme.

»Derec unterliegt einer extremen physischen Entkräftung, die weiterhin zunimmt. Er glaubt, daß die Chemfets, die Sie ihm eingepflanzt haben, ihn umbringen. Meine Wahrnehmung seiner Symptome bestätigt, daß dies vermutlich der Fall ist.«

»Will denn hier niemand feiern?« Dr. Avery seufzte. »Alle sind sie morbide. Sagen Sie, Mr. Leong, sind wir uns nicht schon einmal begegnet? Allerdings nicht kürzlich, nicht auf diesem Planeten.«

»Stimmt«, sagte Jeff verdrießlich. »Damals waren Sie selbst noch umgänglicher.«

Dr. Avery schob seinen Stuhl zurück und stand auf. Er ließ seine Finger über den Tisch gleiten, während er daran entlangging und die reglose Gestalt von Derec betrachtete. »Er hat sich sehr gut gehalten. Ich habe ihm keine Herausforderung gestellt, die er nicht bewältigen könnte.«

»Bis *jetzt*«, beharrte Ariel. »Wie können Sie es wagen, so ein Risiko einzugehen? Selbst Ihre Roboter würden sein Leben nicht aufs Spiel setzen, nur um ihn zu testen.«

Jeff, Wolruf und Mandelbrot blickten sie überrascht an.

»Oh, ich denke, er wird keine Probleme haben. Er wird sich erholen.« Dr. Avery nickte zerstreut.

»Wollen Sie ihn nicht wenigstens untersuchen? Ihn in Ihrem Labor genauer ansehen?« rief Ariel.

»Er wird sich erholen. Laßt uns feiern.« Dr. Avery wandte sich an den Jäger, der Derec gebracht hatte. »Schaff ihn in eines der Gästezimmer. Wir können doch kein Fest veranstalten, wenn ein Gast auf dem Eßtisch herumliegt, ohne sich zu rühren, nicht wahr?«

»Halt!« Ariel stellte sich zwischen Derec und den Jäger. »Begreifen Sie denn nicht, daß er im Sterben liegt?«

»Nimm ihn«, befahl Dr. Avery.

Der Jäger räumte sanft, aber bestimmt Ariel aus dem Weg und hob Derec hoch. Da schlang sie die Arme um Derecs

Schultern und hielt ihn fest. »Warte! Mandelbrot, die wollen ihn sterben lassen!«

Mandelbrot stand neben dem Jäger, der ihn festgenommen hatte. Dieser Jäger hatte jedoch eine Hand auf Mandelbrots offene Bedienungsklappe gelegt und konnte ihn beim leisesten Widerstand augenblicklich abschalten.

Die nun folgende Sequenz von Ereignissen lief mit rasender Geschwindigkeit ab, zum Teil bestimmt durch die Schnelligkeit positronischer Gehirne.

Jeff, der nach wie vor von einem Jäger festgehalten wurde, streckte plötzlich die Hand aus, packte Mandelbrots Jäger an der Kehle und suchte hastig nach seiner Schaltung. Der Jäger, von dem das Dritte Gesetz verlangte, sich selbst zu schützen, ergriff Jeffs Arm mit der freien Hand. In jenem Bruchteil einer Sekunde, da der Imperativ des Dritten Gesetzes das Bewußtsein des Jägers beherrschte, trat Mandelbrot beiseite und schloß mit seinem flexiblen Zellulararm seine Bedienungsklappe.

Sobald Mandelbrot frei war, begann die Schlacht. Seine Überzeugung, daß Derec Gefahr drohte, zwang ihn im Sinne des Ersten Gesetzes, Ariels Besorgnis ernst zu nehmen. Gleichzeitig glaubten die Jäger Dr. Averys Versicherung, daß Derec nicht in Gefahr sei, also führten sie gemäß dem Zweiten Gesetz seine Befehle aus, die übrigen im Zaum zu halten.

Nebenbei gab Mandelbrot über Komverbindung einen Strom von Informationen an die Jäger weiter. Er erzählte ihnen von Derecs hinfälligem Zustand, von Ariels Gedächtnislücken, von ihren physischen Leiden. Innerhalb des winzigen Augenblicks, den dies in Anspruch nahm, forderte er sie auf, Derec und Ariel sofort in Ruhe zu lassen, sonst würden sie einen schwerwiegenden Verstoß gegen das Erste Gesetz riskieren.

Er wußte nicht, ob er damit Erfolg haben würde, aber selbst das kleinste Zögern, oder gar Zweifel ihrerseits, waren schon eine Hilfe.

Während Mandelbrot noch seine Signale aussandte, ging er auf Derec zu. Ariel ließ Derec los und hielt statt dessen den Jäger fest, wissend, daß dieser durch die Notwendigkeit behindert wurde, Derec oder sie nicht zu verletzen. Mit wenigen schnellen Bewegungen schaltete Mandelbrots flexibler Arm den Jäger ab, der daraufhin mit Derec im Arm bewegungslos stehenblieb. Mandelbrot und Ariel hoben Derec herunter und legten ihn wieder auf den Tisch.

Ein anderer Jäger hatte inzwischen Jeff und Wolruf unter je einen Arm genommen und angehoben, so daß sie hilflos in der Luft hingen.

»Du tust mir weh!« brüllte Jeff. »Ein Verstoß gegen das Erste Gesetz!«

Der Jäger war nicht überzeugt.

»Haltet sie auf!« kreischte Dr. Avery. »Tut ihnen nicht weh, aber haltet sie auf! Und seht zu, daß ihr David nicht stoßt! Dafür ist er zu empfindlich!«

»Sie müssen uns glauben!« rief Ariel und wandte sich flehend an ihn. »Sie wollen ihm doch auch nicht weh tun! Wenn Sie ihn nur untersuchen würden!«

Sie standen einander jetzt Auge in Auge gegenüber, und Ariel sah den seltsam verzerrten Ausdruck seines Gesichts. Es war das zornige Lächeln des Triumphes. Zum ersten Mal, seit sie ihm begegnet war, begriff sie, daß er wahrhaft verrückt war — und mit Vernunft nicht zu überzeugen.

»Sie haben das herbeigeführt!« zischte ihr Dr. Avery ins Gesicht. »Ohne Sie wären derartige Extreme unnötig gewesen. Lassen Sie endlich von ihm ab!«

»Wie *können* Sie es wagen, mir die Schuld zu geben?« schrie sie. Verzweiflung, Wut und Erschöpfung sorgten dafür, daß sie gänzlich die Fassung verlor. Da sie an kein Gesetz gebunden war, nur an ihr Gewissen, stürzte sie sich wütend auf ihn und packte mit beiden Händen seinen Backenbart.

Einer der vier Jäger war abgeschaltet. Ein zweiter hielt Jeff und Wolruf von Mandelbrot fern. Mandelbrot versuchte, die ungeschützte Bedienungsklappe dieses Robots mit seinem flexiblen Arm zu erreichen, während er mit dem anderen Arm die beiden übrigen Jäger in Schach hielt. Da die Aufmerksamkeit sämtlicher Roboter aufeinander gerichtet war, nahmen sie keine Notiz von dem potentiellen Schaden, den Ariel und Dr. Avery einander beizubringen drohten.

Dr. Avery verzog schmerzerfüllt das Gesicht und knurrte sie an, während sie immer heftiger miteinander rangen.

In der tiefen Finsternis von Derecs Bewußtsein marschierten die Roboter. Er lag im Dunkeln auf dem Rücken, während die Roboter mit einer Präzision im Gleichmaß schritten, wie sie eben nur Roboter aufbrachten. Sie kamen in Reihen auf ihn zu, die sich vor seinen Füßen spalteten, und defilierten zu beiden Seiten an ihm vorbei, wobei ihre schweren Füße neben seinem Kopf den Boden erschütterten. Er wurde ignoriert, war unbedeutend, ihrer positronischen Wahrnehmung nicht einmal gegenwärtig.

Aus der Finsternis marschierten die Roboter heran. Hinter ihnen lag das schwach erleuchtete Panorama einer Stadt, doch er sah hauptsächlich den blutroten Himmel über ihnen, den es in Wirklichkeit nie gegeben hatte. Die Roboter strömten an ihm vorbei ihrer Bestimmung entgegen, mit jener Zielstrebigkeit, die den Schöpfungen Averys nun einmal anhaftete.

Avery, Avery, Avery. Das Stampfen ihrer Füße ließ den Namen widerhallen. Es war der Name seines Feindes, der Name seines . . . seines . . .

Derecs Traum nahm einen neuen Verlauf. Während die Roboter weitermarschierten, sah er merkwürdige grüne Formen, Würfel und Pyramiden, die um ihn herum aufstiegen. Als er nach ihnen griff und sie verfehlte, schwebte er hinter ihnen her. Sie drehten sich, und an ihren Facetten brach sich das Licht, während sie emporglitten. Er erhaschte eine der Formen, und sie verwandelte sich unter seinen Händen in eine Computerkonsole.

Nun schwebte er hoch droben in den Lüften. Die Blutnacht von Robot City tauchte Myriaden von Straßen in goldenes Licht, ohne jede Logik oder Erklärung, und die Roboter marschierten immer noch. Seine Finger schienen zu tippen, ohne von seinem Bewußtsein gesteuert zu werden: »Halte sie auf.«

»NEIN«, antwortete der Zentralcomputer.

»Halte die Stadt auf.«

»NEIN.«

»Warum nicht?«

»WER BIST DU?«

»Ich bin . . . Robot City.«

»FALSCH. ICH BIN ROBOT CITY«, sagte der Zentralcomputer. »WER BIST DU?«

»Wer bin ich?«

»DU BIST DAVID AVERY.«

»Ich bin David Avery?« Derec starrte den Namen auf der Traumkonsole unverwandt an. Die Traumkonsole war grün, eine schwebende Pyramide wie ein winziger Kompaßturm . . . ein Chemfet.

Er sah sich um. Das war nicht der echte Zentralcomputer. Der blutrote Himmel sagte ihm, wie klein er war. Er schwebte in seinem eigenen Blutkreislauf und mußte mitansehen, wie in ihm Chemfets und Robot City heranwuchsen . . .

»Ich bin David Avery«, tippte er. »Ich bin David Avery. Dies ist mein Blutkreislauf, mein Körper, mein . . . Robot City.«

»BESTÄTIGT«, erklärte der Zentralcomputer.

Die Roboter hörten auf zu marschieren. Er schwebte jetzt hoch über ihnen und blickte auf ihre endlosen Reihen hinunter. Jeder einzelne Avery-Robot auf dem Planeten hob den Kopf, um Derecs Befehle entgegenzunehmen.

Er richtete sich auf und rief: »Robot City gehört mir! Ich bin David Avery, und ich bin Robot City!«

Bei diesem Schrei öffnete sich der Himmel. Die Szene löste sich auf. Er blinzelte und hörte um sich herum andere Schreie und kratzende Geräusche. Über seinem Kopf leuchtete ein Kandelaber. Er atmete tief ein — und stellte fest, daß sich sein Körper zum ersten Mal seit langem normal anfühlte.

Sein Bewußtsein wurde klar, während er langsam erwachte. Sein Körper war erschöpft und fühlte sich feuchtkalt an, aber die unheimliche Steifheit war verschwunden. Er war in dieser Beziehung außer Gefahr.

»Derec!« rief Ariel. »Bist du wach? Sag es ihm! Sag Avery, was mit dir passiert.«

Avery? Gepackt von Angst und Wut setzte Derec sich auf

und stellte fest, daß er auf einem langen Tisch gelegen hatte. Er drehte sich um. Ariel und — sein Vater, Dr. Avery, rangen miteinander und bewegten sich dabei im Kreis herum.

»Mir geht's gut«, sagte Derec heiser.

»Was?« Ariel sah ihn überrascht an. »Dann hilf mir!«

»Nein!« brüllte Dr. Avery. »Nein! Das ist falsch! Du mußt mir helfen!«

»Dir helfen?« rief Derec wütend. »Du bist verrückt!«

»Bringt sie um!« kreischte Dr. Avery an die Jäger gewandt. »Bringt sie um, sonst war alles umsonst!«

Ariel riß sich von ihm los und stellte sich den beiden Jägern, die noch funktionierten; es war Mandelbrot gelungen, auch den zweiten abzuschalten. »Dr. Avery ist geistesgestört. Begreift ihr das? Er ist . . . er ist defekt. Erinnert ihr euch an die Gesetze der Humanik, die die Überwacher entworfen haben?«

Dr. Avery hatte sich an den Kamin zurückgezogen. »Ihr müßt uns retten!« brüllte er den Jägern zu. »Bringt sie um!«

»Hört ihn euch an«, rief Ariel, die sich wieder unter Kontrolle hatte. »Seine Befehle verletzen das Erste Gesetz. Ihr könnt seinen Anweisungen nicht mehr trauen. Befehle, die gegen das Erste Gesetz verstoßen, richten sich auch gegen das Zweite Gesetz der Humanik, das besagt, Menschen dürften Robotern keine unvernünftigen Befehle erteilen. Hört ihm zu, und ihr werdet verstehen, daß man ihm nicht mehr gehorchen darf.« Sollten die Jäger erfahren haben, wie sie und Jeff und Derec Pei abgeschaltet hatten, bestand natürlich wenig Aussicht, daß sie statt dessen ihr gehorchen würden.

Die verbliebenen Jäger rührten sich nicht. Einer von ihnen hielt Jeff und Wolruf fest. Der andere befand sich im Nahkampf mit Mandelbrot. Einer versuchte die Bedienungsklappe des anderen zu erreichen, um ihn abzuschalten.

»Bestätigt«, sagte der Jäger, der Jeff und Wolruf festhielt. »Dr. Averys Anweisungen dürfen nicht befolgt werden. Davon abgesehen werden wir jedoch vom Zentralcomputer gesteuert. Wir haben nach wie vor Befehl, die Angehörigen Ihrer Gruppe festzuhalten, ohne ihnen zu schaden.«

Dr. Avery duckte sich immer noch brüllend in einen Winkel des Raums.

»Ich bin jetzt Robot City«, meldete sich Derec zu Wort. »Die Chemfets in meinem Körper sind herangereift, und ich habe sie umprogrammiert.« Er rief sich das Bild der Computerkonsole ins Gedächtnis. Möglicherweise würde er das in Zukunft nicht mehr tun müssen. Im Augenblick vereinfachte es seine Aufgabe. »Zentralcomputer«, dachte er. »Lösche die Befehle an die Jäger bezüglich Derec oder David Avery, Ariel Welsh, den Robot Mandelbrot und die hundeähnliche Fremde namens Wolruf. Dann setze alle betroffenen Roboter von der veränderten Lage in Kenntnis.« Laut sagte er: »Jäger. Ihr werdet demnächst neue Befehle erhalten . . .«

»Bestätigt«, sagte der Jäger bei Mandelbrot. Er richtete sich gerade, gab seine Deckung auf.

»Bestätigt«, wiederholte der andere Jäger und ließ Jeff und Wolruf los.

»Ich habe den Befehl auch empfangen«, sagte Mandelbrot.

»Na also«, sagte Derec und wandte sich Dr. Avery zu.

Der stand in einer Ecke des Raums neben dem gigantischen Kamin. Als die anderen sich umdrehten, um ihn anzusehen, riß er sich zusammen. »Ziehe in Betracht, was du erreicht hast, mein Sohn«, sagte er. »Denk darüber nach. Alles, was ich mir vorgestellt habe, hat sich verwirklicht, wie es meine Absicht war. Beinahe alles — sehen wir einmal von dieser jungen Frau ab. Du herrschst über Robot City. Bald wirst du über alle Robot Citys herrschen, über Tausende von ihnen in sämtlichen Galaxien.«

Bittere Trauer überkam Derec und erstickte seine Wut. »Du siehst das . . . nicht richtig. Du bist nicht richtig im Kopf. Du hast eine Utopie angestrebt und dich von diesem Ziel abbringen lassen. Robot City ist zum Sprungbrett der Macht geworden, nicht des Guten. Wie wäre es, wenn du dich eine Weile erholst, dich professionell beraten läßt . . .«

»Du wagst es, *mir* Anweisungen zu geben?« kreischte Dr. Avery. »Nein! Du mußt dich mir anschließen! Ich befehle es dir!«

»Ich bin kein Robot. Du kannst mich nicht herumkommandieren.« Derec wandte sich an die Jäger. »Bitte nehmt meinen . . . nehmt Dr. Avery fest, ohne ihm weh zu tun.«

Die zwei Jäger traten vor.

Mit verzerrtem Gesicht hob Dr. Avery mit einer Hand einen kleinen Gegenstand auf: einen Schlüssel zum Perihel. Er lachte ein letztes Mal höhnisch auf und verschwand.

Derec ging langsam zum Kopfende des Tisches, die Augen auf jene Stelle gerichtet, an der Dr. Avery gestanden hatte. Seine Erleichterung war von Melancholie getrübt, denn er hatte ein für allemal begriffen, was seinem Vater fehlte.

Die übrigen beobachteten ihn.

An seines Vaters Stuhl angekommen, drehte er sich um und legte die Hand auf die Rücklehne. »Mandelbrot, bitte stell die herumliegenden Sachen zurück auf den Tisch. Jäger, eure Aufgabe ist beendet. Bitte kehrt in euer Bereitschaftslager zurück, beziehungsweise dahin, wo ihr euch normalerweise aufhaltet.«

Die Roboter gehorchten.

»Geht es dir wirklich gut?« fragte Ariel und trat zu ihm. »David?«

Er lächelte und legte den Arm um sie. »Ich denke schon. David scheint es gutzugehen, und Derec auch.«

»Mir geht es auch gut.« Sie schlang die Arme um ihn, und sie hielten einander fest.

Keiner der Beteiligten wollte sich in dieser Nacht von den anderen trennen oder sich in Averys Wohnsitz nach Schlafzimmern umsehen. Müde, wie sie nun einmal waren, konnten Derec, Ariel, Jeff und Wolruf auch auf dem harten Boden am Kamin schlafen. Derec wußte, daß sich Dr. Avery möglicherweise an einen anderen Ort auf dem Planeten zurückgezogen hatte und damit nach wie vor eine Gefahr darstellte, bezweifelte jedoch, daß eine unmittelbare Bedrohung vorlag. Kurz vor dem Einschlafen erließ er für ganz Robot City den Befehl, sämtliche Roboter hätten bis auf weiteres zu bleiben, wo sie waren, mit Ausnahme minimaler Aktivitäten, um die Stadt in Gang zu halten. Auf diese Weise blieb ihm später Zeit, den tatsächlichen Status der Stadt festzustellen und die Roboter zur Erfüllung ihrer üblichen Pflichten von den Versammlungspunkten zurückzuberufen. Beschützt von Mandelbrot und in dem Bewußtsein, daß Robot City seinem persönlichen geistigen Kommando unterstand, konnte Derec wirklich ruhig schlafen.

Am nächsten Morgen machte Ariel Derec auf die Tischkonsole aufmerksam, für den Fall, daß er sie brauchte. Doch er hatte sie nicht nötig, konnte er doch jeden Bestandteil des Computersystems auf diesem Planeten mit seinen Gedanken erreichen. Der Morgen begann mit dem in Dr. Averys Küche.

Die ganze Gruppe einschließlich Mandelbrot saß um den langen Tisch herum, während zwei Küchenroboter ein echtes Frühstück servierten. Es bestand aus frischen Erzeugnissen anstatt aus Produkten der Nährstofftanks. Derec und Ariel ließen die anderen an ihren jüngsten Abenteuern teilhaben, dann erstatteten Jeff und Wolruf Bericht. Da Mandelbrot während ihrer Trennung meist abgeschaltet gewesen war, hatte er wenig zu berichten.

Als die Anekdoten erzählt waren, blieb Derec in gehobener Stimmung am Kopfende des Tisches sitzen und dachte über seine neue Verantwortung nach.

»Ich denke, ich kann es dem Zentralcomputer überlassen, sich um die Details dessen zu kümmern, was ich tun muß«, überlegte er. »Wenn ich dem Zentralcomputer befehle, alle Roboter wieder an ihre normalen Aufgaben heranzuführen, wird er alles übrige selbst organisieren.«

»Kannst du ihn wirklich geistig beeinflussen?« fragte Ariel. »Und kannst du auch Roboter auf diese Weise programmieren?«

»Offensichtlich schon. Ich muß mich selbst noch an den Gedanken gewöhnen.«

»Zu ihren vielen menschlichen Attributen«, sagte Mandelbrot, »gesellen sich nun einige der Vorteile eines Robots.«

Jeff lachte. »Ohne die damit verbundenen Nachteile, wenn ihr versteht, was ich meine.« Er zwinkerte ihnen zu.

Während die anderen lachten, wurde Derec darauf aufmerksam, daß sich in seinem Bewußtsein eine Meldung des Zentralcomputers herausbildete, die Antwort auf eine Frage, die er ihm gestellt hatte.

»ES WURDEN KEINE INDIZIEN FÜR DR. AVERYS GEGENWART AUF DEM PLANETEN GEMELDET«, erklärte der Zentralcomputer.

Wenn Dr. Avery noch hier war, überlegte Derec, dann hatte er jetzt mit den gleichen Nachteilen zu kämpfen wie sie, als sie noch vor ihm auf der Flucht waren. Alle Ressourcen, derer er sich bedient hatte, standen nun ihnen zur Verfügung. Wenn nicht gar noch mehr, denn auf ihnen lastete nicht die Bürde des Wahnsinns.

In Anbetracht des Verfolgungswahns von Dr. Avery war Derec sicher, daß er den Planeten verlassen hatte. Vielleicht war er nach Aurora heimgekehrt. Vielleicht war er in seiner Wohnung auf der Erde untergekommen, oder er hatte noch andere Verstecke in Reserve.

»Danke sschön«, sagte Wolruf. »Gutes Frrühsstück. Könnte jetzz' dirrekt weiterschlafen.«

»Ich denke, wir werden hier komfortable Schlafräume finden«, sagte Mandelbrot. »Der luxuriöse Charakter dieses Raums und der genossenen Mahlzeit deuten auf ähnlichen Luxus anderswo in dieser Wohnstätte hin.«

»Ich muß mir noch ausdenken, wie ich diese Fallen und Hinterhalte beseitigen kann«, sagte Derec und grinste Ariel an.

Sie lachte. »Es ist kaum zu glauben. Zum allerersten Mal wird in Robot City Frieden herrschen. Es wird reibungslos funktionieren und nicht länger voller Geheimnisse sein.«

»Und Sie haben jede Menge Schlüssel zum Perihel, um damit zu reisen«, warf Mandelbrot ein. »Vielleicht ließe sich damit sogar Wolrufs Heimat finden.«

Wolruf zog die kaninoiden Schultern hoch. »Ersst mal brrauch ich Rruhe.«

»Ich frage mich, in welchem Zustand wohl das Schiff ist«, sagte Jeff. »Ich habe es nur ausgeliehen.«

»Keine Sorge«, sagte Derec. »Ich lasse die *Minneapolis* für dich vollständig reparieren, reinigen, polieren und neu ausstaffieren. Wir sind mehr als quitt, wenn du uns gegenüber tatsächlich eine Schuld zu begleichen hattest. Aber du kannst gern so lange dableiben, wie du willst.«

»Danke«, sagte Jeff. Er schüttelte den Kopf und grinste. »Robot City. Langweilig war es hier jedenfalls nie.«

Als alle mit dem Frühstück fertig waren, empfahlen sich Jeff und Wolruf, um Mandelbrot auf seinem Erkundungsgang durch Dr. Averys riesigen Wohnsitz zu begleiten.

Später, nachdem Funktionsroboter den Tisch abgeräumt hatten und Derec und Ariel in der großen Halle alleinblieben, stand er vor dem Kaminfeuer, das immer noch brannte, und starrte hinein. Ihm war nach wie vor melancholisch zumute.

»Stimmt was nicht?« fragte Ariel leise.

»Ach . . . ich hab' nur an Dr. Avery gedacht. Daran, wie seine wunderbaren Pläne schiefgegangen sind. Und daß er, nachdem er mit Professor Leong Kulturforschung betrieben hatte und all so was, ab einem bestimmten Punkt sein Vorhaben einfach aufgegeben hat. Er ist offensichtlich ein brillanter Mann, und trotzdem hat er so viel verschwendet.« Derec blickte zu Ariel auf. »Übrigens hab' ich noch was herausgefunden.«

»Was denn?«

»Ich bin nicht sicher, ob wir ihn rechtzeitig gestoppt haben. Nach allem, was mir der Zentralcomputer berichtet, glaube ich, daß einige Roboter bereits von ihren Versammlungspunkten aufgebrochen waren, bevor ich den Befehl rückgängig gemacht habe.«

Ariel atmete rasch durch. »Wenn das stimmt, werden sie weitere Robot Citys bauen, genau wie Dr. Avery es wollte. Und wer weiß, welche Befehle er ihnen mitgegeben hat?«

»Möglicherweise gelingt es mir, das über den Computer herauszufinden«, sagte Derec. »Vielleicht kann ich sie sogar irgendwie zurückbeordern; das weiß ich aber erst, wenn ich mich ausführlich damit beschäftigt habe. Im Augenblick macht mir noch was anderes zu schaffen.«

»Was denn? Stimmt irgendwas nicht?«

»Ich habe meine Identität wieder, aber . . . ich leide immer noch unter Gedächtnisschwund. Meine Erinnerungen sind nicht zurückgekehrt.« Er drehte sich nach Ariel um. »Daß ich meinen Vater gefunden habe, war nicht gerade konstruktiv.«

»Vielleicht könntest du . . . ach, ich weiß auch nicht. Möglicherweise hilft es was, wenn wir deine Mutter ausfindig machen. Oder den Avery-Robotern fällt eine Methode ein, dir zu helfen. Überleg doch mal, wie sehr dir Robot City und selbst die Roboter helfen könnten, die bereits aufgebrochen sind.«

Derec nickte. »Ich hab' nicht etwa aufgegeben. Keine Sorge.« Er grinste. »Das liegt mir nicht. Und nach allem, was ich gesehen habe, dir auch nicht.«

»Bestimmt nicht . . . David.«

Ariel lachte, sah ihm tief in die Augen und warf ihr Haar zurück. Impulsiv schlang er die Arme um ihre Taille und zog sie an sich. Dann küßte er ihre erwartungsvollen Lippen und spürte, wie sich ihre Arme um seinen Hals legten.

Datenbank

FRACHTROBOT: Nicht alle Roboter von Robot City sind vom positronischen Typ. Jene, deren Aufgabenstellung besonders einfach ist, sind mit Gehirnen ausgestattet, die Computern ähnlicher sind als Robotgehirnen. Diese sogenannten Funktionsroboter dienen den positronischen Robotern als Werkzeuge. Sie sind nicht zu echten Überlegungen fähig; außerdem sind sie nicht an die Drei Gesetze der Robotik gebunden.

Der Frachtrobot ist ein Beispiel eines nichtpositronischen Funktionsrobots. Er ist mit einem Stadtplan von Robot City und dessen Transportsystem programmiert und im Grunde nichts als ein Container, der sich selbst be- und entladen kann und auf vorherbestimmten Wegen Fracht transportieren kann. Er besitzt genügend Intelligenz, um Hindernissen auszuweichen und zu entscheiden, welche Sorten Fracht er im Containerinnern und welche er auf seinen Gabelstaplerarmen zu befördern hat.

KURIERROBOT: Ein weiterer Funktionsrobot. Er ist kleiner als der Frachtrobot und darum schneller und manövrierfähiger. Da alle Nachrichtenübermittlung in Robot City — also jede Kommunikation mit Ausnahme des direkten Gesprächs — auf elektronischem Wege über den Hauptcomputer geleitet wird, besteht die vordringlichste Aufgabe des Kurierrobots darin, Kleinstwerkzeuge und ähnliches zu transportieren.

Wie beim Frachtrobot eröffnet das Fehlen positronischer Intelligenz beim Kurierrobot die Möglichkeit, ihn insgeheim als Transportmittel zu verwenden, da er nicht erkennen kann, wenn er als solches benutzt wird.

BEOBACHTUNGSROBOT: Der Beobachtungsrobot ist ein Wahrnehmungs- und Aufzeichnungsgerät. Er wird hauptsächlich zur Inventuraufnahme eingesetzt. Dabei nimmt er schlicht die Seriennummern einer Ansammlung von Objekten ab (zum Beispiel von Robotern, die auf eine Reparatur warten) und meldete die Einzelheiten dem positronischen Robot, dem er untersteht. In diesem Fall ist ihm die Information einprogrammiert, wo die Seriennummern zu finden sind. Außerdem kann er zur Qualitätskontrolle und Fehlerdiagnostik eingesetzt werden. Dann wird ihm das korrekte Erscheinungsbild des zu prüfenden Gegenstands einprogrammiert, und er verzeichnet und meldet jede Abweichung davon.

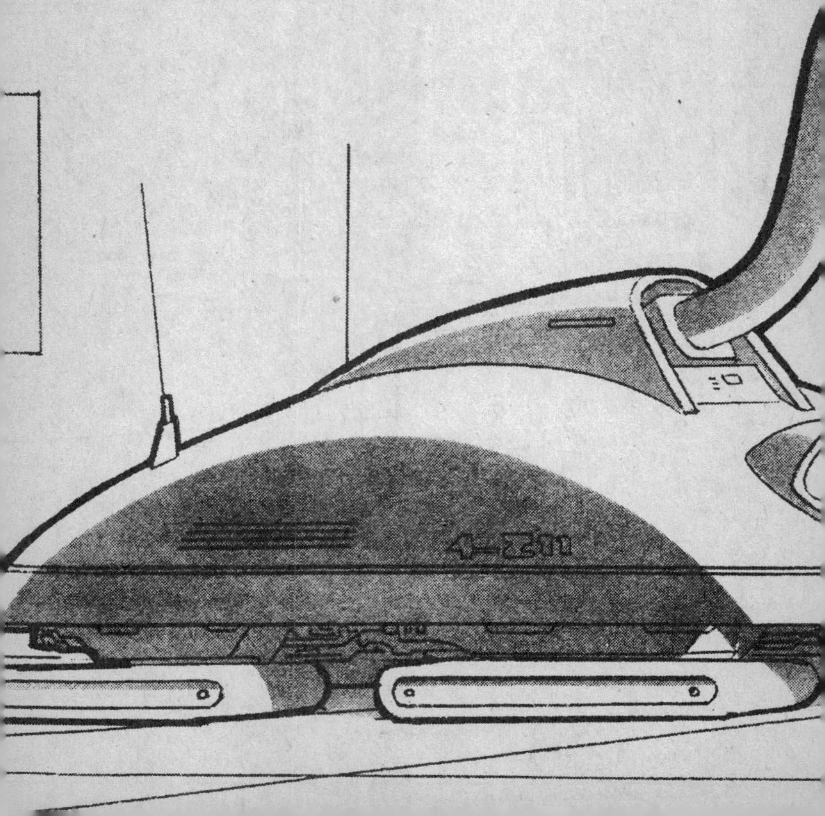

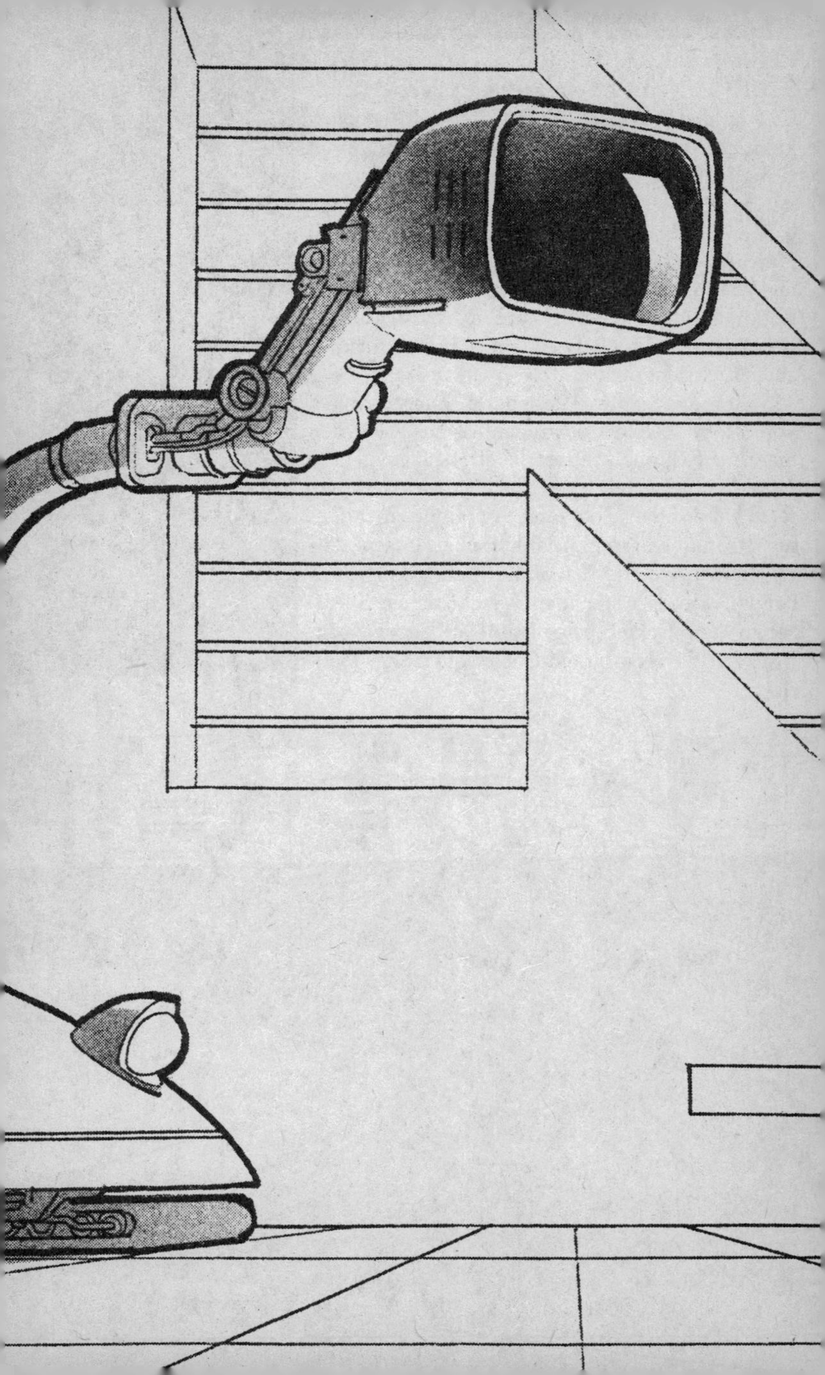

REGIONALKRAFTWERK PRIORITÄTSSTUFE 4: Die wichtigste Stromquelle von Robot City ist der Energiepack. Ein kleiner Mikropack kann einen Industrierobot über ein Jahr lang in Gang halten, ehe er ersetzt oder aufgeladen werden muß; mehrere größere Packs können einen ganzen Stadtteil mit Energie versorgen. Obwohl Fusionspacks außerordentlich sicher und zuverlässig sind, sahen sich die Robotüberwacher von Robot City im Hinblick auf das Erste Gesetz genötigt, die Möglichkeit eines Energieausfalls zu berücksichtigen.

Sollte das zentral gesteuerte Energiesystem von Robot City zusammenbrechen, würden mehrere Regionalkraftwerke in Betrieb gehen. Obwohl die Gestalter des Systems alles darangesetzt haben, den Übergang von einer zur anderen Stromquelle so glatt ablaufen zu lassen, daß er für menschliche Bewohner nicht wahrnehmbar ist, war es nötig, den verschiedenen Stadtzonen unterschiedliche Priorität zuzuweisen. Kraftwerk 4 versorgt ein Gebiet mit hoher Priorität.

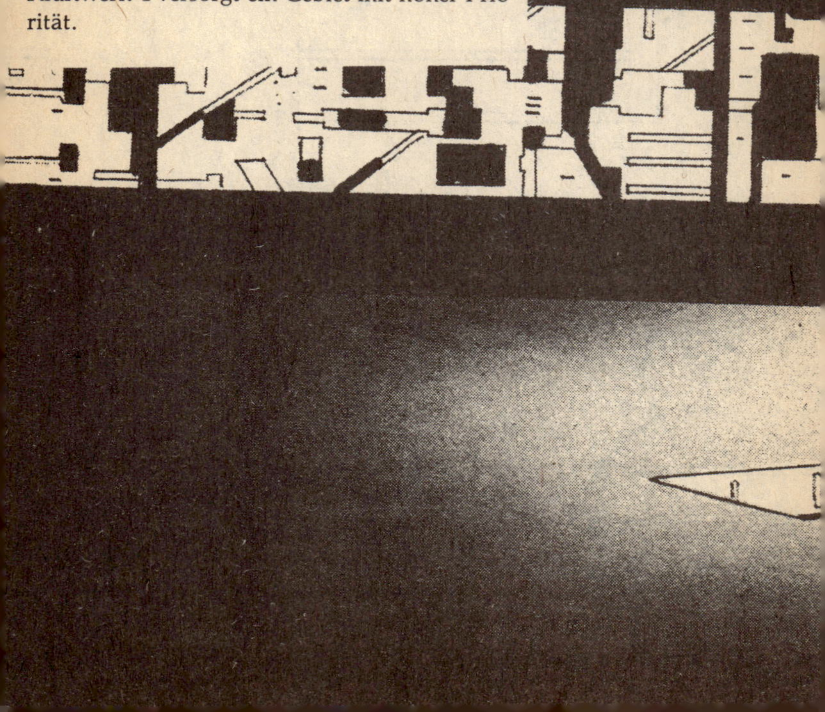

12911Δ

DIE *MINNEAPOLIS:* Die meisten interstellaren Raumschiffe sind zumindest schwerfällig, sobald sie in eine planetare Atmosphäre eintreten. Sie bewerkstelligen in speziell eingerichteten Raumhäfen eine weiche Landung, aber im Notfall ist die Wahrscheinlichkeit hoch, daß sie mit spürbarer Wucht an der Oberfläche auftreffen. Das Raum/Fährschiff des Typs Hayashi-Smith verfügt dagegen über vollständige Boden-Luft-Weltraum-Kapazität.

Im Weltraum benutzt die *Minneapolis* den gewöhnlichen Hyperantrieb. Innerhalb eines Sonnensystems manövriert sie mit Hilfe der üblichen Impulsantriebe. Daneben kann sie jedoch auch atmosphärische Flüge absolvieren, wobei sich ihre aerodynamische Gestaltung und ihre Düsentriebwerke bezahlt machen. Sie kann damit auf jeder genügend langen, ebenen Fläche landen.

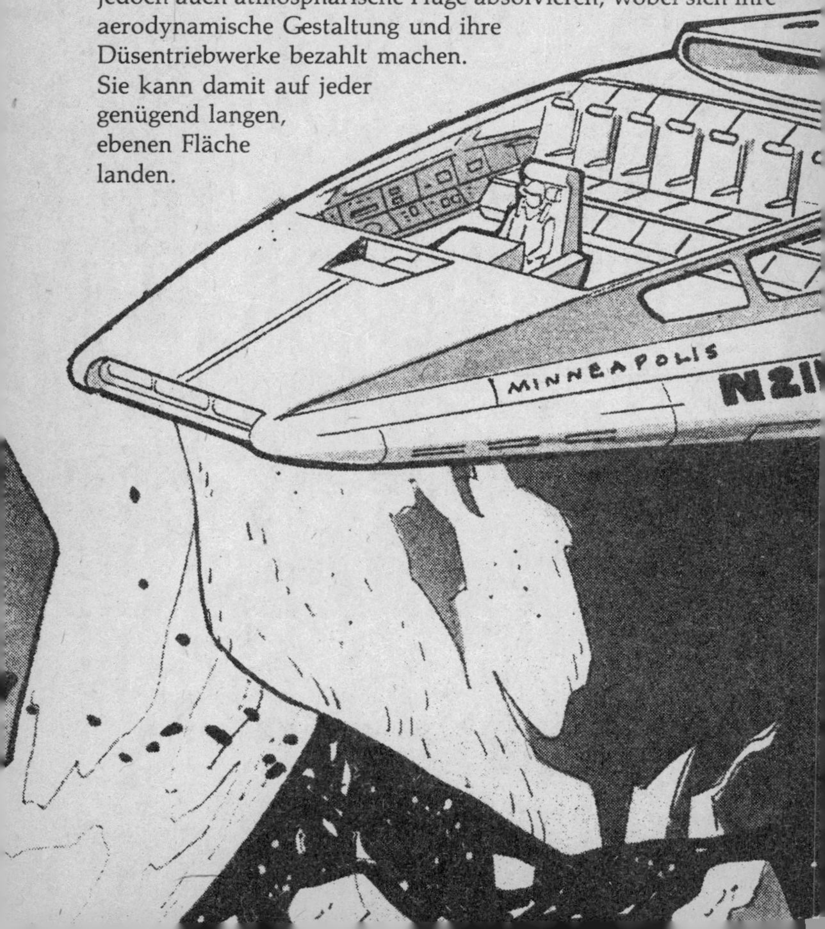

Im Fährbetrieb ist das Innere der *Minneapolis* normalerweise mit Sitzplätzen für zehn Personen ausgerüstet. Die Kabine läßt sich aber auch umrüsten, so daß aus jedem Sitz eine Koje wird. Das ist zwar keine luxuriöse Ausstattung für längere (das heißt interstellare) Flüge, aber es ist erträglich.

DR. AVERYS UNTERKUNFT: Tief unter der Oberfläche von Robot City gelegen, spiegelt Dr. Averys geheime Zufluchtsstätte seinen Geisteszustand wider. Phantasievoll, rätselhaft, verwirrend und wirr sowie durch und durch verrückt ist dieses Labyrinth der Symbole und Themen, die seinen Zwangsvorstellungen zugrunde liegen.

Einige Räume gleichen von der Form her dem Schlüssel zum Perihel; bei anderen wurde diese Form dekorativ genutzt. Viele der in den Zimmerfluchten verstreuten Objekte entstammen Kulturen, die nach Meinung Dr. Averys Permanenz und Ausdauer symbolisieren.

Die seltsame Form der Räume und die Mischung aus antik und modern, des rein Dekorativen mit dem streng Nutzwertbestimmten, selbst die Erinnerungen, die einige der Sammelobjekte des Unterbrechers auslösen, sind allesamt Anzeichen des Zusammenbruchs, der dem Geist eines bedeutenden Gestalters droht. Als Averys Bewußtsein sich immer tiefer in Besessenheit und Paranoia verstrickte, zog er sich ins undurchdringliche Labyrinth seiner Zufluchtsstätte zurück.

William F. Wu

Bereits fünfmal wurde William F. Wu für den Hugo, Nebula oder World Fantasy Award nominiert. Er ist Autor des Romans *Master Play,* in dem es um den Verleih von Computerkriegsspielern geht, und seine Kurzgeschichten wurden in den meisten Magazinen und zahlreichen Anthologien auf den Gebieten Science fiction und Fantasy veröffentlicht, darunter eine Serie von gemeinsamen Arbeiten mit Rob Chilson in *Analog.* Er ist außerdem Autor von *Robot City 3: Der Cyborg.* Seine Kurzgeschichte ›Wong's Lost and Found Emporium‹ wurde 1985 für eine Folge der neuen Fernsehserie *Twilight Zone* bearbeitet, und seine erste Veröffentlichung, ›By the Flicker of the One-Eyed Flame‹, wurde 1977 dramatisiert und auf die Bühne gebracht. Er hat an der University of Michigan über amerikanische Kultur promoviert und ist mit der bekannten Fantasy-Malerin Diana Gallagher Wu verheiratet.

ISAAC ASIMOV'S
ROBOT CITY
Band 3
William F. Wu
DER CYBORG
BASTEI LÜBBE

Band 23 091

Arthur Byron Cover

Isaac Asimov's Robot City

4. Der Aufruhr

Deutsche Erstveröffentlichung

Robot City in Aufruhr. Die Roboter verhalten sich immer sonderbarer; einer glaubt, ein großer Künstler zu sein, und drei andere halten sich für Jazz-Musiker. Doch dann wird einer dieser abnormen Roboter ermordet. Derec, der Mann ohne Gedächnis, und die geheimnisvolle Ariel machen sich auf die Suche nach dem Mörder. Denn nichts ist gefährlicher als Roboter, die den Gesetzen der Robotik nicht mehr gehorchen.

BASTEI LÜBBE

Sie erhalten diesen Band im Buchhandel, bei Ihrem Zeitschriftenhändler sowie im Bahnhofsbuchhandel.